KB240730

Die Leiden des jungen Werthers

The Classic Books

젊은 베르테르의 슬픔

요한 볼프강 폰 괴테

북로드

ー
차
례
ー

가여운 베르테르에 관한 이야기 중에서
제가 찾을 수 있는 것은 모두 찾아 여기에 수록했습니다.
그동안 제가 애써 모은 이 이야기를 보시면
여러분은 틀림없이 저에게 감사한 마음을 가질 것입니다.
또한 베르테르의 정신과 성품에는 감탄과 사랑을,
그리고 그의 운명에 대해서는 눈물을 아끼지 않을 것입니다.
베르테르와 같은 고민에 사로잡힌 착한 영혼이여,
베르테르의 슬픔에서 위안을 찾으십시오.
그리고 자신의 운명이나 허물로 인한 슬픔을 함께 나눌 친구가 없다면
이 작은 책을 당신의 벗으로 삼으십시오.

제1부

1771년 5월 4일

　사랑하는 친구, 훌쩍 떠나오기를 정말 잘한 것 같네. 결코 헤어질 수 없을 것만 같았던 사랑하는 자네와 헤어진 후 이런 기분을 느끼다니, 사람의 마음은 참 알 수가 없군. 어쨌든 자네는 이런 나를 용서하리라 믿네. 자네 이외의 인간관계는 운명이 일부러 나 같은 사람의 마음을 괴롭히기 위해 심술을 부린 것이 아닐까 하는 생각이 드네. 하지만 불쌍한 레오노레를 생각하면 미안하기 짝이 없네. 그러나 그것은 나의 잘못이 아닐세. 물론 그녀의 여동생이 지닌 독특한 매력에 기쁨과 위안을 받기는 했지만, 그러는 사이 가엾게도 레오노레의 마음속에 나에 대한 사랑의 불꽃이 타오른 것을 내가 어떻게 할 수 있단 말인가? 하지만 나에게 정말 책임이 없다고 할 수 있을까? 혹시 내가 그녀의 감정을 부추긴 것은 아닐까? 그녀의 타고난 순수한 표정과 웃음을 즐기지 않았던가? 그리고 나는…… 아아, 이렇게 푸념이나 늘어놓다니 나라는 인간은 왜 이럴까?

　사랑하는 친구여! 자네에게 약속하겠네. 좀더 나은 인간이 되도록 마음을 고쳐먹겠다고. 그리고 지금까지 그래 왔던 것처럼, 운명이 가져다주는 작은 괴로움을 자꾸만 되씹는 그런 일은 더 이상 하지 않을 것이라네. 과거의 일은 묻어버리고 대신 이제부터 현재를 즐겨야겠어. 자네 말이 옳더군. 인간이―왜 그렇게 만들어졌는지는 모르지만―그처럼 풍부한 상상력을 고작 지난날의 불행과 괴로움을 다시 떠올리는 데 쓰지 않고 현재를 살아가는 데 쓴다면 분명 인간의 괴로움은 훨씬 줄어들 걸세.

　수고스럽겠지만 어머니께 좀 전해주게. 어머니께서 맡긴 일은 잘 처리하고 있으며, 곧 일을 마치면 최대한 빨리 소식을 전하겠다고 말일세. 아주머니도 만나뵈었는데, 남들이 말하는 것처럼 그렇게 나쁜 분은 아니더군. 오히려 매우 친절하고 명랑하며 강단 있는 성격이었어. 어머니께서 유산 분배를 제대로 받지 못해서 불만이라는 말을 전했더니, 아주머니께서는 나에게 그 이유와 사정을 말씀해주시더군. 그리고 필요한 조건만 갖춘다면 전부 내줄 수도 있다고 말씀하셨어. 그것도 우리가 요구하는 것 이상으로 말일세. 어쨌든 나는 더 이상 여기서 그 문제에 대해 신경 쓰고 싶지 않네. 그러니 모든 일이 잘될 것이라고 어머니께 전해주게. 이번 경험으로 나는 태만함에서 일어나는 오해나 다툼이 간계나 악의로 일어나는 것보다 훨씬 더 많다는 것을 새삼 깨달았네. 적어도 악의로 인해 일어나는 오해와 다툼이 훨씬 드물다는 것만은 확실하네.

그건 그렇고, 나는 여기서 아주 편히 잘 지내고 있다네. 낙원과도 같은 이곳에서 고독은 내 마음을 달래는 귀중한 진정제라고 할 수 있지. 푸른빛이 가득히 넘쳐흐르는 싱그러운 이 계절은 자칫하면 겁에 질리기 쉬운 내 마음을 따스하게 어루만진다네. 나무도 울타리도 모두 꽃으로 가득하여, 차라리 한 마리 풍뎅이가 되어서 이 향기로운 냄새의 바다를 떠다니며 먹을 것이나 찾아다녔으면 싶네.

이 도시 자체는 그리 맘에 들지 않지만, 대신 주위를 둘러싸고 있는 자연은 뭐라고 표현할 수 없을 정도로 아름답다네. 세상을 떠난 M백작도 이 경치에 마음이 끌려서 언덕 위에 정원을 만들었겠지. 주변에 첩첩이 쌓인 아름다운 언덕들은 아늑한 골짜기를 이루고 있다네. 그의 정원은 소박하지만 누구라도 그 안에 발을 들여놓으면 그곳이 전문적인 정원사가 설계한 것이라기보다는, 이곳을 마음껏 즐기고 싶어 하는 풍부한 감수성의 소유자가 설계한 것이라는 것을 느낄 것이네. 그래서 나는 이미 세상을 떠난 백작이 즐기던 곳이며 이제는 나도 좋아하게 된 이 정원의 낡은 정자에 찾아와서 그를 생각하며 눈물을 흘린 적이 한두 번이 아니라네. 머지않아 나는 이 정원의 주인이 될 거야. 그리고 며칠 지나지는 않았지만 이곳을 관리하는 정원사도 나에게 친절히 대하는 것을 보면, 그도 나에 대해 그리 나쁜 감정은 아닌 것 같다네.

5월 10일

요즈음 내 마음은 이상하리만치 상쾌하다네. 그것은 마치 봄날 아침의 상쾌함처럼 내 마음을 사로잡고 있지. 나는 혼자서 호젓한 시간을 보내며, 마치 나를 위해 마련한 듯한 이 고장에서 마음껏 삶을 즐기고 있다네. 친구여, 나는 지금 정말 행복하다네! 물론 이렇게 고요하고 아늑한 기분에 잠겨 있느라 작품을 진행하기는 어렵지만 말이야. 지금 같아서는 그림은커녕 종이 위에 선 하나도 그릴 수 없다네. 하지만 일찍이 지금처럼 내가 위대한 화가였던 적이 없었다네. 내 주위의 아늑한 골짜기에는 안개가 피어오르고, 하늘 높이 떠오른 태양의 빛은 내가 있는 어두운 숲 밖에서 머뭇거리다가 겨우 몇 줄기의 햇살만이 성스러운 내부로 스며들 뿐이라네. 그러면 나는 졸졸 흐르는 냇가에 우거진 풀밭에 엎드려서 얼굴을 땅에 바짝 대고 수많은 풀잎을 호기심에 찬 눈으로 살펴보곤 한다네. 풀잎 사이의 좁은 세계를 가득 채운 헤아릴 수 없이 많은 작은 벌레들, 땅 위를 기어 다니는 벌레와 날벌레의 온갖 모양을 보면서 나는 새삼 인간을 자기 모습에 따라 창조하신 전능한 신의 존재, 우리를 영

원한 기쁨 속에 떠 있게 하는 지극히 자비로운 신의 숨결을 느낀다
네. 이윽고 사방이 어두워지면 내 주위의 대지와 하늘은 연인의 그
림자처럼 내 영혼 속에서 안식을 취한다네.

그럴 때면 친구여, 나는 그리움에 잠겨 '아아, 내가 이 광경을 표
현할 수 있다면, 이처럼 뜨겁고 벅찬 감정을 입김처럼 종이 위에 훅
불어 표현할 수 있다면, 영혼이 영원한 신의 거울인 것처럼 그림이
내 영혼의 거울이 되어 내 마음속 가득히 열렬하게 넘쳐흐르는 것
을 그릴 수 있다면……' 하고 생각한다네. 그러나 결국은 나의 능
력으로는 도저히 감당할 수 없는 이런 자연현상의 장엄한 힘에 압
도되고 만다네.

5월 12일

이곳 근처에 사람의 마음을 유혹하는 요정이 숨어 있는 건지, 아
니면 내 마음속에 주변의 모든 것을 낙원으로 만드는 아늑하고 거
룩한 환상이 있는 건지 알 수가 없네. 시내를 벗어나면 근처에 샘이
하나 있는데, 마치 멜루지네(고대 프랑스 전설에 나오는 물의 요정. 인간과 결혼했
으나 물을 잊지 못하여 금요일마다 인어가 되어 옛 자매를 만났다고 한다.—옮긴이)와 자매
들이 샘에 이끌리듯이 나 역시 그 샘에 이끌려 그 곁을 떠나지 못한

다네. 조그마한 언덕을 내려가면 동굴 입구가 나오는데, 거기서 스무 계단쯤 내려가면 바로 그 샘이 나타난다네. 대리석 바위틈에서 맑디맑은 샘물이 솟아나고 있지. 주변을 둘러싼 돌담과 커다란 나무들, 그리고 그 부근의 서늘한 공기는 어쩐지 사람의 마음을 끌어당기며 무언가 사람을 전율하게 만드는 힘이 있다네.

나는 매일 샘가에서 한 시간쯤 머문다네. 그러면 시내에서 처녀들이 물을 길러 오는 모습을 볼 수 있지. 물을 긷는 것은 소박하지만 인간의 생활에서 반드시 필요한 일이니까. 그 옛날 왕의 딸인 공주들도 손수 물을 길었다더군. 그곳에 앉아 있노라면 어쩐지 오래된 옛날의 모습들이 생생하게 떠오른다네. 우리의 조상들이 이 샘가에서 서로 사귀거나 구혼하는 모습 같은 것 말일세. 어쩐지 샘 주위에는 자비로운 영혼이 떠도는 것 같아. 아아, 이러한 기분을 알지 못하는 사람은 아마 한여름 고달픈 여행을 마치고 나서 마시는 시원한 샘물의 상쾌한 맛을 느껴보지 못한 사람일 걸세.

5월 13일

내 책들을 이곳으로 보내주겠다는 말인가? 제발 부탁이니 그러지 말게. 나는 더 이상 책을 통해 지도를 받거나 자극받고 싶지 않다네. 그렇지 않아도 내 마음은 이미 충분히 번잡하니까 말일세. 내게 필요한 것은 오히려 그런 마음을 가라앉힐 자장가라네. 그리고 그것은 이미 내가 즐겨 읽는 호메로스(고대 그리스의 시인. 유럽 문학의 최고(最古) 서사시 《일리아드》와 《오디세이》의 작자로 알려져 있다.— 옮긴이)의 시에서 얼마든지 찾을 수 있지.

그 자장가로 이 번잡한 마음을 진정하려고 내가 얼마나 노력했는지 모른다네. 아마 자네도 내 마음처럼 변덕스럽고 동요가 심한 것을 본 적이 없을 걸세. 새삼스레 이런 말을 자네에게 할 필요도 없겠지. 이미 자네는 내 감정이 슬픔에서 걷잡을 수 없는 흥분으로 변하고, 또 감미로운 우울에서 무서운 정열로 변하는 것을 여러 번 보았고, 그에 대해 염려해준 일도 있으니 말일세. 그래서 나는 내 마음을 마치 병약한 아이처럼 다루고 있다네. 병약한 아이는 어떤 응석을 부려도 떼를 쓰는 대로 받아주어야 하지 않은가. 그렇지만 다른 사람에게는 이런 말을 하지 말게. 나쁜 뜻으로 오해할지도 모르니 말일세.

5월 15일

나는 벌써 이 고장 서민들과 친해졌다네. 그들은 나에게 무척 호의적이야. 특히 어린아이들이 나를 따르지.

처음 내가 그들에게 다가가 이것저것 허물없이 물어보았을 때, 그들 중 몇몇은 내가 자기들을 놀린다고 생각하며 퉁명스럽게 대하기도 했지. 그렇지만 나는 조금도 불쾌하지 않았다네. 지금까지 종종 느껴왔던 일을 여기서 다시 한번 느꼈을 뿐이니까. 지위가 높은 계급에 속한 사람들은 서민들과 가까이하면 자신의 위신이라도 손상될까 봐 일부러 서민들과 거리를 두고 쌀쌀맞게 대하지. 그러다가도 때로는 자신만은 그렇지 않은 척 일부러 공손하게 행동하여, 도리어 자신들의 거만함을 서민들에게 더 드러내는 경솔하고 악의적인 사람들도 세상에는 많다네.

우리 인간이 실제로 평등하지 못하고, 평등할 수도 없다는 사실을 나는 잘 알고 있어. 하지만 존경받기 위해서 서민들을 멀리할 필요가 있다고 생각하는 사람들은, 지는 것이 두려워서 적군 앞에서 도망치는 겁쟁이와 마찬가지로 비난을 받아 마땅하다고 생각하네.

얼마 전 샘에 갔을 때, 그곳에서 나는 어떤 젊은 하녀를 만났다네. 그녀는 물통을 계단 맨 아래에 놓고 서서 물통을 머리에 이는 것을 도와줄 사람을 찾는지 주위를 두리번거리며 살피고 있었지.

내가 계단을 내려가서 그 하녀에게 물었지.

"도와줄까요?"

그러자 그녀는 얼굴을 붉히면서 대답하더군.

“아니에요. 괜찮아요.”

그래서 나도 말했지.

“사양할 필요 없어요.”

그제야 비로소 그 하녀는 머리 위에 얹은 똬리를 바로잡더군. 나는 그녀를 도와 물통을 머리에 이도록 거들어주었네. 그녀는 고맙다는 인사를 하고는 계단을 올라갔지.

5월 17일

나는 이곳에서 여러 계층의 사람들을 사귀었지만 아직 마음을 터놓고 이야기할 친구는 만나지 못했네. 나의 어떤 점이 사람의 마음을 끄는지는 잘 모르겠지만, 꽤 많은 사람이 나를 좋아하고 친하게 지내려고 한다네. 하지만 그럴수록 나와 이 사람들이 함께할 시간이 너무나 짧고, 얼마 후면 서로 헤어져야 한다는 사실이 서운할 따름이네. 자네가 이 고장 사람들은 어떠냐고 묻는다면, 나는 다른 고장 사람들과 조금도 다르지 않다고 대답할 걸세. 사람은 어느 곳이나 다 마찬가지니까 말일세. 사람들은 대부분의 시간을 생계를 위해 허비하면서도, 어쩌다 자유 시간이 조금이라도 주어지면 오히려 마음의 안정을 잃고 안절부절못하며 그 얼마 되지 않는 시간을 없애려고 안간힘을 쓰지. 그것이 인간의 운명인 듯싶네.

그래도 이 고장 사람들은 모두 착한 것 같아. 나도 가끔 나 자신을 잊고 아직도 인간에게 허용되는 즐거움을 그들과 함께 나누고 있다네. 깔끔하게 꾸민 식탁에 둘러앉아서 허물없이 이야기를 나누기도 하고, 때로 마차를 함께 타고 산책을 한다든지, 무도회에 참석하기도 하지. 그런 모든 일은 나에게 매우 좋은 영향을 미치고 있다네.

그러나 나는 그럴 때도 또 다른 여러 가지 힘이 내 마음속에 남아 있다는 사실을 느낀다네. 그 힘은 써보지도 못한 채 썩어가고 있는데, 나는 그것이 다른 사람들 눈에 띄지 않도록 조심스레 감추어야 한다네. 이런 생각을 하면 마음이 너무 괴롭고 답답하네. 그렇지만 오해를 받게 마련인 것이 인간의 운명인 것을 어쩌겠나.

아아, 내 젊은 날의 여자 친구가 이 세상을 떠났다는 것을 생각하면 안타깝기 짝이 없네! 차라리 그녀를 몰랐다면 이렇게 마음이 아프지는 않을 텐데. 나는 나 자신에게 이렇게 말하고 싶어.

"너는 바보다! 이 세상에서 구할 수 없는 것을 찾고 있다니."

그러나 그녀는 나의 친구였다네. 나는 그녀를 잃었고, 그녀의 위대한 영혼과 접촉했었네. 그녀의 위대한 영혼이 나를 감싸면, 나는 현실의 나보다 더 나은 존재가 된 것처럼 느꼈지. 나는 되고자 하는 것이면 무엇이든 될 수 있다고 느꼈네. 그때 나는 내 영혼에 담긴 힘을 하나도 남김없이 모두 발휘할 수 있었기 때문이지. 그녀와 마주 보고 있으면 내 마음은 그야말로 신비로운 힘으로 가득 차서, 대자연을 모두 내 안으로 받아들일 수 있었다네. 우리의 교제는 진정으로 섬세한 감정과 가장 날카로운 지성이 서로 합쳐진 영원한 활동이 아니었던가! 그 활동이 갖가지 변화를 만들다가 극단적인 데까지 이르기도 했지만, 그러한 것들도 모두 천재의 표징으로 여기지 않았던가! 그런데 지금은 그녀가 나보다 나이가 낳다는 이유로, 세월이 그녀를 나보다 먼저 무덤으로 데리고 가버렸지. 하지만 나는 결코 그녀를 잊을 수가 없어. 그녀의 굳센 기질과 거룩한 인내심을 나는 결코 잊을 수가 없다네.

며칠 전에 나는 V라는 청년을 만났다네. 용모가 단정하고 매우 솔직한 청년이네. 그는 대학을 갓 졸업했으며, 자신이 남들보다 특별히 영리하다고 생각하지는 않았지만 남들보다 아는 것이 많다고 생각하는 눈치였네. 여러 가지 점으로 미루어볼 때 그는 상당히 부지런한 노력가 같더군. 어쨌든 그가 가진 지식은 상당했네. 내가 그림도 많이 그릴 뿐만 아니라 그리스어도 할 수 있다는 소문을 듣고 (이것은 이 고장에서는 마치 2개의 유성이 떨어진 것처럼 놀라운 일이거든) V군은 나를 찾아와서 자신의 여러 지식을 늘어놓았다네. 바퇴(프랑스의 미학자 — 옮긴이)에서 우드(영국의 호메로스 연구가 — 옮긴이)에 이르기까지, 그리고 드 필(프랑스의 화가 겸 작가 — 옮긴이)에서 빙켈만(독일의 미술사가─옮긴이)에 이르기까지 이야기하더니, 다음으로 술제르(독일의 미학자─옮긴이)의 이론 제1권을 완전히 다 읽었다고 하더군. 심지어 고대 연구에 대한 하이네(독일의 언어학자 겸 고대학자─옮긴이)의 원고를 가지고 있다고 자랑하더군. 나는 그저 잠자코 듣고만 있었다네.

또 한 사람, 내가 알게 된 훌륭한 사람이 있는데, 그는 공작 집안의 법무관으로 매우 성실하고 친절한 사람이라네. 듣자 하니 그에게는 9명의 아이들이 있는데, 그가 그 9명의 아이들에게 둘러싸여 있는 모습을 보면 누구나 마음이 흐뭇해진다고 하더군. 그중 맏딸에 대한 소문이 자자하다네. 한번 놀러 오라는 법무관의 초대를 받았으니 며칠 안으로 방문할 생각이네. 그는 여기서 한 시간 30분쯤 걸리는 곳에 있는 공작의 사냥 별장에서 살고 있다네. 부인이 세상을 떠난 이후 시내에 있는 관사에서 사는 것이 너무 괴로워서 허가를 얻어 그리로 이사했다더군.

그 밖에도 몇몇 괴짜들과도 알게 되었다네. 그들은 도저히 함께할 수 없는 사람들이라네. 특히 친근함을 표시하는 그들의 어색한 태도는 정말 질색이라네.

그럼 이만 쓰겠네. 이 편지는 자네 마음에 들 걸세. 어디까지나 사실을 있는 그대로 전달하려고 노력했으니까.

5월 22일

인생이 한낱 꿈과 같다는 것은 이미 누구나 다 아는 일이지만, 나 또한 그런 생각이 줄곧 머리에서 떠나지 않는다네. 인간의 연구나 활동에 어쩔 수 없는 한계가 있다는 것을 느낄 때, 그리고 그러한 모든 활동이 결국 인간의 온갖 욕망을 만족시키기 위한 것이며, 그 욕망 자체도 궁극적으로는 우리의 가엾은 삶을 연장시키려는 것 말고는 어떤 목적도 없다는 것, 그리고 인간의 탐구가 어느 단계에 도달했을 때 만족하는 것은 우리를 가둔 사방의 벽에 화려하고 밝은 색으로 다양한 풍경과 형상을 그려놓고 좋아하는 허울 좋은 체념에 지나지 않는다는 사실을 생각하면…… 빌헬름, 나는 더 이상 할 말이 없어진다네. 그러면 나는 나 자신으로 돌아가 자신의 내부에서 하나의 세계를 발견하지. 그렇지만 그것 또한 현실에서 명확하고 생생하게 나타난다기보다 오히려 막연한 욕망같이 나타난다네. 그 곳에서는 모든 것이 나의 감각 주변에서 희미하게 떠돌고 있으며, 나는 꿈결인 양 그곳을 향해 미소를 짓는다네.

아이들은 자기가 무언가를 원하면서도 원하는 이유가 진정 무엇인지 모른다네. 이 점에 대해서는 유능한 학교 교사나 가정 교사의 의견이 일치하지. 그러나 어른이라도 아이들과 다를 바 없네. 지상을 정처 없이 비틀거리며 돌아다니고, 자기가 어디서 왔고 어디로 가는지 모른 채 뚜렷한 목적도 없이 비스킷이나 케이크, 회초리의 지배를 받는 것이지. 물론 누구도 이러한 사실을 인정하려고 하지는 않지만, 내가 보기에 그것은 명백한 사실이네.

내가 이런 말을 하면 자네가 어떤 말을 할지 잘 알고 있네. 그러니 나도 기꺼이 인정하겠네. 아이들처럼 매일 별생각 없이 하루를 보내며 인형을 이리저리 끌고 다니거나 인형 옷을 입혔다 벗겼다 하거나, 또는 어머니가 과자를 넣어둔 서랍 주위를 조심해서 살금살금 걸어 다니다가 마침내 원하던 것을 손에 쥐고는 한입 가득 넣고 먹으면서, "더 주세요!"라고 졸라댈 수 있는 사람이야말로 가장 행복한 사람이라는 걸. 또 한편 별 가치도 없는 자기의 일이나 자기 정열에까지 그럴듯한 칭호를 붙이고서, 그것이 마치 인간의 행복과 안녕을 위해서 커다란 기여를 한 것처럼 떠들어대는 사람 역시 행복할 걸세. 그렇게 할 수 있는 사람은 행복하겠지!

그러나 겸허한 마음으로 이런 모든 일이 어떤 의미인지를 아는 사람도 있다네. 그런 사람은 자기의 조그만 정원을 낙원처럼 가꾸는 일을 낙으로 삼고 안락하게 살아가는 시민이든 무거운 짐을 지고서도 쉬지 않고 제 길을 걸어가는 불행한 사람이든 모두 똑같이 단 1분만이라도 더 햇볕을 쬐고 싶어 한다는 사실을 알고 있는 걸세. 다시 말해 그런 사람들은 말없이 자신의 내부에 자기 세계를 이룩하는 사람이기 때문에 행복하다고 말할 수 있는 것이네. 그런 사람들은 아무리 답답한 현실에 처하더라도 마음속에서 항상 자유의 즐거움을 누리고 있지. 그래서 그들은 자기가 원할 때면 언제라도 이 감옥 같은 세상에서 벗어날 수 있는 것일세.

5월 26일

자네는 이미 내가 어떤 생활을 좋아하는지 알고 있을 거야. 어느 곳이든 마음에 드는 곳으로 가서, 그곳에 작은 집을 짓고 조용하고 소박하게 살고 싶어 한다는 것 말일세. 이곳에서도 나는 맘에 드는 장소를 발견했네.

시내에서 한 시간쯤 걸리는 곳에 발하임(독자여, 이 지명을 찾기 위해 애쓰지 말기 바랍니다. 부득이한 사정으로 편지 원문에 있던 지명을 바꿀 수밖에 없었기 때문입니다.―원주)이라는 마을이 있네. 언덕을 따라 자리 잡고 있는 그 위치가 매우 재미있지. 마을의 오솔길을 따라 위쪽으로 올라가면 갑자기 골짜기 전체가 눈앞에 펼쳐진다네. 나이에 비해서 상당히 쾌활하고 명랑하며 애교 있는 식당 여주인이 거기서 포도주와 맥주, 커피를 팔고 있다네. 그곳에서 무엇보다 가장 마음에 드는 것은 두 그루의 보리수라네. 넓게 퍼진 나뭇가지는 교회 앞에 있는 조그마한 광장을 뒤덮고 있으며, 그 광장 주변에는 농가나 헛간, 정원이 둘러싸고 있어. 그렇게 아늑하고 정다운 곳은 이제껏 본 적이 없을 정도라네. 나는 그 식당에서 작은 식탁과 의자를 광장으로 내다놓고, 그곳에서 커피를 마시면서 《호메로스》를 읽지. 맑게 갠 어느 날 오후, 내가 처음으로 우연히 이 보리수 그늘 밑으로 찾아들었을 때 광장은 매우 조용했어. 마을 사람들은 모두 일하러 들로 나가고 없었지. 겨우 네 살쯤 된 사내아이 하나가 땅바닥에 앉아 태어난 지 6개월밖에 안 되어 보이는 갓난아이를 자기 양다리 사이에 앉혀놓고 가슴에 기대게 해서 안락의자 역할을 했네. 그 사내아이는 검은 눈으로 쉴 새 없이 사방을 두리번거리면서도 아주 조용히 앉아 있었지. 그 광경이 매우 마음에 들더군. 나는 바로 맞은편에 있는 쟁기 위에 걸터앉아서 흐뭇한 마음으로 그 형제의 모습을 그렸네. 그리고 바로 옆에 있는 울타리와 헛간의 문, 부서진 수레바퀴 등을 보이는 그대로 그려 넣었다네. 그렇게 한 시간쯤 지났을 때 내 주관적인 판단은 조금도 가미되지 않았으면서도 짜임새 있게 그려진 재미있는 그림이 완성되었어. 이것을 계기로 나는 앞으로는 자연에만 의지해야겠다는 생각을 더욱 굳혔다네.

한없이 풍요로운 자연만이 위대한 예술가를 창조할 수 있네! 물론 예술의 여러 규칙에는 나름대로 장점이 있지. 하지만 그 규칙을 찬양하는 것은 마치 시민(부르주아—옮긴이) 사회의 장점을 찬양하는 것과 같은 것이네. 물론 규칙에 따라 예술 활동을 하는 사람이라면 결코 저속하거나 천박한 작품을 만들어내지는 않을 걸세. 그것은 바로 어떤 규칙이나 법규를 지키며 자란 사람은 불량배나 지독한 악당이 되지 않는 것과 마찬가지일세. 하지만 반면에 모든 규칙은 자연의 진정한 감정과 참된 표현을 파괴하고야 말지. 어쩌면 자네는 이렇게 말하겠지.

"그것은 너무 지나친 표현이야. 규칙이란 단지 제한을 가하는 것, 즉 불필요하게 자란 덩굴을 잘라내는 것과 같은 거라고."

그렇다면 친구여, 비유를 하나 들겠네. 그것은 마치 연애와 같은 걸세. 어떤 청년이 한 아가씨에게 반해서 매일매일 그녀를 따라다니며 자신의 모든 정력과 재산을 쏟아붓고, 자신이 모든 것을 바치고 있다는 것을 쉴 새 없이 알린다고 해보세. 그때 어떤 속물 같은 인간, 이를테면 어떤 관직에 있는 남자가 나타나서 그 청년을 보고 이렇게 말하는 걸세.

"여보게, 젊은이! 사랑을 한다는 것은 인간적인 일이야. 그러니 자네도 사랑을 하려거든 좀더 인간답게 하게. 우선 자네의 시간을 둘로 나눠서 한쪽은 일을 하는 데 쓰고, 다른 한쪽은 애인에게 바치는 데 쓰게. 그리고 재산도 잘 계산해서 꼭 필요한 경비는 놔두고, 나머지 돈으로 애인에게 선물을 보내게. 그렇다면 나도 말리지 않겠네. 그러나 그것도 너무 자주 하면 안 돼. 애인의 생일이나 세례

일 같은 날에 하도록 하게나."

그 청년이 그 말을 따른다면, 그는 이른바 세상에서 말하는 쓸모 있는 청년이라고 할 수 있지. 나라도 그 청년을 관청 직원으로 채용하도록 영주에게 추천할 걸세. 그러나 그렇게 되면 그는 애인으로서는 끝난 것이네. 그가 예술가라면 그의 예술도 막을 내리고 만 것일세.

친구여! 천재의 흐름은 왜 그렇게도 용솟음치기가 힘들고, 어째서 그처럼 높은 물결을 이루어 사람들의 영혼을 뒤흔드는 일이 이렇게도 드물단 말인가! 사랑하는 친구여, 그러한 천재의 흐름 양쪽 기슭에는 평범하고 속된 무리들이 살고 있어서라네. 그들은 자신의 정원에 있는 정자나 튤립 꽃밭과 채마밭이 허물어질까 봐 미리 제방을 쌓고 도랑을 파서, 앞으로 닥쳐올 위험을 막으려 하고 있지.

5월 27일

아무래도 내가 너무 시나치게 비유와 연설을 늘어놓는 데 열중하느라고 그 아이들이 그다음에 어떻게 되었는지 이야기하는 것을 그만 잊고 말았네. 어제 편지에서 자네에게 단편적으로 말한 것과 같이, 나는 그림을 그리는 기분에 사로잡혀서 거의 2시간 동안이나 쟁기 위에 걸터앉아 있었다네. 저녁 무렵이 되자 어떤 젊은 부인이 바구니를 팔에 건 채로 그때까지 꼼짝도 하지 않고 놀고 있던 아이들에게로 오면서 이렇게 외치더군.

"필립스, 참 착하구나!"

그러더니 나를 보고도 인사를 하기에, 나도 인사를 하면서 몸을 일으켜 가까이 다가가서 아이들의 어머니냐고 물었지. 그녀는 그렇다고 대답을 하면서 흰 빵을 절반으로 잘라 큰 아이에게 주고는 어린아이를 안아 올리더니 어머니다운 사랑이 넘치는 키스를 하더군. 그리고 나에게 이렇게 말했지.

"필립스한테 어린 동생을 맡기고 저는 큰아이를 데리고 빵과 설탕, 죽을 끓이는 냄비를 사려고 시내에 다녀오는 길이에요."

그녀의 팔에 걸린 바구니 속에 그 물건들이 들어 있는 것이 보였다네.

"저녁에 한스(이것이 갓난아이의 이름이라네)에게 줄 수프를 끓이려고요. 어제저녁 장난꾸러기 큰애가 남은 수프를 놓고 필립스와 다투다가 그만 냄비를 깨뜨려버렸거든요."

그녀가 이렇게 말하기에 나는 큰아이는 어디 있느냐고 물었지. 그 애는 풀밭에서 거위들을 쫓아다니고 있을 거라고 그녀가 대답히자마자, 바로 그 아이가 달려와서는 개암나무 가지 하나를 자기 동생에게 선물로 주더군. 그리고 계속해서 그 아이들의 어머니와 이런저런 이야기를 나누는 동안, 나는 그녀가 어느 학교 교장의 딸이라는 사실과 그녀의 남편이 사촌의 유산을 받기 위해 스위스 여행 중이라는 사실을 알게 되었네.

"친척들이 모두 남편을 속이고 있어요. 남편이 편지를 몇 번이나 보냈는데도 답장이 전혀 없었어요. 그래서 할 수 없이 남편이 직접 간 거예요. 나쁜 일이나 생기지 말아야 할 텐데, 아직 아무 소식이 없네요."

이렇게 이야기를 주고받다가 그냥 헤어지기가 섭섭해서 나는 아이들에게 1크로이처(옛 독일에서 사용한 동전—옮긴이)씩 나눠주었네. 그리고 막내를 위해서는 시내에 갈 때 수프에 곁들여 먹을 빵을 사다 주라고 어머니에게 1크로이처를 주고 우리는 헤어졌지.

그리운 친구여, 솔직히 말해서 내 마음을 진정시킬 수 없을 때 이런 여인을 바라보고 있노라면 한결 마음이 진정되곤 하네. 그들은 삶의 좁은 테두리 안에서 평온하게 그날그날을 살아가며, 혹 나뭇잎이 떨어지는 것을 보아도 겨울이 왔다는 사실 외에는 별다른 생각을 하지 않는 그런 사람들이거든.

그 후에도 나는 가끔 그곳을 들른다네. 아이들은 이제 나와 상당히 친해져서, 내가 커피를 마실 때는 다가와서 설탕을 얻어먹기도 하고, 저녁때는 버터 바른 빵과 우유를 나누어 먹기도 하지. 그리고 일요일마다 그 아이들에게 1크로이처씩 꼭 주는데, 예배 시간이 끝난 후에도 내가 그곳에 오지 않을 때에는 식당 여주인에게 나 대신 돈을 주라고 부탁해놓았다네.

나와 친해진 후 아이들은 스스럼없이 나에게 온갖 이야기를 들려준다네. 특히 마을 아이들이 많이 모여 있을 때면 그들의 드센 감정이나 소박한 욕심이 노골적으로 드러나는데, 나는 그것이 매우 흥미롭다네. 그런데 아이들의 어머니는 아이들이 혹여 나한테 폐를 끼칠까 봐 무척 신경 쓰더군. 그래서 그런 걱정할 필요 없다고 안심시키느라 몹시 애를 먹었다네.

5월 30일

얼마 전 내가 그림에 대해 말한 것은, 문학에도 그대로 해당되는 것이라고 생각하네. 즉, 가장 중요한 대목을 찾아내 그것을 주저 없이 대담하게 표현하기만 하면 되는 것이지. 그렇게 하면 최소한의 말로도 수많은 의미를 나타낼 수 있네. 가령 오늘 내가 본 어떤 광경을 그대로 묘사한다면 아마도 이 세상에서 가장 아름다운 목가가 될 것이 틀림없네. 그러나 문학이니 경치니 목가니 하는 것들이 무슨 의미가 있겠나? 자연현상 그 자체에 흥미를 가지면 됐지, 무엇을 위해 우리는 그것에 기교를 가한단 말인가?

내가 이렇게 서론을 장황하게 늘어놓기 시작한 것을 보고 자네가 내게 무슨 고상하고 훌륭한 일을 기대한다면, 그 기대는 완전히 어긋난 것일 수도 있네. 이렇게까지 내 마음을 흔들고 열중시킨 것이 실은 이 고장의 어느 젊은 농부에 지나지 않으니까 말일세. 전과 다름없이 있는 그대로 말할 생각이지만, 자네는 으레 내가 과장해서 이야기하고 있다고 생각할 테지. 아무튼 이 일이 일어난 장소는 역시 발하임이라네. 이런 일이 일어날 만한 장소는 발하임밖에 없으니까.

전에 말한 보리수 밑에서 커피를 마시는 모임이 있었다네. 그러나 나는 그 자리에 모이는 사람들이 마음에 들지 않아서 핑계를 대고 따로 떨어져 앉아 있었지. 그런데 근처 농가에서 어느 젊은 농부가 나오더니, 얼마 전 내가 그림을 그릴 때 앉았던 낡은 쟁기를 고치려는지 손질하기 시작하더군. 나는 어쩐지 그 모습이 마음에 들어서 그에게 말을 붙였고, 이것저것 묻다가 금세 가까워졌다네. 이러한 종류의 사람들과는 늘 그렇듯이 금방 친해졌지. 그의 말에 따르면, 그는 어떤 미망인의 집에서 일하는 하인으로, 자신의 여주인으로부터 매우 좋은 대우를 받는다고 하더군. 그가 자기 여주인 이야기를 자꾸 하면서 칭찬을 늘어놓는 것으로 보아 나는 이 젊은 농부가 사실은 몸과 마음을 다 바쳐 그 미망인을 사모하고 있다는 사실을 곧 눈치챘다네.

그의 말에 따르면 그녀는 첫 번째 결혼에서 남편에게 학대를 받았고, 그래서 재혼할 생각이 전혀 없는 것처럼 보인다고 하더군. 그의 말투를 통해서 나는 그 미망인이 이 젊은 농부에게 얼마나 아름답고 매력적으로 보이는지, 그리고 그녀가 첫 결혼에서 받았던 아픈 상처를 지워버리기 위해서라도 자신을 택해주기를 이 남자가 얼마나 애타게 바라는지를 똑똑히 알 수 있었네.

자네에게 이 남자의 순수한 애정과 사랑과 진실성을 있는 그대로 전하려면 그가 한 말을 한 마디도 빠짐없이 반복해서 들려주는 수밖에 없을 걸세. 웬만큼 위대한 시인이 아니고서야 그 남자의 몸짓, 표정, 목소리에 담긴 애정과 눈빛에 나타난 정열을 있는 그대로 자네에게 전달하기란 어려운 일일 걸세. 아니, 아무리 위대한 시인이라도 그의 태도와 표정에 어린 애정의 빛을 도저히 표현할 수 없을 걸세. 내가 여기에 그것을 아무리 잘 표현하려고 해봤자 그저 서투른 졸작이 되고 말 것이라네. 어쨌든 그중에서 특히 내 마음을 흔든 것은, 내가 그와 여주인의 관계를 수상쩍게 여기거나 그녀의 행실을 의심하지나 않을까 하고 그 남자가 몹시 염려하는 태도였다네. 비록 젊지는 않지만 그래도 강렬하게 그의 마음을 끌어당기는 그녀의 모습이나 몸매에 대해 이야기하는 그의 태도는 참으로 열정적이었네. 나는 그것을 다만 마음속으로만 되새겨 볼 뿐이라네.

나는 태어나서 여태까지 이처럼 순수한 욕망과 뜨거운 정열을 본 적이 없네. 심지어 꿈조차 꾼 적이 없다네. 이런 순수성과 진실함을 생각하면 내 영혼의 가장 깊은 곳으로부터 불길이 타오르는 것을 느낄 수 있다네. 그 진실함과 애정의 생생한 모습이 어디를 가도 나를 뒤따라와서, 나까지도 그 불길에 휩싸인 것처럼 애가 탄다네. 내가 이런 말을 한다고 해서 나를 나무라지는 말게나.

머지않아 나는 그 미망인을 만날 생각이네. 아니, 다시 곰곰이 생각해보니 그러지 않는 것이 좋을 것 같군. 도리어 애인의 눈을 통해서 그녀를 보는 것이 나을 것 같네. 그녀를 내 눈으로 직접 보면 지금 내가 상상하는 모습과 딴판일 수도 있을 테니 말일세. 굳이 아름다운 상상을 깨트릴 필요 없지 않겠나.

6월 16일

왜 편지를 하지 않느냐고? 그런 질문을 하다니, 그러고도 학자라고 할 건가? 내가 건강하게 잘 지내고 있다는 것은 짐작하고도 남을 걸세. 그럼에도…… 간단히 말하지. 내 마음을 끄는 어떤 사람이 생겼네. 왜 그렇게 되었는지 나도 모르겠어. 어떻게 그렇게 사랑스러운 여자와 가까워졌는지 그 사연을 순서대로 차근차근 말한다는 것은 참으로 어려운 일이네. 그래서 나는 훌륭한 역사 기록자가 될 수 없다는 걸세. 나는 지금 만족하고 행복하기 때문에 지난 일들을 차분히 쓸 수가 없네.

그녀는 천사, 아니지, 그런 말은 누구나 자기 애인에게 쓰는 표현이 아닌가? 그걸 알면서도 나는 그 말 외에 그녀가 얼마나 완벽한지 표현할 방법이 없다네. 그렇게 그녀는 내 마음을 완전히 사로잡았기 때문일세.

그녀는 이해심이 많으면서도 순진한 면이 있고, 지극히 선량하면서도 한없이 다정하다네. 또 더없이 명랑하면서도 침착하다네.

여기에 내가 그녀에 대해 어떤 말로 표현하더라도 모두 하찮은 잔소리, 시시한 추상적인 표현일 뿐 어떠한 말로도 그녀를 제대로 표현하지 못할 걸세. 다음에, 아니지, 다음으로 미룰 것이 아니라 지금 이야기하겠네. 지금이 아니면 기회가 영원히 없을 것 같기 때문이네. 왜냐하면 우리 사이니까 하는 이야기지만, 이 편지를 쓰기 시작한 뒤로도 나는 벌써 세 번이나 펜을 내던지고 말에 안장을 얹고 밖으로 달려 나가려고 했다네.

오늘 아침에 나는, 오늘은 그녀에게 가지 않겠다고 스스로 맹세까지 한 터일세. 그런데도 자꾸만 창가로 달려가서는 해가 얼마나 떠올랐는지 살펴보곤 했네.

나는 결국 나 자신을 이겨내지 못했네. 그녀에게 달려가지 않을 수가 없었다네. 방금 그녀에게 갔다가 막 돌아온 참일세. 빌헬름, 나는 이제야 집으로 돌아와서 저녁으로 버터 바른 빵을 먹고 자네에게 이 편지를 쓰는 걸세. 자네는 그녀가 귀엽고 명랑한 아이들, 즉 여덟 동생들에게 둘러싸여 있는 모습을 보는 것이 얼마나 즐거운 일인지 모를 걸세.

이런 식으로 써 내려가면 자네는 내가 무슨 소리를 하는지 알기 힘들겠지. 좋아, 그러면 들어보게나. 이제부터 마음을 진정하고 자세히 쓰겠네.

지난번에 말했던 바와 같이 나는 법무관 S씨를 알게 되었으며, 그분은 시간이 나는 대로 자신의 은신처, 아니 자신의 작은 왕국이라고도 할 수 있는 집으로 한번 놀러 오라고 초대했네. 하지만 나는 그 집에 찾아가는 것을 미루고 있었지. 우연한 기회에 그 한적한 곳에 파묻혀 있던 보물이 내 눈에 띄지 않았더라면 아마 거기에 결코 가지 않았을지도 모르네.

한번은 이 고장 청년들이 무도회를 연다기에 거기에 참석한 적이 있다네. 나는 이 고장에서 알게 된 아가씨 가운데 마음씨 곱고 예쁘기는 하지만 그 밖에는 이렇다 할 매력이 없는 한 아가씨에게 파트너가 되어달라고 부탁했다네. 그리하여 마차 한 대를 빌려서 그 아가씨와 그녀의 사촌 언니를 태우고 무도회장으로 가다가 샬로테라는 아가씨네 집에 들러 그녀도 함께 태우고 가기로 했다네.

"곧 예쁜 아가씨를 만나게 될 거예요."

마차가 사냥 별장을 향해 난 숲길을 따라 달려갈 때 내 파트너를 하기로 한 아가씨가 그렇게 말하더군. 그러자 그녀의 사촌 언니도 덧붙이더군.

"홀딱 반하지 않으려면 조심하셔야 할 거예요."

"왜요?"

내가 이렇게 묻자 그녀가 대답했네.

"샬로테는 이미 약혼을 했거든요. 그녀의 약혼자는 매우 훌륭한 분인데 지금은 여행 중이랍니다. 얼마 전 부친이 세상을 떠나서 그 뒤처리를 할 겸, 좋은 일자리도 구할 겸 해서 멀리 여행을 떠났거 든요."

나는 그때까지만 해도 그런 이야기에 별 관심을 두지 않았네.

우리가 탄 마차가 사냥 별장 문 앞에 다다랐을 때는 해가 서산을 넘기 직전이었다네. 날씨는 매우 무더웠으며, 비를 뿌릴 것 같은 먹 구름이 지평선 부근에 밀려오고 있어서 함께 간 여자들은 소나기라 도 뿌리지 않을까 걱정하고 있었지. 나는 대단치도 않은 기상학 지 식을 둘러대며 그녀들의 근심을 덜어주려고 애를 쓰면서도, 나 또 한 속으로는 무도회가 소나기로 중단되면 어떻게 하나 염려하고 있 었다네.

내가 마차에서 내리자 문 앞에 하녀가 냉큼 달려 나오더니, 로테 아가씨가 곧 나올 테니 조금만 기다려달라고 하더군. 나는 정원을 지나 보기 좋게 잘 지은 집 쪽으로 걸어갔네. 그리고 집 앞에 있는 계단을 올라가 현관문으로 들어섰을 때, 지금까지 보지 못한 아름다운 광경이 눈앞에 펼쳐졌다네. 현관 앞 방에는 두 살에서 열한 살 사이의 아이들 여섯이 아름다운 아가씨를 둘러싸고 있었네. 그 아가씨는 중간 정도의 키에 가슴과 팔에 연분홍 리본이 달린 청초한 흰색의 옷을 입고 있었네. 그녀는 손에 흑빵을 들고 주위에 있는 아이들의 나이와 배가 고픈 정도에 따라 한 조각씩 잘라서 다정하게 나눠 주고 있었지. 아이들은 빵을 자르기도 전에 귀여운 손을 높이 쳐들고 기다리고 있다가, 빵을 받으면 천진스러운 목소리로 "고맙습니다!"라고 외쳤어. 빵을 받은 아이들은 기뻐서 뛰어 달아나기도 하고, 로테 누나가 타고 갈 마차나 찾아온 손님들을 보려고 문 쪽으로 달려가기도 했지. 그러자 로테가 나를 보고 이렇게 말했네.

"여기까지 이렇게 오시게 하고, 또 다들 기다리게 만들어서 정말 죄송합니다. 옷을 갈아입고, 제가 없는 동안 해야 할 일들을 이것저것 정리하다 보니, 그만 아이들에게 저녁으로 먹을 빵을 나눠 주는 것을 잊고 있었어요. 이 아이들은 제가 주는 빵이 아니면 받으려고 하지 않거든요."

나는 얼떨결에 인사를 하기는 했지만, 마음은 이미 그녀의 모습과 목소리, 태도에 끌리고 있었다네. 그래서 잠시 로테가 장갑과 부채를 가지러 거실로 달려갔을 때에야 나는 설레는 기분을 겨우 진정할 수 있었다네. 아이들은 조금 떨어진 곳에서 나를 보고 있었지. 내가 그중에서 가장 귀엽게 생긴 나이 어린 막내에게 다가가자 그 아이는 슬금슬금 뒷걸음질을 치더군. 그때 마침 로테가 방문을 열고 나오면서 동생에게 말하더군.

"루이, 아저씨한테 인사드려야지."

그러자 그 아이는 서슴지 않고 손을 내밀더군. 콧물을 흘려서 코 밑이 조금 지저분하기는 했지만 나는 진심으로 그 아이에게 키스를 하지 않을 수 없었다네.

"아저씨라고요?"

나는 그 여자에게 손을 내밀며 덧붙여 물었네.

"제가 당신의 친척이 될 영광을 누릴 수 있을까요?"

내 질문에 로테는 가볍게 미소를 지으며 대답했네.

"저희는 친척이 상당히 많답니다. 그중에서 당신이 가장 빠지는 분이라면 좀 서운하겠지만요."

떠나면서 로테는 열한 살쯤 되어 보이는 동생 소피에게 어린 동생들을 잘 보살피고, 말을 타고 산책 나가신 아버지께서 돌아오시면 인사 못 드리고 간 것을 잘 말씀드리라고 이르더군. 그리고 어린 아이들에게는 소피 누나를 자기라고 생각하고 말을 잘 들어야 한다고 타이르더군. 다른 아이들은 그 말을 모두 잘 알아들은 것 같았네. 하지만 그중에서 여섯 살쯤 된 귀엽고 똑똑해 보이는 금발머리

여동생은 이렇게 말하더군.

"그래도 소피 언니는 큰언니가 아니잖아. 우린 큰언니가 좋단 말이야."

그러는 사이에 남동생 둘이 마차 뒤에 올라타고 있었네. 로테는 안 된다고 했지만, 내가 중간에 끼어들어 조정을 해서 아이들이 장난치지 않고 얌전히 있는 조건으로 숲 입구까지 마차를 태워주기로 허락했네.

마침내 모두 자리에 앉자, 여자들은 서로 반갑게 인사를 나누고 서로의 옷차림과 모자에 대해서 몇 마디 이야기를 주고받더군. 그리고 오늘 모임에 대한 이야기가 시작될 즈음 로테는 마차를 세우고 아이들을 내리게 했네. 아이들이 다시 한번 누나 손에 키스를 하겠다고 하더군. 손위의 아이는 열다섯 살다운 정감 어린 키스를 했지만, 작은아이는 대충 해치워버리더군. 로테는 동생들에게 얌전히 잘 있으라는 말을 다시 한번 했고, 우리가 탄 마차는 달리기 시작했네.

내 파트너의 사촌 언니가 로테에게 요전에 보낸 책은 다 읽었느냐고 묻자 로테는 이렇게 대답하더군.

"아니요, 그 책은 마음에 들지 않더군요. 돌려드릴게요. 그 전 책도 마찬가지였어요."

내가 그 책 제목을 묻자 그녀는 어떤 책(어떤 작가도 주관이 뚜렷하지 않은 젊은이나 아가씨의 비평을 접하고 난색을 표할 거라고 생각하지 않지만 그래도 혹시 피해를 줄지 몰라 이 부분을 삭제합니다.—원주)의 제목을 댔는데, 그 대답을 듣고 나는 더욱 놀랐다네. 나는 그녀가 하는 말에서 그녀의 개성을 발견할 수 있었네. 그녀가 말할 때마다 새로운 매력이 그녀의 얼굴에서 빛나더군. 그녀는 내가 자신의 말을 이해해준다는 사실에 만족하여 점점 더 친근해하는 기색이었네.

"저는 어렸을 때부터 소설을 가장 좋아했어요. 일요일이 되면 대개 방에 틀어박혀 미스 제니(조셉 티모드 헤르메스의 소설. 교훈적이고 감상적인 가정소설이다. 혹자는 헤르메스가 아니라 마리 장 느리코보니의 소설이라고도 한다.—옮긴이)와 같은 주인공의 행복과 불행에 정신없이 빠져들곤 했지요. 물론 지금도 그런 책에 마음이 끌린다는 것을 부정할 생각은 없답니다. 그렇지만 요즘은 좀처럼 책을 읽을 기회가 적기 때문에, 되도록 제 취향에 맞는 책을 읽고 싶어요. 제가 좋아하는 작가는 작품 속에서 제가 살아가는 세계와 공통점을 찾을 수 있고, 저희 집 같은 생활을 묘사하여 친근함을 느낄 수 있는 재미있고 아기자기한 이야기를 쓰는 작가랍니다. 물론 저희 집이 천국은 아니겠지만, 저에게는 이루 말할 수 없는 행복의 원천 같은 곳이거든요."

이런 로테의 말을 듣고 나는 크나큰 감동을 받았지만, 그런 감정을 애써 감추려고 노력했다네. 물론 그렇게 오래 감출 수는 없었지.

로테가 《웨이크 필드의 시골 목사》(아일랜드 작가 올리버 골드 스미스의 소설—옮긴이)를 비롯한 몇몇 소설(여기서도 몇 명의 독일 작가 이름을 삭제했습니다. 로테와 취미가 같은 사람이라면 분명히 이 대목을 읽고 공감할 것이기 때문입니다. 그렇지 않은 사람이라면 굳이 알 필요가 없다고 봅니다.—원주)을 언급하자 나는 결국 그 이야기에 열중한 나머지 내가 알고 있는 것을 모두 말해버리고 말았다네. 사촌 언니는 몇 번이나 코웃음을 치며 비웃는 표정으로 나를 바라보았지만, 나는 그런 것에 개의치 않았네.

대화가 춤에 대한 것으로 옮겨가자 분위기는 다시 명랑해졌지.

"춤에 대해 지나치게 열중하는 것이 결점일 수 있다 하더라도, 고백하건대, 저는 춤을 정말 좋아한답니다. 무언가 걱정거리가 있을 때면 음정도 제대로 맞지 않는 조율 안 된 피아노라도 대무곡(17세기 무렵 영국의 전원(田園)에서 시작되어 유행한 춤곡—옮긴이)을 한바탕 치고 나면 그런대로 마음이 풀리더라고요."

로테가 이렇게 말하는 동안, 나는 그 여자의 새까만 눈동자를 황홀하게 바라보았다네. 생기 넘치는 입술과 발갛게 상기된 두 뺨이 내 마음을 온통 사로잡고 말았네. 로테가 말하는 동안 나는 그녀의 모습에 도취되어 몇 번이나 그녀의 말을 잘못 듣고 말았지. 자네는 나를 잘 아니 능히 짐작하고도 남겠군. 결국 마차가 무도회장에 도착했을 때, 나는 꿈속을 헤매던 사람처럼 마차에서 내렸다네. 나는 저물어가는 황혼 속에서 몽유병 환자처럼 넋을 잃고 있었기 때문에 불이 환하게 켜진 무도회장에서 들려오는 음악 소리조차 제대로 들을 수 없을 정도였네.

아우드란이라는 신사와 또 다른 신사가—어떻게 이름 따위를 일일이 다 기억하겠나!—우리 마차 있는 곳까지 나와 맞이해주었는데, 그들은 내 파트너의 사촌 누나와 로테의 파트너가 되어 모두 함께 무도회장 안으로 들어갔지.

우리는 서로 이리저리 얽히며 미뉴에트를 추었다네. 차례대로 파트너를 바꾸며 춤을 추었는데, 가장 달갑지 않은 상대일수록 한번 손을 잡으면 좀처럼 떨어지지 않으려 하더군. 로테와 그녀의 파트너는 영국식 춤을 추기 시작했네. 이윽고 그녀가 우리와 같은 대열에 들어섰을 때 내가 얼마나 기뻤을지 자네도 쉽게 짐작할 것이네. 그녀가 춤을 추는 모습을 자네에게도 보여주고 싶군! 그녀는 몸과 마음을 온통 춤에 집중하여 몸 전체가 마치 하나의 화음처럼 움직인다네. 춤을 추는 동안 그녀는 아무 거리낌 없이 오직 춤만을 생각하며, 춤 이외의 일은 생각조차 하지 않는 듯이 보인다네. 춤을 추는 순간만은 그녀의 눈앞에서 모든 사물이 사라져버린 것 같았다네.

나는 로테에게 다음 곡의 상대가 되어줄 것을 청했지. 그러자 로테는 그다음 곡의 상대가 되어주겠노라고 약속하고는, 너무나 사랑스럽고 솔직한 태도로 자기는 독일식 춤을 가장 좋아한다고 나에게 말하더군.

"여기서는 독일식 춤을 출 때 파트너를 바꾸지 않는 것이 관례랍니다. 하지만 제 파트너가 독일식 왈츠를 잘 못 추니까 세 번째 곡에서 함께 춤추지 않아도 괜찮다고 할 거예요. 조금 전 영국식 춤을 출 때 보니 선생님께서는 왈츠를 잘 추시더군요. 당신이 저와 독일식 춤을 같이 추실 생각이 있으시면, 지금 제 파트너에게 가서 부탁하고 오세요. 그러시면 저도 선생님의 파트너에게 가서 양해를 구하겠어요."

나는 선뜻 좋다고 말했지. 그리하여 우리는 서로의 파트너에게 가서 우리가 춤추는 동안 둘이서 이야기를 나누도록 양해를 구했다네.

드디어 춤이 시작되었네. 우리는 얼마 동안 팔을 서로 이리저리 바꿔 끼며 흥겹게 춤을 즐겼다네. 그녀가 얼마나 매력적으로 경쾌하게 춤을 추었는지 모른다네! 그리고 왈츠가 시작되어 사람들이 하늘의 별들처럼 빙글빙글 서로의 주위를 돌며 춤을 추기 시작했네. 하지만 왈츠를 제대로 추는 사람이 적었기 때문에 처음에는 다소 어수선했네. 우리는 그 혼란이 진정되기를 느긋하게 기다렸지. 이윽고 서투른 사람들이 물러나자 우리는 가볍게 춤추기 시작했네. 우리 쌍 외에는 아우드란과 그의 파트너뿐이었네. 이제껏 그렇게 경쾌하게 춤을 추어본 적이 없을 정도였다네. 나는 이 세상 사람이 아니라 꿈속을 헤매는 것 같았지. 그토록 귀여운 여자를 품에

안고 번개처럼 춤을 추며 돌다 보니 주위 사람들이 모두 사라진 듯 하나도 보이지 않을 정도였다네. 친구여, 그때 나는 마음속 깊이 맹세했네. 내가 사랑하는 이 아가씨가 결코 나 아닌 다른 사람과 춤을 추게 하지 않으리라고 말일세. 설령 그 때문에 내가 파멸하는 한이 있더라도 말이야……. 나의 이러한 기분을 자네라면 알아주겠지.

나와 로테는 잠시 숨을 돌리려고 천천히 홀을 두세 차례 거닐다가 자리에 앉았네. 내 몫으로 가져다 놓은 오렌지 몇 개가 남아 있는 유일한 과일이었는데, 그것이 매우 요긴하게 쓰였네. 하지만 로테가 오렌지를 몇 조각으로 잘라 주저 없이 염치없는 주변의 여자들에게 나눠 줄 때는 마음이 매우 안타까웠다네.

세 번째 영국식 춤을 출 때도 나와 로테는 짝이 되었다네. 둘이서 대열의 가운데로 춤을 추며 지나갈 때 느꼈던 기쁨은 신만이 알 걸세. 순수한 만족감으로 가득 찬 그녀의 눈을 바라보며 나는 로테의 손을 붙잡고 바로 어떤 부인 옆을 춤을 추며 지나가게 되었네. 그 부인은 젊다고는 할 수 없었지만 얼굴이 매우 예뻤기 때문에 그전에도 눈여겨보았던 여자였지. 그녀는 미소를 지으며 로테에게 눈길을 보내더니, 우리가 옆을 지날 때 위협하듯 손가락을 하나 치켜 세우고 의미심장하게 두 번이나 '알베르트'라는 이름을 부르더군.

"미안하지만 알베르트라는 사람이 누군가요?"

나는 로테에게 물었네. 로테가 대답하려는 순간 우리는 큼직하게

S자를 그리기 위해 양쪽으로 떨어져야만 했네. 다시 서로 교차할 때 로테를 바라보니 그녀는 생각에 잠긴 듯한 표정을 지었네.

"숨기려고 한 것은 아니에요."

프롬나드 스텝(파트너와 얼굴을 바라보되 몸은 앞으로 향하여 왼손과 왼손, 오른손과 오른손을 가슴 높이에서 포개 잡고 추는 춤―옮긴이)을 밟기 위해 로테는 나에게 손을 내밀며 이렇게 말했네.

"알베르트는 매우 훌륭한 분으로, 저와 약혼한 사이나 다름없답 니다."

그 말은 별로 새로운 이야기는 아니었네. 이곳으로 오는 도중에 마차에서 이미 들었던 이야기였으니까. 하지만 막상 직접 듣고 보니 마치 처음 들은 이야기처럼 느껴지더군. 왜냐하면 그렇게 짧은 시간에 나에게 그처럼 소중한 존재가 되어버린 로테를 그 이야기와 결부시켜 생각하지 않았기 때문이었지. 그 이야기를 듣고 마음이 혼란하고 당황해서 나도 모르게 다른 짝들 가운데로 들어가버리고 말았다네. 그래서 모두가 뒤죽박죽이 되어버렸지만, 로테가 침착하 게 잘 이끌어주어서 곧 진정할 수 있었네.

춤추기 훨씬 전부터 저 멀리 지평선에서 번개가 번쩍였지만 그 저 마른번개라고 생각했네. 그런데 춤이 끝날 무렵 번개가 점점 심 하게 번쩍이더니 급기야 천둥소리가 음악 소리가 들리지 않을 정도 로 크게 울렸네. 그 소리에 놀란 여자 셋이 대열에서 빠져나가자 그녀들의 파트너도 그 뒤를 쫓아 나갔지. 대열이 흩어지고 홀 안이 소란스러워져 결국 음악도 중단되고 말았네. 한참 즐거울 때 불행이나 어려운 일이 닥치면 그 충격이 여느 때보다 더 강한 법일세. 앞뒤의 감정적인 대조가 너무 뚜렷하기 때문이기도 하지만 나아가 근본적인 이유는 우리의 감각이 활짝 열려 있어서 그만큼 강한 인상을 느끼기 쉬운 예민한 상태에 있기 때문이지. 부인들 중 몇몇이 갑자기 얼굴을 잔뜩 찌푸린 것도 그 때문일세. 분별력 있는 어떤 여자는 한쪽 구석에 앉아서 창에 등을 돌리고 귀를 막았네. 또 어떤 여자는 그 앞에 무릎을 꿇고 앉아서 상대방 여자의 무릎에 얼굴을 파묻었고, 또 다른 여자는 그 두 사람 사이를 헤집고 들어가 엉엉 울면서 그 두 사람을 끌어안았네. 집으로 돌아가려는 사람도 몇몇 있었지만, 정신을 못 차리고 어쩔 줄 몰라 하며 엉큼한 남자들의 무례한 행동을 막지 못하는 여자들도 더러 있었지. 그 뻔뻔스러운 젊은 남자들은 불안해하는 여인들이 하늘을 향해 올리는 기도를 무시한 채 떨고 있는 부인들의 예쁜 입술을 가로채느라 바빴다네. 남자들 가운데 몇몇은 아래로 내려가서 조용히 담배라도 피우려고 자리에서 일어났고, 나머지는 덧문과 커튼이 쳐진 방으로 가자는 그 집 안주인의 제안에 모두 사양하지 않고 뒤따라갔네. 그 방에 들어가자 로테는 의자를 둥그렇게 늘어놓더니 놀이를 하자고 말했네. 모두 찬성하며 각각 자리에 앉았지.

"키스라는 달콤한 벌을 받을 수도 있겠는걸."

이렇게 말하며 벌써부터 기대에 부풀어 입술을 내미는 사람도 있었다네. 하지만 로테는 이렇게 말했네.

"숫자 놀이를 해요. 괜찮겠지요? 제가 오른쪽에서 왼쪽으로 숫자를 셀 테니까, 여러분은 순서대로 자기 차례가 되면 그 수를 말해야 해요. 도화선이 타들어가듯 빨리빨리 말해야 해요. 막히거나 틀리는 사람은 뺨을 맞는 겁니다. 그럼 시작할게요. 일단 천(千)까지 세기로 하겠어요."

그리하여 정말로 유쾌한 일이 벌어졌네. 로테는 한쪽 팔을 쭉 뻗고서 사람들이 빙 둘러앉아 있는 가운데를 돌았네. 첫 번째 사람이 '하나'라고 말하면, 다음 사람은 '둘', 그다음 사람은 '셋', 이렇게 계속되는 것이었네. 로테가 점점 빨리 돌기 시작하자 곧 어떤 사람이 틀려서 찰싹 하고 뺨을 얻어맞았네. 모두가 그것을 보고 웃는 동안 다음 사람이 틀려서 또 찰싹 하고 얻어맞았지. 그렇게 하면서 점점 더 빨리 빙글빙글 돌아가는 것이었네. 나도 두 번이나 뺨을 맞았는데, 다른 사람보다 더 세게 때리는 것 같아서 오히려 마음이 기뻤네. 그렇게 모두 웃고 떠드는 바람에 결국 숫자는 천까지 세지도 못하고 놀이가 끝나버렸지. 어느덧 친한 사람들은 짝을 지어 떠나기 시작하였고, 천둥소리도 잦아들었네. 나는 로테와 같이 다시 홀로 돌아갔네. 가는 도중에 로테가 말하더군.

"뺨을 때리고 맞고 하는 데 모두 정신이 팔려서 비 같은 건 다 잊어버린 것 같더군요."

나는 뭐라고 대답할 말이 없었지. 로테는 다시 말을 이었네.

"저도 사실 누구보다 겁이 났지만, 여러 사람의 마음을 북돋워주려고 용기를 냈더니 어느새 나도 모르게 두려움이 사라지더군요."

우리는 창가로 갔다네. 이제 천둥소리는 저만치 멀어지고, 하늘에서는 빗방울이 떨어져 조용히 대지를 적셨네. 상쾌한 향기로 가득한 따스한 공기가 바람을 타고 우리가 있는 곳까지 흘러왔지. 로테는 창틀에 팔꿈치를 괴고 서서 창밖을 바라보았네. 그렇게 하늘을 우러러보다가 내게로 시선을 돌렸을 때, 그녀의 눈에는 눈물이 가득 고여 있었네. 그녀는 자기 손을 내 손 위에 얹으며 이렇게 말했네.

"클롭슈토크(독일 계몽주의 시대의 시인—옮긴이)……."

나는 곧 그녀의 마음속에 떠오른 그 장엄한 시를 생각하며, 그녀가 암호 같은 말로 나에게 전달하려고 한 감정의 흐름에 잠기고 말았다네. 나는 벅찬 감동을 참을 수가 없어 로테의 손 위에 몸을 굽히고 기쁨에 넘치는 눈물을 흘리며 그 여자의 손에 키스를 했네. 그리고 그녀의 눈을 다시 보았네. 아아, 거룩한 시인이여! 그 눈 속에 깃든 당신에 대한 존경심을 당신에게 보이고 싶습니다. 나는 이제 로테 이외의 다른 사람이 당신의 이름을 불러 더럽히는 것을 더 이상 바라지 않습니다!

6월 19일

지난번 편지에서 내가 어디까지 이야기했는지 기억이 나질 않네. 기억에 남아 있는 것은 그저 내가 집으로 돌아와 자리에 누운 것이 새벽 2시였다는 점과 편지로 쓰지 않고 자네를 직접 만나서 이야기했다면 아마도 아침까지 자네를 붙잡고 지껄여댔을 거라는 것뿐일세.

무도회에서 돌아오는 길에 무슨 일이 있었는지 아직 자네에게 말하지 않았지만, 오늘도 그 부분을 이야기하기에 직합한 날은 아닌 것 같군.

그날 아침의 해돋이는 정말 아름다웠네. 주위는 온통 이슬에 젖은 숲과 싱그럽게 살아나는 들판으로 둘러싸여 있었네. 같이 마차를 탔던 여자들은 이미 꾸벅꾸벅 졸고 있더군. 로테는 내게 자기는 신경 쓰지 말고 눈을 좀 붙이라고 말하더군. 나는 그녀의 눈을 바라보며 이렇게 말했네.

"당신이 눈을 뜨고 있는 동안에는 나도 졸리지 않습니다."

우리 두 사람은 그녀의 집에 다다를 때까지 눈을 붙이지 않고 깨

어 있었네. 집에 도착하자 하녀가 문을 열어주며 로테에게 아버지
와 아이들은 아직 자고 있다고 말하더군. 나는 헤어지면서 오늘 중
으로 다시 한번 만났으면 좋겠다고 그녀에게 간청했네. 그러자 그
녀가 간청을 들어주었네. 그래서 나는 또 그녀를 찾아갔지. 그 순간
에도 해와 달과 별들은 변함없이 하늘을 돌고 있었겠지만, 나에게
는 낮도 없고 밤도 없었다네. 온 세상이 내 주위에서 사라지고 만
걸세.

6월 21일

나는 요즘 신께서 성자들에게 베풀어준 것 같은 행복한 나날을
보내고 있네. 앞으로 나에게 무슨 일이 일어날지는 모르지만, 내가
인생의 기쁨, 가장 순수한 기쁨을 맛보지 못했다고는 말할 수 없을
걸세. 내가 이곳 발하임을 좋아한다는 것을 자네도 알고 있지? 나는
아무래도 이곳에 자리를 잡아야 할 것 같네. 여기서 로테의 집까지
는 겨우 30분이면 갈 수 있으니 말일세. 그 집에 가면 나는 내 존재
를 느낄 수 있고, 인간에게 주어진 모든 행복을 느낄 수 있다네.

처음에 산책할 장소로 발하임을 택했을 때, 나는 그곳이 그처럼
천국과 가까운 곳이라고는 꿈에도 생각하지 못했다네. 산책을 나갈

때마다 나의 모든 희망과 소망이 깃들어 있는 그 사냥 별장을, 산 위에서나 평지에서, 또는 강을 사이에 두고 바라보는 일이 한두 번이 아니라네.

친애하는 빌헬름! 나는 인간의 내부에 숨겨진 욕망에 대하여 여러 가지로 생각해보고 있네. 인간은 자신을 발전시키거나 새로운 발견을 하기 위해 이곳저곳을 방황하지. 그러다가도 스스로 자신을 속박하거나 좌우를 살피지 않고 습관이라는 궤도를 무조건 따라가려는 내적인 충동도 가지고 있다네.

신기하게도 이곳 언덕 위에서 아름다운 골짜기를 내려다보고 있노라면 주위의 경치가 한없이 내 마음을 사로잡는다네. 아아, 저 숲 그늘 속에 들어가 내 몸을 숨겼으면! 저기 서 있는 산봉우리, 아아, 그 위에서 이 주변 전체를 바라볼 수 있다면! 겹겹이 이어져 있는 언덕들과 정겨운 골짜기들, 아아, 내가 그 속으로 스며들면 좋으련만! 이렇게 들뜬 마음으로 나는 그곳으로 급히 달려가기도 하지만 이내 다시 돌아오고 만다네. 그곳에서는 내가 바라던 것을 아무것도 찾을 수 없기 때문이지. 저 아득히 먼 곳은 마치 미래와도 같네. 크고 완전한 어떤 형태가 어렴풋이 내 마음 앞에 조용히 가로놓여 있는 것이네. 우리 감정도 우리의 시각처럼 그 속으로 빨려든다네. 그리하여 우리는 동경하게 되는 걸세. 우리의 모든 존재를 내던지고, 단 하나뿐인 위대하고 숭고한 감격의 기쁨으로 우리 마음을 가득 채우고 싶다고 말일세. 그러나 급히 그곳으로 달려가서, 결국 '그곳'이 '여기'가 되고 나면 모든 것은 전과 다름없게 된다네. 우리가 서 있는 곳은 여전히 가난과 옹색함이 있을 뿐이고, 우리의 영혼은 다시금 잃어버린 청량제를 갈망하며 허덕이게 되는 것이라네.

그래서 아무리 마음을 잡지 못하는 방랑자라도 결국 최후에는 자신의 고향을 그리워하는 것이라네. 보잘것없는 자신의 작은 집, 자기 아내의 품, 자식들의 재롱, 처자식을 부양하는 일……, 이런 것들 속에서 넓은 세계를 아무리 돌아다녀도 찾을 수 없었던 기쁨을 발견하게 되는 거라네.

나는 아침 일찍 해가 뜨자마자 발하임으로 간다네. 그곳 식당의 채소밭에서 완두콩을 따서 의자에 앉아 콩깍지를 까며 《호메로스》를 읽지. 그다음 작은 부엌으로 가서 냄비를 하나 찾아 들고 거기에 버터를 넣은 다음 냄비를 불 위에 얹고 완두콩을 볶는다네. 냄비 뚜껑을 덮고 그 옆에 앉아서 가끔 냄비를 흔들어 완두콩을 골고루 익힌다네. 그럴 때마다 나는 페넬로페(그리스 신화에 등장하는 오디세우스의 정숙한 아내—옮긴이)에게 구혼하던 오만불손한 구혼자들이 소와 돼지를 잡고, 그것을 썰어서 불에 굽는 장면을 떠올린다네. 이런 부족사회 시대로부터 내려오는 단순한 생활은 나로 하여금 평온하고 진실한 감정을 느끼게 해주며, 다행히 나는 조금도 꾸밈없이 그 생활을 현재 나의 생활 속에 엮어 넣고 있다네.

이처럼 단순하고 순수한 기쁨을 느낄 수 있다는 것이 나에게는 얼마나 큰 기쁨인지 모른다네. 손수 가꾼 양배추를 식탁에 올리고 맛보는 즐거움뿐만 아니라, 그것을 심었던 맑은 아침과 물을 주며 하루하루 자라는 것을 즐기던 저녁, 바로 그러한 모든 경험과 추억을 식탁 앞에 앉아 식사하는 그 순간에 다시 맛볼 수 있기 때문이라네.

6월 29일

그저께는 이 고장의 의사가 법무관의 집으로 찾아왔네. 마침 그때 나는 로테의 집에 들러서 그녀의 동생들에게 둘러싸여 놀고 있었지. 어떤 아이는 내게 매달리기도 하고, 또 어떤 아이는 장난을 걸었네. 나도 아이들에게 간지럼을 태우면서 함께 어울려 큰 소리로 떠들썩하게 놀고 있었지. 그 의사는 인형극에 나오는 꼭두각시 같은 사람으로, 이야기를 하면서도 줄곧 소매의 단추를 만지작거리거나 옷깃의 주름을 매만지는 인간이라네. 그는 내가 아이들과 어울려 노는 모습을 보고는, 내 행동이 신사의 품위를 손상하는 것이라고 생각한 모양이었네. 그의 표정을 보고 그것을 알 수 있었지. 그러나 나는 그런 것에는 아랑곳하지 않고 그가 점잖은 척 마음대로 지껄이게 내버려두고, 아이들이 무너뜨린 카드로 만든 집을 다시 만들어주었다네. 그런 일이 있은 후 그 의사는 시내로 돌아가서 법무관 집 아이들이 원래 예의가 없었는데, 베르테르라는 사람 때문에 더욱 버릇없는 아이들이 되었다고 험담을 퍼뜨렸다네.

빌헬름, 정말이지 이 세상에서 내 마음과 가장 가까운 존재는 정녕코 아이들이라네. 아이들을 지켜보고 있으면 사소한 일에서도 앞으로 반드시 필요한 덕행이나 힘이 싹트고 있음을 알 수 있다네. 그들의 고집 속에서는 앞으로 살아갈 의연하고 꿋꿋한 성격을 엿볼 수 있으며, 어리광과 장난 속에서는 장차 세상을 살아가는 데 필요한 재치와 소탈함을 엿볼 수 있지. 또 그런 것이 조금도 손상되지 않고 그대로 나타나는 모습을 볼 때면 나는 언제나 인류의 스승인 예수의 말씀—"너희가 어린아이처럼 되지 않는다면!"—을 다시금 되새겨 본다네. 하지만 친구여, 우리는 지금 우리와 동등할 뿐만 아니라 우리의 모범으로 삼아야 할 아이들을 우리의 예속물처럼 다루고 있지 않은가. 우리 어른들은 아이들이 의지를 가져서는 안 되는 것처럼 행동한다네. 그렇다면 우리 어른들만 의지를 가질 수 있다는 것인가? 도대체 어디에 그런 특권이 있다는 말인가? 단지 우리의 나이가 아이들보다 많아서 세상 물정을 좀더 아는 데에 지나지 않는 것 아닌가? 하늘에 계시는 신이 우리를 본다면, 우리는 그저 나이 많은 아이와 적은 아이일 뿐이고 그 밖에는 아무것도 없을 걸세. 게다가 신이 어느 쪽을 더 귀하게 여기시는지는 이미 그분의 아들이 까마득한 옛날에 가르쳐주셨네. 그런데도 사람들은 그분의 아들을 믿으면서도 정작 신의 말씀에는 귀를 기울이려 하지 않고, 자기 자신을 기준으로 아이들을 가르치려 하고 있네. 빌헬름, 이런 쓸데없는 이야기는 그만두겠네. 그럼 잘 있게나.

7월 1일

로테가 곁에 있다는 것이 환자에게 얼마나 고마운 일인지 나 자신을 보아도 잘 알 수 있네. 내 불행한 마음이 병상에서 야위어가는 수많은 환자보다 훨씬 더 비참하기 때문이네. 로테가 며칠 동안 시내에 사는 어떤 부인의 집에서 지내기로 했네. 의사들의 말에 따르면, 임종이 얼마 남지 않은 부인이 마지막 며칠이나마 로테의 간호를 받고 싶어 한다고 했다는군.

지난주에 나는 로테와 함께 이곳에서 한 시간가량 떨어진 산속 조그마한 마을의 성(聖) ○○라는 목사를 찾아갔네. 로테의 둘째 여동생도 데리고 갔는데, 도착해보니 오후 4시경이었다네. 두 그루의 커다란 호두나무가 그늘을 드리우고 있는 목사관의 정원으로 들어가자 나이가 지긋하고 인상 좋은 노목사가 현관 앞 벤치에 앉아 있었네. 노목사는 로테를 보자마자 얼굴에 화색이 돌았네. 옆에 마디가 있는 지팡이의 존재도 잊어버린 듯 그녀를 반기며 자리에서 일어나려 하더군. 그 모습을 본 로테가 달려가서 노목사를 얼른 다시 자리에 앉히고 자기도 그 옆에 앉더군. 그러고 나서 아버지의 안부를 전하고 노목사가 늘그막에 얻은 막둥이라는 못생기고 더러운 어린아이를 안아주었다네.

로테가 그 노목사를 대하는 모습을 자네에게도 보여주고 싶군. 그녀는 귀가 잘 들리지 않는 노목사를 위해 귀에 대고 큰 목소리로 뜻밖에 죽어버린 젊고 건강했던 사람들에 대한 이야기, 칼스바트 온천물이 효험이 좋다는 이야기와 이번 여름에는 거기로 가려고 하는 노인의 결심을 칭찬하는 이야기 등을 했네. 그러고 나서 지난번에 뵈었을 때보다 노목사의 안색이 훨씬 좋아 보인다고 말하더군. 그러는 동안에 나도 노목사의 부인에게 인사를 했네. 노목사는 그새 꽤 생기를 되찾은 듯 보였네. 내가 시원스레 그늘을 드리우고 있는 호두나무를 칭찬하자 노목사는 약간 더듬더듬하면서 그 나무의 내력에 대해 얘기하기 시작했네.

"두 그루 중 늙은 나무는 처음에 누가 심었는지 모르겠소. △△ 목사가 심었다고 하는 사람도 있고, □□ 목사가 심었다는 사람도 있으니 말이오. 그리고 저 뒤에 있는 어린 나무는 내 아내와 동갑으로, 이번 10월이면 쉰 살이 되는구려. 우리 장인어른께서 아침에 저 나무를 심고, 그날 저녁에 내 아내가 태어났다고 했으니 말이오.

장인어른은 내 전임자로 이곳에서 목사를 지내셨소. 그분이 얼마나 저 나무를 소중히 여기셨는지 모른다오. 물론 나 역시 저 나무를 좋아한다오. 27년 전 내가 가난한 대학생 신분으로 처음 이 정원에 들어섰을 때, 내 아내는 저 나무 밑에 있는 벤치에 앉아 뜨개질을 하고 있었다오."

로테가 노목사에게 딸의 안부를 묻자, 그는 자신의 딸이 슈미트라는 사람과 함께 목장에서 일하는 사람들에게 갔다고 대답하더군. 그러고는 다시 하던 이야기를 계속했지. 자신이 전임 목사인 장인어른의 총애를 받았을 뿐만 아니라 그 딸의 사랑을 받았으며, 처음에는 부목사였다가 결국 그의 뒤를 잇는 후계자가 되었다고 말이네.

그 이야기가 끝날 무렵 노목사의 딸이 조금 전에 말한 슈미트라는 사람과 같이 정원을 지나 들어오더군. 그녀는 로테를 보더니 진심으로 기뻐하는 듯 보였네. 솔직히 말해 그녀의 첫인상은 나쁘지 않았네. 그녀는 갈색 머리에 몸매가 날씬하며 활발한 성격의 아가씨로, 이런 시골에서 잠시 이야기를 나누기에는 충분히 훌륭한 여자였네. 그녀의 애인—왜냐하면 슈미트 씨가 애인 관계라는 것을 나타내는 듯한 태도를 취했거든—은 꽤 괜찮은 사람 같았지만 말수가 적어서, 로테가 아무리 우리 이야기에 끌어들이려고 애를 써도 우리와 어울리려 하지 않았네. 그가 우리 이야기에 끼어들지 않으려는 이유가 지식이 부족해서라기보다 고집과 심술궂은 마음 때문이라는 것이 그의 표정에 드러나 있어서 나는 매우 실망스러웠지. 그 사실은 유감스럽게도 시간이 지나면서 더욱 확실해졌다네. 왜냐하면 함께 산책을 할 때 프리데리케라는 이 처녀가 로테와 같이 걷기도 하고, 때로 나와 나란히 걷기도 했는데, 그럴 때마다 그렇지 않아도 우울한 그의 표정이 더욱 어두워졌기 때문일세. 그러자 로테는 내 옷깃을 끌어당기며 프리데리케에게 너무 친절하게 대하지 말라고 주의를 주었다네.

아무튼 뭔가 못마땅한 일이 있다고 해서 다른 사람들에게 괴로움을 주는 행동처럼 불쾌한 일도 없지 않나. 특히 가슴을 활짝 열고 모든 즐거움을 받아들일 수 있는 인생의 봄이나 마찬가지인 젊음에도 불구하고 서로 얼굴을 찌푸리고 행복한 나날을 망쳐버리는 것처럼 불쾌한 일은 없지. 그들은 먼 훗날에 비로소 자신의 인생에서 가장 소중한 시간을 낭비했다는 것을 깨닫게 될 테지만, 후회해도 이미 때는 늦은 걸 어쩌겠나.

이런 생각으로 화가 치민 나머지, 저녁 무렵 목사관 정원으로 돌아와서 식탁에 둘러앉아 우유를 마시면서 인생의 즐거움과 슬픔에 대해 이야기를 나눌 때 나는 변덕스러운 우울함에 대해 신랄하게 퍼붓고 말았다네.

"사람들은 흔히 세상에는 행복한 날이 적고 불행한 날이 더 많다고 불평하지만, 내 생각에 그것은 잘못된 생각 같습니다. 신께서 매일 우리에게 베풀어주시는 은총을 우리가 마음을 활짝 열고 즐기려고 한다면, 혹여 우리에게 괴로운 일이 생기더라도 그것을 거뜬히 이겨낼 힘이 생기지 않을까요?”

그러자 노목사의 부인이 대답했네.

“그렇긴 하지만 자기 자신의 기분을 뜻대로 조절하기란 쉽지 않잖아요. 특히나 사람의 기분은 건강 상태에 따라 좌우되기도 하지요. 누구나 건강이 좋지 않을 때는 무엇을 해도 즐겁지 않거든요.”

나도 그 말에 동의하며 이야기를 계속했네.

“그렇다면 그것을 병이라고 생각해보죠. 그 병에는 어떤 치료를 하면 좋을까요?”

그러자 로테가 말했네.

“정말 그래요. 적어도 그것은 우리의 마음가짐에 달렸다고 생각해요. 제 경험에 비춰봐도 알 수 있답니다. 왠지 무슨 일에도 화가 나고 불쾌할 때, 저는 자리에서 일어나 정원을 거닐면서 대무곡 몇 개를 부른답니다. 그러면 곧 기분이 가라앉더군요.”

나는 다시 대답했네.

“제가 말하고 싶은 것도 그겁니다. 우울증은 게으름 같은 것이지요. 사람은 선천적으로 게으름에 젖기 쉬운 경향이 있습니다. 그러나 다시 마음을 가다듬고 힘을 내면, 일도 손쉽게 진행될 뿐만 아니라 그 일에서 진정한 기쁨도 찾을 수 있을 겁니다."

프리데리케는 매우 주의 깊게 듣고 있었네. 하지만 슈미트 씨는 스스로 자신을 통제하는 것은 어려운 일이며, 특히 자신의 감정을 제어하는 것은 불가능한 일이라고 항변하더군.

그래서 나는 이렇게 대답했네.

"지금 여기서 문제 삼는 것은 불쾌감입니다. 누구나 불쾌감을 피하고 싶어 하지요. 하지만 실제로 시험해보기 전에는 누구도 자신이 어느 정도까지 불쾌감을 극복할 수 있는지 모르는 겁니다. 어쨌든 병이 나면 누구나 건강을 되찾기 위해 의사를 찾아다니고, 아무리 괴롭더라도 절제하며, 쓰디쓴 약이라도 거부하지 않잖습니까?"

나는 노목사가 우리의 토론에 끼어들고 싶어서 열심히 귀를 기울이는 것을 깨닫고, 더욱 목소리를 높여 노목사에게 이야기를 돌렸네.

"죄를 범하지 말라는 설교는 자주 듣습니다만, 아직까지 우울함과 불쾌감에 대한 설교는 듣지 못했습니다."

그러자 노목사가 대답했네.

"그러한 설교는 시내의 목사들이나 해야겠지요. 시골에 사는 농부들이 불쾌감이나 우울함에 빠지는 일은 좀처럼 없으니 말이오. 물론 그런 설교도 때에 따라서는 필요하겠지요. 적어도 내 아내나 로테의 아버지 같은 사람에게는 좋은 설교일 테니 말이오."

그 말을 듣고 그 자리에 있던 사람들 모두 웃음을 터뜨렸네. 노목사도 즐거운 듯이 같이 웃었지만, 나중에는 기침이 심해져 이야기가 한때 중단되고 말았지. 이윽고 그 청년이 다시 말했네.

"당신은 불쾌감을 죄악으로 생각하는 것 같습니다만, 저는 좀 지나친 말씀이 아닌가 생각합니다."

나는 대답했네.

"그렇지 않습니다. 자기 자신과 주변 사람들에게 괴로움을 끼치는 일이 죄악이 아니면 무엇이겠습니까? 서로가 서로를 행복하게 해주지 못한다는 것만으로도 죄악이라고 하기에 충분한데, 우리 각자의 마음에 있는 행복마저 서로 빼앗을 필요가 있을까요? 자신의 기분이 불쾌할지라도 그것을 숨기고 혼자 참아 나가며 주위 사람들의 기쁨을 해치지 않으려고 하는 그런 너그러운 사람이 있다면, 그 이름이 알고 싶을 정도입니다. 불쾌감이란 자기 자신에 대한 불만이거나 그로 인한 울분, 또는 어리석은 허영심으로 인한 질투심과 결부되어서 생기는 것 아닐까요? 다른 사람을 행복하게 해주지도 못하면서, 행복한 사람들을 보면 못 견뎌 하는 사람처럼 말입니다."

로테는 내가 이렇게 이야기하는 모습을 보며 미소를 지었다네. 프리데리케의 눈에 눈물이 어리는 것을 보고 나는 더욱 기운을 내어 이야기를 계속했네.

"어떤 사람의 마음을 지배할 수 있는 힘이 있다고 해서, 그 힘으로 다른 사람의 마음속에서 솟아나는 소박한 기쁨을 빼앗으려고 하는 사람은 아주 못된 사람입니다. 어떤 훌륭한 선물이나 호의로도 그러한 폭군의 질투 섞인 불쾌감으로 인해 망쳐버린 기분을 보상할 수 없는 것이니까요."

이렇게 말하는 순간 나는 가슴이 메어오고, 지난날의 여러 가지 추억이 갑자기 되살아나면서 눈물이 핑 돌았다네.

"우리가 날마다 자신을 이렇게 타이를 수 있다면 얼마나 좋겠습니까! 네가 네 친구에게 해줄 수 있는 유일한 것은 친구의 기쁨을 방해하지 않고 그 기쁨을 함께 나누고 북돋워주는 것이라고 말입니다. 그리고 그 친구의 마음이 안타까운 정열과 불안, 걷잡을 수 없는 슬픔에 빠져 있을 때, 다만 한 방울의 진정제라도 줄 수 있는지 묻고 싶습니다. 가령 인생에서 활짝 핀 꽃과 같은 시절을 당신 때문에 망치고 만 아가씨가 중병에 걸려서 수척해진 몸으로 병상에 누워 있다고 합시다. 그녀의 눈은 멍하니 허공을 향해 있고, 창백한 이마에서는 임종의 식은땀이 배어 나오고 있습니다. 그런데도 당신은 그녀의 침대 머리맡에 서서 아무리 애를 써도 그녀를 위해 할 수 있는 일이 아무것도 없다는 사실을 뼈저리게 느끼고 있을 뿐입니다. 그럴 때 죽어가는 사람의 기운을 돋울 약 한 방울, 용기를 줄 수 있는 작은 불꽃 하나라도 줄 수만 있다면 모든 것을 다 바칠 수 있을 것이라고 생각하며 슬픔에 잠겨 있다 한들 도대체 무슨 소용이 있단 말입니까?"

이런 말을 하는 동안 갑자기 언젠가 내게 일어났던 일에 대한 기억이 무서운 기세로 엄습했네. 나는 손수건을 눈가에 갖다 대면서 자리에서 일어났네.

"이만 돌아가도록 해요."

로테의 이 말에 나는 겨우 정신이 들었다네. 돌아오는 길에 로테는 내가 모든 일에 지나치게 열중하는 경향이 있으니 주의하라며 간곡하게 타이르더군.

"선생님은 그 때문에 몸을 망칠지도 몰라요. 제발 자기 몸을 소중히 돌보도록 하세요."

아아, 나의 천사여! 이제 나는 오직 당신을 위해 살아가겠소.

7월 6일

로테는 아직도 임종을 앞둔 그 부인 곁을 지키고 있다네. 언제나 변함없이 남을 돕는 친절하고 인정 많은 여인이지. 그녀의 눈길이 닿으면 괴로움이 사라지고 마음 깊은 곳으로부터 행복이 솟아오른다네.

어제저녁 무렵 로테는 마리안네와 어린 말헨을 데리고 산책을 나갔네. 나는 그것을 미리 알고 있었기 때문에, 중간에 그들과 만나 같이 산책을 즐겼지. 한 시간 30분가량 걸리는 곳까지 갔다가 시내로 돌아오는 도중에 내가 좋아하는 샘터에 들르게 되었네. 그 샘은 이미 나에게 매우 소중한 곳이었지만, 이제는 천 배나 더 소중한 곳이 되어버렸다네.

로테는 샘 주변의 나지막한 돌담에 앉았고, 우리는 그 앞에 서 있었다네. 나는 주위를 돌아보았지. 그러자 내 마음이 너무나 쓸쓸하던 무렵의 일이 생각나더군.

"그리운 샘이여! 그 뒤로 나는 한 번도 네 곁에서 쉬지 못했구나. 가끔 근처를 지날 때도 급히 지나치느라 너를 거들떠보지도 못한 적이 많았다."

이렇게 말하며 아래를 바라보자 말헨이 잔에 물을 떠서 급히 올라오고 있었다네. 그 순간 나는 로테의 얼굴을 바라보며, 그녀가 나에게 얼마나 소중한 사람인지 새삼 절실히 깨달았다네. 말헨이 들고 온 잔을 마리안네가 받으려고 하자, 말헨은 귀여운 표정을 지으며 이렇게 말하더군.

"안 돼! 로테 언니 먼저 마셔야 해!"

나는 그렇게 말하는 그 아이의 처진한 모습과 착한 마음씨에 감격한 내 감정을 표현할 길이 없어서, 그 아이를 번쩍 들어 올려 키스를 퍼부었지. 그러자 말헨이 갑자기 큰 소리로 울기 시작하더군.

“선생님 잘못이에요.”

로테의 이 말에 나는 당황하여 아무 말도 할 수 없었네. 로테는 말헨의 손을 붙잡고 돌계단을 내려가며 이렇게 말했네.

“자, 이리 오렴. 말헨, 이 깨끗한 물로 얼굴을 씻으면 아무렇지도 않을 거야.”

나는 거기 선 채로 어린 말헨이 그 작은 손을 물에 적셔서 연신 제 뺨을 닦는 것을 지켜보았네. 이 샘물이 부정한 모든 것을 말끔히 씻어주어서 보기 싫은 수염이 제 뺨에 나는 일을 막아준다고 믿는 모양이었네.

“이제 그만하면 됐단다.”

로테가 이렇게 말해도 어린 말헨은 계속 얼굴을 닦고 있었네. 마치 많이 하면 할수록 더 좋다고 생각하는 듯했네.

빌헬름! 자네에게만 말하지만, 나는 이보다 더 경건한 마음으로 세례식에 참석한 적이 없었다네. 로테가 다시 올라왔을 때, 나는 만민의 죄를 씻어주는 예언자를 대하듯 그 여자 앞에 무릎을 꿇고 싶었다네.

그날 밤 나는 기쁜 마음을 숨길 수가 없어서, 그 일을 어떤 사람에게 말하고 말았네. 그는 나름대로 분별력 있는 사람이라 인간미도 있으리라 기대했는데, 뜻밖에 나의 기대가 완전히 어긋났다네.

“그건 로테가 잘못한 거예요. 아이들에게 그런 터무니없는 소리를 해서 사실이라고 믿게 해서는 안 됩니다. 그런 일은 아이들에게 온갖 망상과 미신을 믿게 만드는 일이기 때문에 어렸을 때부터 조심해야 한답니다."

그의 말을 듣다가 문득 그 사람의 아이들이 일주일 전에 세례를 받았다는 사실을 떠올렸기에, 나는 아무 말도 하지 않은 채 듣고만 있었지. 그리고 마음속으로 다음과 같은 진리의 말을 되새겼다네.

우리는 신이 우리를 대하듯 아이들을 대하지 않으면 안 되며, 우리가 꿈속을 헤매듯 즐거운 상념에 잠길 때 신이 우리를 가장 행복하게 만드는 것이라는 그 말을 말일세.

7월 8일

정말이지 어쩜 이렇게 어린애 같단 말인가! 단 한 번이라도 나에게 눈길을 보내주기를 이렇게 애타게 바라다니! 나는 어쩌면 이렇게도 어린애 같은지.

우리는 발하임에 갔다네. 여자들은 마차를 타고 가고 우리는 걸어갔는데, 나는 걸어가는 내내 이런 생각을 했다네. 로테의 검은 눈동자 속에는—용서하게나. 나는 정말 바보일세. 그러나 그 눈동자를 자네도 본다면, 그 눈동자를!—간단히 말하면 (지금 졸음이 와서 자꾸 눈이 감기는 상황이거든) 이런 내용이라네. 여자들은 마차에 올라타고, 젊은 W군과 젤슈타트, 아우드란과 나, 이렇게 셋은 마차 옆에서 걷고 있었네. 마차에 탄 여자들과 마차 주위를 둘러싼 남자들 사이에 즐거운 대화가 오고 갔지. 모두 수다스럽고 쾌활한 편이었거든. 나는 로테의 눈길을 끌기 위해 노력했지만, 그녀의 눈은 이 사람에게서 저 사람에게로 계속 이리저리 옮겨 다니고 있었다네. 그러나 나에게는, 나에게는 단 한 번도 눈길을 주지 않더군. 그래서 나는 혼자 단념하고 멍하니 서 있었네. 나는 마음속으로 작별 인사를 천 번도 더 했지만, 그녀는 끝내 내게 눈길을 주지 않았다네.

이윽고 마차는 떠나버렸네. 그 순간 내 눈에는 눈물이 핑 돌았다네. 멀어져 가는 마차의 뒷모습을 하염없이 바라보고 있는데, 갑자기 로테의 머리 장식이 마차 문 밖으로 비스듬히 나타나더니 로테가 뒤를 돌아보는 게 아닌가. 아아, 나를 보려고 한 것일까? 친구여! 정녕 확실히 나를 보기 위해서 그랬는지는 알 수 없다네. 하지만 아마 나를 보려고 그랬던 거라고 생각하는 것만으로도 내 마음은 큰 위로가 된다네. 그러면 잘 자게. 아아, 정말이지 나는 어쩜 이렇게 어린애 같단 말인가!

7월 10일

사람들이 모인 자리에서 로테 이야기가 나오면 내가 얼마나 바보처럼 행동하는지 자네에게도 한번 보여주고 싶네. 누군가가 나에게 로테가 마음에 드느냐고 묻기라도 한다면—아아, 마음에 든다는 그 말! 그 말이 나는 정말 죽도록 싫다네. 로테를 좋아하는 사람 치고 모든 감정과 생각이 그녀로 가득 차지 않는 사람이 존재할 수 있을까? 마음에 들다니! 심지어 얼마 전에는 오시안(3세기 무렵 켈트족의 전설적인 음유시인으로 낭만적인 서사시를 많이 지었다.—옮긴이)이 마음에 드느냐고 나에게 묻는 얼빠진 사람마저 있었다네.

7월 11일

M부인의 병세가 더욱 나빠지고 있다네. 나 또한 부인의 생명을 위해 기도하고 있지. 왜냐하면 나는 로테와 괴로움을 함께 나누는 사이니까 말일세. 내가 그 부인의 집에 들러 로테를 만나는 일은 극히 드물지만, 오늘 루테는 나에게 매우 놀라운 이야기를 들려주었다네.

그 부인의 남편인 M씨는 인색하고 욕심 많은 자로, 평생 자기 부인을 몹시 괴롭히며 못살게 굴었다고 하더군.

며칠 전 의사가 M부인에게 이제는 도무지 살 가망이 없다고 말하자, 부인은 로테가 있는 자리에서 남편을 불러놓고 이렇게 말했다더군.

"내가 죽은 후에 여러 가지 혼란과 불미스러운 일이 일어나지 않도록 한 가지 고백할 것이 있어요. 나는 지금까지 될 수 있는 한 돈을 헛되이 쓰지 않고 최대한 검소하게 집안 살림을 돌보아왔답니다. 하지만 지난 30년 동안 당신을 속이며 지내온 것을 용서하세요. 우리가 처음 결혼을 하고 살림을 시작했을 때, 당신은 집안 살림을 위해서 너무나 적은 비용을 정해놓았죠. 그 후 살림살이도 늘고 장사 규모도 커졌지만, 당신은 그것에 맞춰 생활비를 늘려줄 생각을 하지 않더군요. 생활비가 가장 많이 들 때도, 일주일에 7굴덴으로 살림을 꾸려나가라고 말씀하셨던 것 당신도 기억나지요? 저는 그때 조금도 불평 없이 당신 말대로 하면서, 사실은 모자라는 돈은 매주 가게의 판매 대금 중에서 떼어내 충당했답니다. 누구라도 가정주부가 자기 집 금고에서 돈을 훔쳐내리라고는 생각하지 못할 테니까요. 하지만 저는 그 돈을 결코 헛되이 쓰지는 않았답니다.

물론 이런 고백을 하지 않고도 마음 편히 저세상에 갈 수는 있겠지요. 하지만 내가 떠난 다음에 이 살림을 맡아서 꾸려갈 사람에게 그 돈은 어림도 없을 것이고, 또 당신은 보나마나 예전 아내는 그

돈으로도 거뜬히 살림을 꾸려나갔다고 억지를 부릴 것이 뻔해서 이렇게 말씀드리는 거랍니다."

그 이야기를 듣고 나는 로테와 인간의 어리석음에 대해 이야기를 나누었다네. 대충 보아도 생활비가 2배는 들 것 같은데, 7굴덴으로 살림을 꾸려나갔다면 분명 그 뒤에 뭔가 밝힐 수 없는 비밀이 있을 거라고 의심하지 않았다는 사실 말일세. 그러나 세상 사람들 중에는 자기 집에 예언자의 기름 단지(《구약성서》〈열왕기〉 상 제17장 참조―옮긴이)가 있다고 조금도 의심치 않고 믿는 사람들이 있다는 것을 나는 잘 알고 있다네.

7월 13일

나는 결코 스스로를 속이는 것이 아니네. 나는 로테의 검은 눈동자에서 나와 내 운명에 대한 진정한 공감이 어려 있는 것을 보았다네. 나는 그것을 분명히 느낄 수 있었네. 그녀는―아아, 천국을 이런 말로 표현해도 좋을까!―나를 사랑하고 있다네!

그녀가 나를 사랑하고 있다니! 그걸 알고부터 '나'라는 존재가 나 자신에게 얼마나 소중한 존재가 되었는지 모른다네. 내가 얼마나 나 자신을―자네에게는 이런 말을 해도 괜찮겠지. 자네는 나를 이해할 테니까—존경하게 되었는지 모른다네.

이것은 나의 지나친 자만일까? 혹여 잘못 생각하고 있는 것은 아닐까? 로테의 마음속에 내가 있다는 것을 느낄 때면 나는 아무것도 두렵지 않다네. 그러나 로테가 자신의 약혼자에 대해서 그처럼 즐겁고 애정 어린 태도로 이야기할 때면, 나는 마치 모든 명예와 지위를 박탈당하고 허리에 찼던 칼까지 빼앗긴 느낌이 든다네.

7월 16일

아아, 어쩌다 그녀의 손가락이 내 손가락에 닿거나 식탁 밑에서 우리의 발끝이 서로 부딪치기라도 할 때면, 나는 온몸의 혈관에서 피가 끓어오르는 듯한 느낌이네. 그럴 때면 나는 마치 불에라도 덴 듯이 얼른 손과 발을 움츠린다네. 하지만 어떤 신비한 힘이 내 몸을 다시 그녀 쪽으로 내밀게 만들지. 그러면 내 모든 감각은 현기증이라도 난 듯이 어지러워진다네. 아아, 로테의 순진한 마음과 때 묻지 않은 영혼은 그러한 사소한 친근함의 표시가 내 마음을 얼마나 괴롭히는지 전혀 모르고 있다네. 그녀는 이야기하면서 자기 손을 내 손 위에 올려놓기도 하고, 이야기에 열중해서 내 쪽으로 바싹 다가앉다가 천사 같은 순결한 그녀의 입김이 내 입술에 와 닿는 경우도 있다네. 그럴 때면 나는 벼락이라도 맞은 듯이 넋을 잃고 쓰러질 것만 같다네. 빌헬름, 이런 천국 같은 행복을, 그런 내 마음을 자네는 잘 알겠지. 내 마음은 그렇게까지 타락하지는 않았다네. 다만 약한 것뿐일세. 너무 약하지! 그런데 이 약하다는 것이 결국 타락이 아닐까?

그녀는 나에게 신성한 존재라네. 그녀 앞에 서면 모든 욕망이 사라지고 만다네. 그녀 옆에 있으면 나 자신의 기분조차 알 수가 없어. 마치 내 영혼이 거꾸로 뒤집히는 느낌이라네. 로테가 자주 치는 멜로디가 있지. 그녀는 피아노로 그 멜로디를 천사처럼 소박하고 진지하게 연주하지. 그 멜로디는 그녀가 가장 좋아하는 곡이라네. 그녀가 그 악보의 첫 소절을 치기만 해도 나는 모든 고뇌와 혼란, 걷잡을 수 없는 고통으로부터 해방된다네.

음악이 지닌 마력에 대한 옛날이야기는 결코 허무맹랑한 거짓말이 아니라네. 소박한 멜로디가 이렇게 내 마음을 사로잡는 것을 보면 알 수 있지 않은가! 로테는 내가 내 이마에 총알 한 방을 쏘고 싶어지는 그런 순간에 곧잘 그 멜로디를 불러준다네. 그러면 어느덧 혼미하고 어두운 마음이 홀연히 사라지고, 나는 다시 자유로이 숨을 쉴 수 있게 된다네.

7월 18일

빌헬름, 이 세상에 사랑이 없다면 우리 마음은 어떻게 되었을까? 그건 아마 불이 꺼진 환등과 다를 바 없을 걸세. 하지만 환등 속에 작은 등불을 넣기만 하면 곧 흰 벽에 갖가지 영상이 나타나지. 비록 그것이 일시적인 환영에 지나지 않는다 하더라도, 우리가 아이들처럼 그 앞에서 발걸음을 멈추고 신비로운 환영에 마음이 설렌다면 그것은 분명 우리에게 행복을 가져다주는 것 아니겠나.

나는 오늘 피치 못할 모임이 있어서 로테에게 갈 수가 없었다네. 그래서 하인을 그녀에게 보냈지. 잠시라도 로테 곁에 있다가 온 사람을 내 곁에 두고 싶었기 때문이네. 내가 심부름 간 하인이 돌아오기를 얼마나 초조히 기다렸는지, 그리고 그가 돌아왔을 때 얼마나 반갑게 맞이했는지 모른다네. 체면만 아니었더라면, 나는 그의 목을 껴안고 키스라도 하고 싶었네.

형광석(螢光石)은 햇빛에 놓아두면 그 빛을 흡수해서 밤이 되어도 얼마 동안은 빛을 낸다고 하더군. 내게는 그 젊은 하인이 바로 형광석과 같은 존재였다네. 로테의 눈길이 그의 얼굴과 뺨, 윗도리의 단추나 외투의 옷깃에 닿았다고 생각하니, 그러한 모든 것이 내게는 신성하고 귀한 것으로 느껴졌네. 나는 그 순간 누가 천 탈러(독일의 옛 화폐 단위. 1탈러는 1마르크의 3배에 해당 ─ 옮긴이)의 돈을 준다 해도 그 하인을 넘겨주지 않았을 걸세. 그가 내 곁에 있는 것만으로도 나는 더없이 행복감을 느꼈거든. 친구여, 웃지 말게나. 우리가 느끼는 기쁨이 정말로 한낱 환상에 지나지 않는 것일까?

7월 19일

"오늘은 그녀를 만나야지!"

아침이면 나는 가벼운 기분으로 일어나 찬란한 햇빛을 바라보며 이렇게 외친다네.

"오늘은 그녀를 만나야지!"

그리고 온종일 나는 그 외에는 아무것도 바라는 것이 없다네. 모든 것이 그 한 가지 희망 속에 잠겨버리고 마는 걸세.

7월 20일

나더러 공사(公使)와 같이 ○○○으로 가라는 자네의 말을 나는 따르지 않을 걸세. 여하튼 나는 그럴 생각이 없네. 나는 다른 사람에게 예속되는 것을 싫어하잖나. 게다가 그 공사가 비위를 맞추기 어려운 사람이라는 것은 세상 사람들이 다 아는 사실이고.

어머니께서 내가 활동하길 바라고 계시다는 자네의 편지를 읽고 나는 웃지 않을 수가 없었다네. 그렇다면 나는 지금 활동을 하지 않는다는 말인가? 완두콩을 세든지 강낭콩을 세든지, 결국은 매한가지 아닌가? 세상의 모든 일은 따지고 보면 모두 쓸데없고 사소한 일에 지나지 않네. 자신의 정열이나 욕망을 위해서가 아니라, 그저 남이 시키는 대로 돈이나 명예 또는 그 밖의 것을 얻으려고 애쓰는 사람이야말로 정말 어리석은 사람이라고 생각하거든.

7월 24일

자네는 나에게 그림 그리는 것을 게을리하지 말라고 진지하게 충고하지만, 사실 나는 그 후로 그림을 거의 그리지 않았다네.

지금까지 나는 이처럼 행복했던 적이 없다네. 작은 돌멩이부터 풀잎에 이르기까지 자연에 대한 감수성이 지금처럼 내 마음을 가득 채운 적이 없다는 말일세. 하지만 나는 이런 것을 어떻게 표현해야 할지 모르겠군. 나의 표현력이 너무나 부족해서, 그 모든 것이 내 영혼 앞에서 어른거리며 흔들리기만 할 뿐 제대로 윤곽조차 잡지 못하고 있기 때문일세. 내 앞에 진흙이나 밀랍이 있다면 무엇이든지 빚어서 만들 수 있을 것 같기도 하다네. 비록 그렇게 완성한 것이 케이크 따위에 지나지 않더라도 말일세.

나는 벌써 로테의 초상화를 세 번이나 그렸지만 번번이 실패하고 말았다네. 전에는 꽤 솜씨 좋게 그릴 수 있었던 만큼 한층 더 울화가 치밀어 오르더군. 그래서 나는 그녀의 실루엣을 그리는 정도로 만족하기로 했네.

7월 25일

그리운 로테, 무슨 부탁이든 깔끔하게 처리할 테니, 좀더 여러 가지 부탁을 제게 해주십시오. 그리고 한 가지 바람이 있습니다. 저에게 보내는 편지에는 잉크를 흡수할 때 사용하는 모래를 뿌리지 말아주십시오. 오늘도 당신의 편지를 입술에 갖다 대었더니, 아직도 입술에서 모래가 씹힌답니다.

7월 26일

로테를 자주 만나지 않겠다고 나는 벌써 몇 번이나 결심했다네.

그러나 무슨 재주로 그것을 지킬 수 있겠나. 매일같이 나는 그 유혹에 넘어가고 있다네. 그러면서도 내일은 가지 않겠다고 굳은 맹세를 하지. 그러나 내일이 되면 또 어쩔 수 없는 이유가 생긴다네. 그리고 그것이 잘못이라는 것을 생각할 겨를도 없이 나는 어느 사이에 그녀 곁에 가 있는 걸세.

"내일도 또 오시겠어요?"

어젯밤에도 로테는 나에게 이렇게 물었다네. 그런 말을 듣고도 가지 않을 사람이 어디 있겠나? 또 그녀의 부탁이라도 받은 경우라면 내가 직접 가서 그 결과를 알려주는 것이 옳지 않겠나? 어떤 때는 날씨가 하도 좋아서, 그 핑계로 발하임까지 산책을 나간다네. 그러면 기왕 여기까지 왔고, 그녀의 집이 여기서 30분이면 갈 수 있는 거리라는 생각이 들지. 이미 로테를 느낄 수 있는 대기 속으로 들어온 걸세. 그러면 나도 모르게 로테의 집으로 가게 되지. 옛날 할머니께서 들려주신 자석 산에 대한 이야기가 기억난다네. 배가 그 산에 너무 가까이 가면 쇠로 된 것은 모두 자석 산으로 딸려가고, 그 배에 탄 사람들은 모두 부서진 판자에 끼어서 비참하게 죽는다는 이야기였지.

7월 30일

알베르트가 돌아왔으니 이제 나는 이곳을 떠나야겠네. 그가 아무리 훌륭하고 점잖은 인물이고, 어떤 점으로 보나 내가 그보다 못하다는 것을 인정할 수밖에 없다고 해도, 그가 이토록 완벽하고 아름다운 로테를 차지하는 것을 눈앞에 두고 본다는 것은 정말이지 감당할 수 없기 때문일세! 아아, 독차지하다니! 빌헬름, 로테의 약혼자가 돌아온 걸세.

그는 누구나 인정하는 훌륭한 신사라네. 다행히 나는 그가 돌아오는 날 마중하는 자리에 없었지만, 그 자리에 있었다면 가슴이 찢어질 듯 아팠을 걸세. 그는 매우 점잖은 사람이라 내가 있는 데서는 아직 한 번도 로테에게 키스를 한 적이 없네. 그의 신중한 행동을 신께서 축복하시기를! 그가 로테를 존경한다는 점에서 나 또한 그를 경애할 수밖에 없다네. 알베르트도 나에게 호의를 보이고 있는데, 짐작하건대 그것은 그의 마음속에서 우러나온 것이라기보다 로테가 그렇게 시킨 것 같더군. 여자란 그러한 점에서 세심하고 빈틈이 없으니까 말일세. 한 여자가 자기를 따르는 두 남자를 서로 사이좋게 지내도록 할 수만 있다면, 덕을 보는 것은 언제나 여자 쪽이니까. 하지만 그런 일은 좀처럼 일어나지 않지.

어찌 되었든 나는 알베르트를 존경하지 않을 수 없다네. 그의 침착한 태도는 불안한 내 태도와는 크나큰 대조를 이룬다네. 그는 감수성도 매우 풍부할 뿐만 아니라 로테의 가치도 매우 잘 알고 있네. 게다가 불쾌한 감정을 드러내는 일도 거의 없지. 자네도 알겠지만, 불쾌한 감정을 드러내는 것이야말로 내가 무엇보다 싫어하는 죄악이 아닌가.

알베르트는 나를 분별 있는 사람이라고 생각하는 모양일세. 로테를 향한 나의 그리움이나 그녀의 일거수일투족에 대해 내가 열을 올리며 기뻐하는 것은 그의 승리감을 더욱 높여주고, 그는 한층 더 로테에게 사랑을 쏟게 되지. 그가 사소한 질투로 로테를 가끔 괴롭히는지 어떤지는 알고 싶지 않네. 내가 그 남자 입장이라도 악마와 같은 질투심에서 완전히 벗어날 수 있을 거라고 장담할 수 없으니까 말일세.

어찌 되었든 그런 것은 아무래도 좋네! 로테의 곁에 있을 수 있는 나의 기쁨은 이제 영영 사라지고 말았네! 어리석었던 것일까? 아니면 눈이 멀었던 것일까? 뭐라고 하든 그게 무슨 상관이겠나. 사실 자체가 분명히 말하고 있지 않은가. 알베르트가 돌아오기 전부터 나는 이미 이렇게 되리라는 것을 잘 알고 있었다네. 나는 로테에게 어떤 요구도 할 수 없다는 것을 잘 알고 있으며, 그래서 그녀에게 아무 요구도 하지 않았다네. 물론 그토록 사랑스러운 존재를 대하면서도 아무런 욕심을 내지 않고 견딜 수 있는 한도 내에서 말일세.

그런데 막상 그녀의 약혼자가 나타나서 그녀를 빼앗아가자 바보 같은 나는 그저 눈만 휘둥그레져 있는 꼴일세.

나는 이를 악물고 나의 비참한 몰골을 비웃고 있다네. 하지만 나에게 달리 어찌할 도리가 없으니 단념하라고 말하는 사람이 있다면, 나는 그자를 몇 배나 더 비웃어주겠네. 그런 허수아비 같은 인간은 당장 꺼져버리라고 말하고 싶다네.

나는 숲 속을 이리저리 헤매고 돌아다니다가 로테의 집으로 갔네. 거기서 알베르트가 로테와 함께 정원의 정자에 앉아 있는 것을 보고는 어찌할 바를 몰라 어릿광대처럼 바보짓을 하고 말았다네. 그래서인지 오늘 로테가 나에게 부탁하더군.

"제발 부탁이니 어제와 같은 행동은 하지 마세요. 선생님께서 그런 식으로 지나치게 쾌활한 척하시면 오히려 겁이 난답니다."

자네에게만 하는 말이지만, 그 후로 나는 알베르트가 바쁜 시간만을 노리고 있다가 그 틈을 타서 로테를 찾아가곤 한다네. 로테가 혼자 있는 것을 발견하면 내 기분은 몹시 좋아진다네.

8월 8일

용서해주게 빌헬름, 피할 수 없는 운명은 순순히 받아들여야 한다고 주장하는 사람을 내가 비난했던 건 자네를 두고 한 말이 결코 아니었다네. 자네도 그들과 같은 의견을 가졌을 것이라고는 상상조차 하지 못했네. 물론 따지고 보면 자네의 말이 옳아. 그러나 친구여, 내 한마디만 더 하겠네. 세상 일이 '이것 아니면 저것'으로 딱 부러지게 결정이 나는 경우는 극히 드물다는 것일세. 매부리코와 사자코 사이에도 무수한 모양이 있는 것처럼 인간의 감정이나 행동에도 무척 다양한 차이가 존재하는 것이네. 그러니 내가 자네의 의견을 옳다고 인정하면서도, 여전히 '이것 아니면 저것'의 중간노선을 헤쳐 나가려는 것을 나쁘게 생각하지 말게나.

자네가 말하려는 것은 결단을 내리라는 것 아닌가. 로테와의 관계에 희망이 있는지 없는지, 그리고 희망이 있다면 끝까지 밀고 나가서 그것을 이루도록 하고, 희망이 없다면 용기를 내서 나의 모든 정력을 고갈시키고 마는 그 불행한 감정으로부터 탈출하라는 뜻 아닌가. 친구여! 그 말이 맞네. 하지만 말은 쉬워도 실천은 어려운 법이라네.

서서히 악화되는 질병 때문에 하루하루 죽음에 다가가는 불행한 사람을 보고, 자네는 단도로 푹 찔러서 단박에 그러한 불행에 종지부를 찍으라고 권유할 수 있겠나? 환자의 정력을 좀먹는 질병은 또한 그 질병으로부터 자신을 해방시키려는 용기마저 빼앗는 것이 아니겠나?

물론 자네는 다음과 같은 비유로 반론을 제기할 수도 있겠지. 우물쭈물 망설이다가 자신의 목숨까지 위태롭게 하느니, 차라리 상처 난 한쪽 팔을 잘라버리는 것이 낫지 않느냐고 말일세. 나도 모르겠네. 비유를 끌어다 논쟁하는 짓은 이제 그만두기로 하세. 어쨌든 빌헬름, 때때로 나는 모든 고뇌를 떨쳐버릴 수 있을 것 같은 용기가 솟는 때가 있다네. 맞아, 내가 가야 할 곳이 어딘지만 안다면 나는 기꺼이 그곳을 향해 걸어갈 걸세.

저녁

얼마 동안 팽개쳐두었던 일기장을 오늘 무심코 들춰 보다가 몹시 놀랐다네. 나는 뻔히 알면서도 이런 상황 속으로 한 걸음 한 걸음 빠져들고 있었던 걸세! 자신의 상황을 언제나 명확히 인식하고 있으면서도 어린아이처럼 행동해왔더군. 지금도 역시 분명히 알고 있네. 그러면서도 이 상황에서 벗어날 가망이 전혀 없다네.

8월 10일

내가 이처럼 어리석은 사람이 아니었다면 아마도 가장 행복한 생활을 누릴 수 있었을 걸세. 한 사람의 마음을 행복하게 해주기 위해 내가 지금 처한 주위 환경만큼 모든 조건을 갖춘 경우도 그리 흔하지는 않을 걸세. 정녕 우리의 마음만이 우리를 행복하게 해줄 수 있다는 것은 틀림없는 사실이라네.

나는 매우 단란한 가족의 일원이 되다시피 해서, 노인으로부터는 아들과 같이 사랑을 받고, 아이들로부터는 아버지와 같이 존경을 받으며, 더구나 로테한테까지도! 그리고 점잖은 알베르트는, 그 또한 변덕이나 무례한 언동으로 내 행복을 깨뜨리려 하지 않고, 진심에서 우러나오는 우정으로 나를 감싸주고 있다네. 확실히 나는 로테 다음으로 이 세상에서 가장 그의 사랑을 받고 있는 듯하네. 빌헬름, 나와 알베르트가 같이 산책을 하면서 로테에 대한 이야기를 주고받는 것을 누군가가 옆에서 듣는다면 재미있을 걸세. 이 세상에서 이러한 관계보다 더 우스꽝스러운 것은 또 없을 테니 말일세. 그런 일을 생각하면서 눈에 눈물이 핑 돈 적이 한두 번이 아니라네.

알베르트는 나에게 훌륭하셨던 로테의 어머니에 대한 이야기를 해주었네. 그녀의 어머니께서는 세상을 떠나면서 로테에게 집안과 아이들을 맡기셨다고 하더군. 그때부터 로테는 딴사람이 된 것처럼 정신적으로 달라져서 어머니처럼 열정적으로 집안일과 동생들을 돌보는 일에 정성을 다했다고 하더군. 그녀는 잠시도 헛되이 시간을 보내지 않고, 부지런히 일하며 동생들을 돌보면서도, 또 한편으로는 명랑하고 상냥한 성품을 그대로 유지해왔다는 걸세. 이러한 이야기를 들으면서 나는 알베르트와 나란히 걸어가다가, 길가의 꽃을 꺾어서 정성껏 꽃다발을 만들어 그것을 흐르는 냇물에 던지고, 그 꽃다발이 천천히 떠내려가는 것을 조용히 바라보았다네.

자네에게 이미 말했는지 모르겠지만, 알베르트는 여기 머무르면서 궁정으로부터 급여가 꽤 많은 어떤 관직을 얻게 될 모양일세. 그는 궁정에서도 평판이 상당히 좋다고 하더군. 모든 일에 착실하고 부지런하다는 점에서 그만한 사람을 아직 나는 본 적이 없다네.

8월 12일

확실히 알베르트는 이 세상에서 가장 착한 사람일세. 그런데 어제 나는 그와 쓸데없는 논쟁을 벌였다네. 갑자기 말을 타고 산으로 잠시 여행을 떠나고 싶어서, 나는 그의 집으로 작별 인사를 하러 찾아갔네. 지금 이 편지도 산에서 쓰는 중이라네. 알베르트의 방을 이리저리 거닐고 있는데 문득 그의 권총이 눈에 띄더군.

"여행할 때 가지고 가려는데, 이 권총 좀 빌려주시지요."

내가 말하자 알베르트는 좋다고 허락하며 이렇게 말하더군.

"물론 권총에 총알을 장전하는 것은 당신이 직접 해야 합니다. 저는 그 권총을 그저 장식용으로 걸어놓았을 뿐이니까요."

나는 벽에 걸린 권총들 중에 하나를 집어 내렸지. 그러자 알베르트가 다시 말을 이었다네.

"최대한 주의를 한다고 했는데도 불미스러운 일이 생기고 만 이후부터 저는 이런 총기를 만지지 않기로 했답니다."

나는 호기심이 생겨서 그 사연을 물어보았네.

"석 달가량 시골에 있는 친구 집에 머문 적이 있답니다. 그때 비록 총알을 장전해두지는 않았지만, 두어 자루의 권총을 가지고 있어서 밤에도 아무런 걱정 없이 잠을 잘 수 있었지요. 그런데 비가 내리던 어느 날 오후에 별로 할 일도 없고 해서 멍하니 앉아 있는데, 문득 언제 도둑이 달려들지 모르니까 이 권총을 쓸 수도 있으리라는 생각이 들더군요. 어째서 그런 생각이 들었는지 모르겠지만, 아마 당신도 이해하겠지요? 그래서 나는 권총을 하인에게 주면서, 손질을 좀 하고 총알을 장전해두라고 일렀어요. 그런데 그 하인이 하녀들과 장난을 치면서 권총으로 그녀들을 놀래주려고 발사하는 시늉을 하다가 그만 권총이 발사되고 말았답니다. 총구 청소용 꽂을대가 꽂힌 채로 총알이 발사되었는데, 그 꽂을대가 하녀의 오른손 엄지손가락과 집게손가락 사이에 맞아서, 그만 엄지손가락이 으스러지고 말았답니다. 울고불고 야단이 났고, 그래서 나는 결국 치료비를 물어주어야 했지요. 그 후로 나는 총기에는 절대 총알을 장전하지 않는답니다. 아무리 조심하더라도 소용이 없어요. 위험이란 아시다시피 예측할 수 없으니까요. 그렇지만……."

친구여, 자네도 알다시피 나는 알베르트를 꽤 좋아하지만 그건 이 '그렇지만'이라는 말을 꺼내기 이전에만 한정되는 것이라네. 어떤 일반 명제라도 예외가 있다는 것은 분명한 일 아닌가. 그런데 이 용의주도한 인물은 자기가 약간이라도 경술한 말을 했다든지, 일반적인 말들이나 혹은 불확실한 말을 입 밖에 냈다고 생각되면 항상 그 내용을 제한하거나 수정하고, 첨가하고, 삭제하는 통에 나중에는 어떤 것이 본론인지 모르게 되더군.

이번에도 그는 이런 식으로 장황하게 파고들며 변론을 하기 시작하더군. 그래서 나는 그의 이야기에는 귀 기울이지 않고 내 멋대로 망상에 잠겨 있었다네. 그러다 나도 모르게 총구를 이마 오른쪽 눈 위에 갖다 대어 보았지.

"이런! 대체 무슨 짓입니까?"

알베르트는 깜짝 놀라서 내 손에서 권총을 빼앗았네.

"총알도 장전되어 있지 않다면서요?"

"그건 그렇지만 총알이 장전되어 있지 않다고 해도 이게 무슨 짓입니까? 나로서는 상상도 할 수 없군요. 어떻게 인간이 스스로 목숨을 끊을 만큼 어리석을 수 있습니까? 그런 생각을 하는 것만으로도 매우 불쾌하군요."

그의 말을 듣고 나도 소리쳤네.

"당신 같은 인간들은 어떤 일에 대해서든 그것을 어리석다느니 현명하다느니, 또는 좋다느니 나쁘다느니 말해야만 직성이 풀리나 본데, 그런다고 해서 어떤 행동의 내부적인 모든 사정을 모두 헤아릴 수 있습니까? 왜 그런 일이 일어났고, 왜 일어나지 않을 수 없었는가를 명확히 설명할 수 있나요? 아신다면 당신네들도 그렇게 경솔하게 판단을 내리지는 않을 겁니다."

그러자 알베르트가 말하더군.

"어떤 종류의 행위는 그것의 동기가 어떻든 간에, 그것이 죄악이라는 점에는 변함이 없다는 것을 당신도 인정하지요?"

나는 어깨를 으쓱하며 그의 말에 동의하고 나서 계속 이야기를 이어갔네.

"그렇지만 이것 봐요, 거기에도 약간의 예외는 있어요. 도둑질이 죄악이라는 것은 의심할 여지가 없는 사실입니다. 그러나 어떤 사람이 굶어 죽어가는 자기 가족을 구하기 위해 남의 물건을 훔쳤다면 그 사람은 동정을 받아야 하겠습니까, 아니면 형벌을 받아야 옳겠습니까? 또는 부정한 아내와 자기 아내를 유혹한 비열한 정부에 대한 정당한 분노를 참지 못하고 그들을 살해한 남편이나 한때의 환희에 이성을 잃고 억누를 수 없는 사랑의 쾌락에 몸을 내맡긴 처녀에게 누가 맨 먼저 돌을 던질 수 있단 말입니까? 아무리 법률이나 냉혈동물 같은 현학자라도 감동하여 그 죄에 대한 처벌을 유보

하지 않겠습니까?"

그러자 알베르트가 대답했네.

"아니, 그것은 전혀 별개의 문제지요. 격정에 사로잡혀 이성을 잃은 사람은 주정뱅이나 미친 사람으로 볼 수도 있으니까요."

알베르트의 말을 듣고 나는 소리쳤네.

"아아, 이성을 잃지 않는 당신들 같은 인간이란! 격정이니, 주정뱅이니, 미친 사람이니 하면서 남의 일처럼 태연하군요. 당신들은 정말 점잖은 도덕군자로군요! 주정뱅이를 나무라고 미친 사람을 외면하면서, 마치 성직자처럼 그 옆을 지나가면서 자신이 그런 사람들 중 하나로 태어나지 않은 것에 대해 바리새인들처럼 신께 감사하겠지요. 저는 취한 적이 한두 번이 아닙니다. 격정에 사로잡혀 미치광이나 다름없었던 적도 있어요. 그러면서도 저는 어느 경우라도 후회하지는 않았습니다. 왜냐하면 옛날부터 어떤 위대한 일이나 불가능해 보이는 일들을 해낸 비범한 인물은 모두 주정뱅이나 미친 사람이라고 불렸기 때문입니다. 어떤 사람이 자유롭고 고결하며 남들의 상상을 초월하는 일을 하려고 들면, 아직 그 일이 진행되는 도중인데도 사람들은 예외 없이 저놈은 주정뱅이니 미치광이니 하고 비난하기 일쑤니 정말 참을 수가 없단 말입니다! 똑똑하고 현명하며 말짱한 정신을 가진 당신네들은 부끄러운 줄 알아야 합니다."

그러자 알베르트가 대답했네.

"그것 역시 당신의 망상입니다. 당신은 무엇이든 지나치게 과장하는 버릇이 있어요. 지금 우리가 문제 삼고 있는 것은 자살인데, 당신은 그것을 위대한 행위에 비유하고 있으니 결코 옳지 않습니다. 뭐라고 해도 자살이란 결국 의지가 박약한 인간의 행위로밖에 볼 수 없기 때문이에요. 고통으로 가득 찬 삶을 버텨내는 것보다 죽어버리는 것이 더 편할 테니까요."

나는 그만 그와의 논쟁을 마치려고 했네. 왜냐하면 나는 어디까지나 진심으로 이야기하고 있는데, 상대방은 상투적이고 시시한 문구를 들고 나오니, 그것이야말로 참을 수 없는 일이거든. 하지만 여태까지 이런 말을 자주 들었고, 이러한 말을 듣고 화를 낸 적이 한두 번이 아니었기 때문에 나는 다시 마음을 가라앉히고 약간 쾌활한 어조로 말했다네.

"의지가 나약한 행동이라뇨? 제발 겉만 보고 거기에 속지 마시기 바랍니다. 그러면 폭군의 참을 수 없는 압박으로 신음하던 백성들이 마침내 격분하여 자신들을 속박하는 사슬을 끊어버리는 경우에도 당신은 그것을 약점이라고 생각할 건가요? 집에 불이 나서 놀란 나머지 자신도 모르게 힘이 솟아나서 여느 때 같으면 움직일 수도 없는 무거운 물건을 거뜬히 들어 올리는 사람이라든지, 모욕을 당하고 격분하여 대여섯 명과 싸워 이기는 사람, 그런 사람들을 의지가 나약하다고 할 수 있을까요? 이봐요, 노력은 강한 것이라고 하면서 어째서 지나친 긴장을 나약하다고만 하는 겁니까?"

그러자 알베르트는 내 얼굴을 바라보며 이렇게 말하더군.

"너무 나쁘게 생각하지 마세요. 지금 당신이 든 예는 이 경우에는 적합하지 않다고 생각되는군요."

"물론 그럴지도 모르지요. 나의 연상이나 비유는 종종 엉뚱한 방향으로 흘러가는 터무니없는 소리라는 비난을 여러 번 받았답니다. 그러면 여기서 달리 의견을 말해보기로 합시다. 분명 즐거워야 할 인생의 보람을 미련 없이 포기하려고 결심한 사람의 심정이 도대체 어떤지 한번 생각해봅시다. 단, 이 문제는 우리가 동정심을 가졌을 때만 논할 자격이 있습니다."

나는 이야기를 계속했네.

"인간의 본성에는 어떤 한계가 있습니다. 인간은 기쁨이나 괴로움, 고통 등을 어느 정도까지는 견뎌낼 수 있지만, 그 한도를 넘어서면 쓰러지고 말 겁니다. 지금 여기서 말하는 것은 사람이 약하냐 강하냐의 문제가 아니라 정신적인 부분이든 육체적인 부분이든 자신이 당하고 있는 고통을 어느 한도까지 버텨낼 수 있는가 하는 데 있습니다. 따라서 나는 자신의 목숨을 끊는 사람을 비겁하다고 비난하는 것은 마치 악성 열병으로 죽은 사람에게 비겁하다고 하는 것과 마찬가지로 이상한 일이라고 생각합니다."

그러자 알베르트가 외쳤네.

"그건 궤변입니다! 말도 안 되는 궤변이에요!"

그래서 나는 대답했네.

"당신의 생각처럼 그렇게 심한 궤변은 아닙니다. 당신도 인정하겠지만, 어떤 사람이 건강이 몹시 상하고 기력도 소진되어서 어떠한 수단과 방법을 동원해도 정상적인 생활을 할 수 없을 때 우리는 그것을 죽음에 이르는 병이라고 말할 겁니다. 그런데 이것을 정신적 문제에 적용해봅시다. 외골수처럼 생각을 너무나 좁게 하는 어떤 사람을 잘 관찰해보세요. 갖가지 인상이 그에게 작용하여 관념이 고정되고, 이렇게 자기가 받은 인상이나 굳어진 관념 때문에 결국은 조용히 생각할 수 있는 모든 힘을 불길같이 타오르는 격정에다 빼앗기고 파멸해버리는 겁니다. 그렇다고 해서 침착하고 이성적인 인간이 그 불행한 사람의 상태를 바라보며 이래라저래라 아무리 충고한들 아무 소용 없을 겁니다. 그것은 마치 건강한 사람이 환자의 머리맡에 아무리 서 있어도, 그가 가진 힘을 조금도 환자의 몸에 전달할 수 없는 것과 마찬가지입니다."

이런 이야기가 알베르트에게는 너무나 일반적인 내용이라서, 나는 얼마 전 연못에 빠져 자살한 어느 소녀의 일을 그에게 상기시키면서 그 이야기를 다시 해주었다네.

"착하고 얌전한 소녀였지요. 그녀는 집안일이나 매주 정해진 일을 하면서 살아가는 좁은 세계에서 자랐답니다. 그 소녀의 낙이라는 것은 고작해야 조금씩 저축해서 모은 돈으로 장만한 나들이옷을 입고 일요일에 또래 친구들과 교외로 산책을 나가거나, 축제가 있을 때 무도회에 가서 춤을 춘다거나, 다른 사람들의 평판이나 소문 같은 것으로 시간 가는 줄 모르고 수다를 떤다거나 하는 일이었죠.

그런데 이 소녀의 열정적인 성질이 마침내 더 큰 욕구를 품기 시작했는데, 남자들이 치켜세우고 비위를 맞춰주자 그 욕구는 더욱 부풀어 올라서 그때까지 낙으로 여겨왔던 일들이 차츰 시들해져 갔던 겁니다. 그러다 어떤 남자를 만나게 되었고, 여태까지 알지 못했던 감정에 정신없이 끌려들어 가서, 결국 자신의 모든 희망을 그 남자에게 걸고 주위 세상을 그만 잊어버리고 만 겁니다. 그 남자 외에는 들리는 것도 없고, 보이는 것도 없고, 느끼는 것도 없이 그저 그 남자 하나만을 사랑하게 된 것이지요. 그때까지는 부질없는 쾌락이나 허영에 물들지 않은 소녀였기 때문에, 그녀의 희망은 오로지 그의 아내가 되는 것이었어요. 지금까지 누려보지 못한 모든 행복과 동경해오던 모든 기쁨을 그와의 영원한 결합 속에서 찾으려고 한 것입니다. 그의 거듭된 약속은 희망의 실현을 보증하는 듯했고, 그의 대담한 애무는 그녀의 욕망을 더욱더 커지게 해서 그녀의 마음을 완전히 사로잡았지요. 황홀감 속에서 그녀는 온갖 기쁨을 예감하며, 극도로 긴장된 마음으로 마침내 자신의 소망을 향해 두 팔을 내밀었답니다. 그런데 그때 그 애인이 그녀를 떠나버린 것입니다.

그녀는 넋을 잃고 연못 앞에 서게 되었습니다. 사방은 암흑뿐이었고 아무런 목적도, 희망도, 위안도 없었습니다. 오직 그 남자를 통해서만 자신의 존재를 느낄 수 있었는데, 그 사람에게 버림받았기 때문입니다. 그녀는 눈앞에 있는 넓은 세계도 이미 보이지 않았고, 잃어버린 것을 다시 채워줄지도 모르는 수많은 사람들을 찾아볼 생각도 하지 못하고, 그저 홀로 세상에서 버림받은 외로움에 사무쳐 눈에 아무것도 보이지 않았습니다. 온 세상으로부터 버림을 받고, 외톨이가 된 자신만을 느낄 뿐이었죠. 그리하여 눈앞이 캄캄해지고, 견디기 어려운 마음의 고통을 이기지 못한 채 연못에 몸을 던지고 말았습니다.

알베르트 씨, 이것이 많은 사람의 애달픈 사연입니다. 아까 이야기한 환자도 이와 마찬가지 아닐까요? 서로 얽히고 모순된 힘의 미궁 속에서 생명의 탈출구를 찾지 못한 인간은 결국 죽을 수밖에 없는 겁니다. 그런 광경을 보고도 '어리석은 여자로군. 조금만 더 기다리면 실망도 사라지고 다른 남자가 나타나서 위로해줄 텐데'라고 말하는 사람이 있다면, 그 사람은 정말 한심한 사람입니다. 그것은 바로 '열병으로 죽다니, 바보 같은 놈이로군. 기력이 회복되고 힘이 좀 생겨서 혈액의 혼란이 가라앉을 때까지만 기다렸으면 별일 없이 오늘까지도 살 수 있었을 텐데'라고 말하는 것과 조금도 다를 것이 없어요."

알베르트는 이 비유도 납득할 수 없다는 듯 여전히 이러쿵저러쿵 반대를 했네. 그러면서 그가 그러더군. 내가 말한 것은 한낱 무지한 소녀의 이야기일 뿐이며, 그녀가 그렇게 외곬으로 생각하지 않고 좀더 넓게 생각하는 분별력을 가졌더라면 그 지경이 되지는 않았을 것이라고 말일세.

"알베르트 씨, 인간은 모두 마찬가지랍니다. 조금 더 분별력을 가졌다고 해도 일단 정열이 끓어올라 인간성의 한계를 넘어서면, 이성은 이미 아무 소용 없는 거예요. 그렇기는커녕…… 아니, 이 이야기는 다음 기회에 다시 하도록 합시다."

나는 이렇게 소리치고는 모자를 집어 들었네. 아아, 그때 내 마음은 너무나 들끓었다네. 그래서 우리는 서로 이해하지 못한 채 헤어졌지. 정말이지 다른 사람의 마음을 이해하는 것은 너무나 어려운 일이네.

8월 15일

이 세상에서 정말 사랑만큼 사람에게 필요한 것은 없을 걸세. 나는 로테의 태도에서 그녀가 나를 잃고 싶어 하지 않는다는 것을 느낀다네. 아이들도 내가 이튿날 아침이면 다시 찾아오리라는 것을 의심하지 않는다네. 오늘 나는 로테의 피아노를 조율하러 그녀의 집을 찾아갔는데, 결국 그 일은 하지도 못했다네. 왜냐하면 아이들이 이야기를 해달라고 졸라댔고, 로테도 아이들의 청을 들어달라고 부탁했기 때문이네. 나는 아이들에게 저녁으로 먹을 빵을 잘라주었지. 아이들은 이제 내가 빵을 주어도 로테가 줄 때처럼 기꺼이 받아먹는다네. 그런 다음 나는 골방에 갇힌 공주 이야기를 해주었다네. 그것은 내가 아이들에게 곧잘 해주는 이야기로, 공주가 골방에 갇혀서 굶어 죽게 되었을 때 수많은 손이 천장에서 내려와 먹을 것을 주었다는 동화지. 이야기를 하면서 나 또한 배우는 게 많다네. 내 이야기에 아이들이 얼마나 강한 인상을 받는지 놀라지 않을 수 없더군. 이야기를 되풀이해서 하다 보면 간혹 이야기 속의 세세한 부분을 잊어버려서 할 수 없이 적당히 꾸며내는데, 아이들은 이내 지난번에는 그렇지 않았다고 말한다네. 그래서 지금은 이야기 줄거리를 조금도 틀리지 않게, 마치 변함없는 노래 가사처럼 암송하는 연습을 하고 있다네.

여기서 나는 한 가지 깨달은 점이 있다네. 어떤 저자가 일단 출판했던 자신의 작품을 개정해서 재판(再版)을 내놓는 경우, 아무리 그것이 문학적으로는 좀더 표현이 나아졌다고 해도 역시 작품 자체를 훼손하는 일이 될 수 있다는 것을 말일세. 독자들에게는 첫인상이 강하게 남는 법이거든. 인간이란 어떤 엉뚱한 일이든 그대로 쉽게 받아들일 수 있게끔 만들어져 있지. 일단 그렇게 받아들인 인상은 머릿속에 단단히 달라붙어서 쉽사리 떨어지지 않는다네. 그래서 그것을 수정하거나 지우기가 몹시 어려운 일이라네.

8월 18일

사람을 행복하게 만드는 일이 동시에 불행의 원천이 되는 것은 정녕 불가피한 법칙이란 말인가?

내 마음속에 가득 차 있는 생동하는 자연에 대한 열렬한 감정은 내 마음에 기쁨이 넘치게 하고 둘러싼 세계를 낙원으로 만들지만, 지금에 와서는 그것이 견딜 수 없이 괴롭히는 유령처럼 어디를 가나 나를 따라다니며 떨어지지 않는다네.

한때는 바위 위에 앉아서 강 건너 저쪽 언덕까지 뻗은 풍요로운 골짜기를 바라보며 내 주위의 모든 것이 싹트고 자라는 것을 보았지. 그리고 기슭에서 산봉우리에 이르기까지 크고 무성한 나무로 뒤덮여 있는 저 산들과 굽이치는 골짜기에는 아름다운 숲이 그림자를 던지고 있었다네. 잔잔한 강물은 살랑거리는 갈대밭 사이를 미끄러지듯 흐르고, 거기에는 아늑한 저녁 바람에 실려 온 정다운 구름이 어려 있었지. 주위에 있는 산속에서는 새들이 지저귀고, 무수한 모기떼는 붉은 저녁 햇빛을 받으며 활기차게 춤을 추었으며, 딱정벌레는 저물어가는 저녁 햇빛을 받으며 수풀 속에서 튀어 나와 붕붕거리며 날아다녔네. 주위의 소란스러움에 이끌려 땅 위로 시선을 돌리면, 내가 서 있는 딱딱한 바위에서 영양분을 섭취하고 있는 이끼나 메마른 모래 언덕을 따라 저 아래쪽까지 우거진 관목은 자연 내부에서 불타고 있는 신성한 생명을 나에게 보여주었지. 그때 나는 이러한 모든 것을 내 뜨거운 마음으로 느끼면서 넘치는 풍요로운 풍경 속에서 마치 신이라도 된 것 같았다네.

무한한 세계의 거룩한 모습은 내 영혼 속에서 활기차게 약동하고 있었지. 웅장한 산들이 나를 둘러싸고 있었고, 깊은 연못이 내 눈앞에 가로놓여 있었으며, 골짜기를 흐르는 맑은 물줄기는 넘칠 듯이 내 발아래로 흘러가며 온 숲과 산에 메아리를 울리고 있었다네.

나는 이러한 모든 것이 깊숙이 대지의 밑바닥에서 서로 뒤섞이며 작용하는 것을 보았다네. 그렇게 이루 헤아릴 수 없는 온갖 생명이 하늘 아래 대지 위를 뒤덮고 있는 걸세. 생명을 지닌 온갖 것들이 갖가지 모습으로 이 세계를 가득 채우고 있는 걸세. 그런데도 인간은 몸의 안전을 꾀하기 위해 조그마한 집에 모여 살면서 자신들이 세상을 지배하고 있다고 착각하고 있는 것이라네. 가엾고 어리석은 존재 같으니! 자신이 그토록 작고 하찮기 때문에 세상 모든 만물을 하찮게 보는 것일세!

그러나 영원한 창조자의 영혼은 감히 오를 수 없는 높은 산이나 사람의 발길이 닿지 못한 광야, 미지의 넓은 바다 끝에 이르기까지 충만해 있지. 그리하여 그 영혼은 자기를 느끼고 생명을 유지하는 만물, 심지어 한낱 티끌과도 같은 모든 존재에 이르기까지 창조자의 기쁨을 나누는 것이라네. 아아, 그때 나는 내 머리 위를 날아가는 학의 날개를 빌려서, 망망한 바다 건너편 기슭으로 가기를 얼마나 원했는지 모른다네! 한없이 거품이 일어나는 신의 술잔에서 넘치는 생명의 환희를 마시고, 그저 잠시 동안이라도 만물을 자신의 내부에서 스스로 창조하고 있는 숭고하신 분의 지극한 행복을 맛보기를 내가 얼마나 원했는지 모른다네!

친구여, 그 당시를 회상하는 것만이 내 기분을 북돋워주는 일이라네. 그때의 형언할 수 없는 기분을 다시금 불러내려는 노력만으로도 내 영혼은 한층 더 고양된다네. 그러면서 동시에 지금 나를 둘러싸고 있는 불안한 상태가 한층 더 절실하게 느껴지는 걸세.

내 영혼 앞에 드리우고 있던 장막이 걷힌 것 같다네. 무한한 생명의 무대는 이제 내 눈앞에서 영원히 입을 벌리고 있는 깊은 무덤으로 변해버렸네. 이렇게 세상 모든 것이 사라져가는데 자네는 어떻게 사물이 존재한다고 말할 수 있겠나? 모든 것은 번개처럼 빠르게 사라져버리고, 그 존재의 완전한 힘이 지속되는 일은 극히 드물다네. 강물 속으로 휩쓸려 밑으로 가라앉거나, 바위에 부딪혀 부서지고 말지. 이렇게 한순간 한순간 자네와 자네 주변의 사람들을 좀먹고 있는 걸세. 매 순간 자네 자신이 파괴자가 아닌 순간이란 없을 것이네. 그저 아무런 악의도 없이 무심코 산책을 하는 동안에도 수많은 가엾은 벌레들의 생명을 앗아가고 있지 않은가? 한 걸음 옮기기만 해도, 애써 지은 개미들의 터전을 파괴하고, 그 작은 세계를 짓밟아서 부끄러운 무덤으로 만들고 있지 않은가 말일세. 아아, 이 세상에서 좀처럼 일어나지 않는 천재지변들, 즉 마을을 휩쓸어버리는 홍수, 도시를 삼켜버리는 지진, 그런 것들이 나를 두렵게 하는 것이 아니라네. 도리어 내 마음을 허물어버리는 것은 대자연 속에 깃들어 있는 침식의 힘, 바로 그것이라네. 그 힘은 그 이웃과 그 사람 자신을 파괴하고 말지. 이런 생각을 하면 나는 불안해서 견딜 수가 없다네. 하늘과 땅, 그리고 거기서 작용하는 갖가지 힘에 둘러싸여서 내가 볼 수 있는 것은 영원히 집어삼키고, 영원히 되새김질하는 괴물들뿐이라네.

8월 21일

아침마다 괴로운 꿈속에서 어렴풋이 눈을 뜨면, 나는 헛되이 그녀를 찾아 두 팔을 뻗는다네. 그녀와 초원에 나란히 앉아 그녀의 손을 잡고 그 손에 수없이 키스를 퍼붓는 행복한 꿈이 결국 착각이라는 것을 깨달으며, 나는 밤마다 침대 속에서 안타까이 그녀를 찾아 헤맨다네. 그렇게 꿈결 속에서 그 여자를 찾아 헛되이 침대를 더듬다가 잠이 깨면, 뜨거운 한 줄기 눈물이 솟구친다네. 그러면 위로받을 수도 없는 절망 속에서 나는 어두운 미래를 생각하며 쓸쓸히 눈물을 흘린다네.

8월 22일

빌헬름, 정말 비참한 심정일세! 나의 활동력에 이상이 생겨서 불안한 게으름으로 변하고 말았다네. 그렇다고 해서 멍청하게 하릴없이 지낼 수도 없는데 그저 아무 일도 할 수가 없어 큰일일세. 내게는 이제 아무런 상상력도 없고, 심지어 자연에 대한 감흥도 없어져 버렸다네. 심지어 책은 보기만 해도 구역질이 다 난다네. 자기 자신을 상실한다는 것은 모든 것을 잃는 것과 마찬가지지. 자네한테 맹세하건대, 나는 하루하루 벌어먹는 날품팔이 노동자가 되었으면 하고 바랄 때가 있다네. 그러면 적어도 매일 아침 잠에서 깨었을 때만이라도, 그날 하루의 뚜렷한 목표와 자신을 긴장시키는 그 무엇인가를 기대할 수 있을 테니 말일세. 또 나는 산더미 같은 장부나 서류 속에 푹 파묻혀 있는 알베르트가 얼마나 부러운지 모른다네. 내가 그의 위치에 있다면 얼마나 행복할까 하고 생각하면서, 얼마 전부터는 자네와 장관에게 편지를 써서 공사관에 자리를 하나 얻어볼까 하는 생각을 하기도 했지. 그런 정도의 자리라면 거절당할 일이 없을 것이고, 자네 또한 보증을 해줄 것이라고 믿기 때문일세. 이미 전부터 장관께서 나를 아끼고 계신 터이고, 나에게 종종 실무를 맡아보라고 권유했었거든. 하지만 한순간 그럴까 하는 마음이 들다가도 이내 생각이 달라지곤 한다네. 자신이 누리는 자유가 지겨워진 어떤 말이 제 몸에 안장을 얹어달라고 하여 사람을 태우고 달리다가 결국에는 지나치게 혹사를 당하여 쓰러지고 말았다는 어느 우화 속의 말 이야기가 생각나서, 도대체 지금 나는 어찌해야 할지 모르겠네.

사랑하는 친구여, 이렇게 환경의 변화를 갈망하는 마음은 불쾌한 초조감에서 비롯된 것일 테니, 그것은 내가 어디를 가더라도 내 뒤를 따라다니는 것 아니겠나.

8월 28일

나의 병이 고칠 수 있는 것이라면, 그 병을 고쳐줄 수 있는 사람은 틀림없이 바로 이 사람들일 것이네. 나는 오늘 생일을 맞아 아침 일찍 알베르트로부터 소포를 받았다네. 포장을 열자마자 연분홍색 리본이 눈에 띄더군. 그것은 내가 처음 로테를 보았을 때 그녀의 가슴에 달려 있던 것으로, 그 후로 내가 몇 번이나 달라고 그녀에게 졸랐던 것이라네. 그 밖에도 그 소포에는 12절판의 자그마한 책 두 권과 베트슈타인(암스테르담의 출판사 ─ 옮긴이)판 《호메로스》가 들어 있었지. 그것은 내가 예전부터 원하던 것이었다네. 내가 갖고 있는 에르네스티판은 산책할 때 갖고 다니기에는 너무 무거워서 불편했거든. 이처럼 그들은 내가 바라는 사소한 것까지 미리 알아채고 우정이 깃든 선물을 준다네. 이런 우정의 표시는 보내는 사람의 허영심에 받는 사람이 굴욕감을 느끼는 값비싼 선물보다 수천 배는 더 값진 선물이 아니겠나. 나는 그 리본에 수없이 입술을 갖다 대고 키스를 퍼부었다네. 그리고 다시는 돌아오지 않을 그 시절의 짧지만 행복했던 추억들을 돌이켜보았다네.

빌헬름, 이런 상황이지만 불평은 하지 않겠네. 나는 인생의 꽃이란 그저 일시적인 환상에 지나지 않는다는 것을 알고 있으니까 말일세. 얼마나 많은 꽃이 흔적도 없이 져버렸겠나! 열매를 맺는 꽃은 너무나 적고, 그 열매가 온전히 무르익는 일도 극히 적네. 그런데도 친구여, 우리는 그 무르익은 열매를 돌보지도 않고, 그것을 소홀히 하며, 맛도 보지 않고 썩게 내버려두어도 괜찮은 걸까?

그럼 잘 있게나. 멋진 여름일세. 나는 종종 기다란 장대를 들고 로테의 과수원에 가서 높은 나뭇가지에 달린 배를 따곤 한다네. 그러면 로테는 나무 밑에 서서 내가 따는 배를 받곤 하지.

8월 30일

불쌍한 자여! 너는 얼마나 어리석고, 자신을 속이고 있는가! 도대체 이 미칠 것 같은 끝없는 정열은 무엇이란 말인가!

나는 이제 로테에게 바치는 기도 외에는 다른 어떤 기도도 할 수 없게 되었다네. 내 상상 속에는 오직 로테의 아름다운 모습 이외에는 아무것도 떠오르지 않는다네. 내 눈에 비치는, 주위에 있는 모든 것이 로테를 떠오르게 한다네. 그런 식으로 상상에 잠겨서 나는 행복한 몇 시간을 누릴 수가 있는 걸세. 그러나 결국 나는 그 상상 속의 그녀로부터 벗어나지 않으면 안 된다네.

아아, 빌헬름! 내 마음이 나를 어디로 데려가려는 것일까? 그녀 곁에서 2시간이고 3시간이고 앉아 있노라면, 그녀의 모습과 행동, 그녀의 고상한 말투 등에 황홀해져 있다가도, 점점 모든 감각이 긴장되고 눈앞이 캄캄해지며, 목구멍은 살인자의 손에라도 붙잡힌 듯이 죄어든다네. 그렇게 답답한 가슴을 완화시키려고 심장이 고동칠

수록 감각의 혼란만 더 가중될 뿐이지. 아, 빌헬름! 나는 가끔 내가 살아 있는지 어떤지 알 수 없는 상태가 되곤 한다네. 또 어느 때는 가눌 길 없는 슬픔에 빠져 로테의 손에 내 얼굴을 묻고 실컷 울어서 가슴속의 괴로움을 풀며 위로받고 싶을 때가 있다네. 그런데 로테가 그런 요구를 거절하면 나는 그 자리를 뛰쳐나와서 넓은 벌판을 헤매고 돌아다니거나 험한 산으로 올라가곤 하지. 길도 없는 숲 속을 헤치고 다니다가 가시덤불에 긁히고 찔리면서 걷다 보면 얼마쯤은 마음이 풀리고 기분이 좀 나아지더군. 아주 조금이기는 하지만 말일세. 그러다 피로하고 목이 말라서 도중에 몇 번이나 쓰러져 쉬곤 한다네. 이미 밤은 깊고 높이 솟아오른 달은 머리 위에서 빛나는데, 상처 입은 발바닥의 아픔을 덜어보려고 고요한 숲 속의 구부러진 나무뿌리에 걸터앉아 있다가, 기진맥진하고 피로한 나머지 동이 틀 무렵까지 잠에 빠지고 마는 걸세.

친구여, 동물의 뻣뻣한 털로 만든 참회의 수도복에 가시덤불로 만든 띠, 그리고 외로운 암자에서의 고독한 삶, 그것이 바로 내가 마음속으로 그리던 위안이라네. 잘 있게나. 이 비참함의 끝은 결국 무덤밖에 없는 것 같네.

9월 3일

나는 여기를 떠나야겠네. 고맙네, 빌헬름. 자네 덕택에 흔들리던 내 결심을 굳힐 수 있었네. 로테의 곁에서 떠나야겠다고 마음먹은 지도 벌써 2주일이나 지났군. 이제 정말 나는 떠나야겠어. 로테는 또 시내에 있는 친구의 집에 가서 묵고 있네. 그리고 알베르트는…… 아아, 나는 아무래도 떠나야겠네.

9월 10일

너무나 안타까운 밤이었네! 빌헬름, 이제 나는 모든 것을 극복했다네. 다시는 그녀를 만나지 않겠어! 아아, 친구여, 자네 목을 끌어안고 실컷 눈물을 흘리면서 내 가슴속에 있는 감정을 마음껏 털어놓을 수 없다는 것이 너무나 서운하군! 나는 지금 마음을 가라앉히려고 애쓰면서 아침이 오기를 기다리고 있다네. 해가 뜨면 나를 데리러 마차가 오기로 했거든.

아마 지금 로테는 나를 다시는 만나지 못할 것이라는 사실을 꿈에도 모르고 깊이 잠들어 있을 걸세. 2시간 동안이나 이야기를 주고받으면서도, 나는 굳게 마음을 먹고 내 계획에 대해서는 한마디도 입 밖에 내지 않았다네. 정말 기가 막힌 대화였다네.

알베르트는 저녁 식사가 끝나는 대로 곧 로테와 같이 정원에 나오겠다고 약속을 했네. 나는 높은 밤나무 밑에 있는 테라스를 서성거리며 마지막으로 정든 골짜기와 잔잔하게 흐르는 강 서쪽으로 해가 지는 모습을 바라보고 있었네. 전에도 나는 가끔 로테와 함께 여기 서서, 바로 지금과 같은 장엄한 광경을 바라보았지. 그리고 내가 좋아하던 가로수 길도 이리저리 거닐어보았다네. 사실 로테를 알기 전부터, 나는 어떤 신비로운 매력에 이끌려 이곳을 자주 찾았네. 그리고 로테와 내가 처음으로 서로를 알게 되었을 때, 우리 둘 다 이곳을 좋아한다는 사실을 알고 얼마나 기뻐했는지 모른다네. 정말이지 이곳은 내가 본 예술 작품 가운데 가장 낭만적인 장소일세.

우선 밤나무 사이로 전망이 탁 트인 그런 경치를 상상해보게나. 여기에 대해서는 내가 이미 자네에게 몇 번 써 보낸 것 같군. 높이 솟은 너도밤나무들이 병풍처럼 둘러싸고 있어서 그와 이어져 있는 가로수 길은 한층 더 그늘지고, 마침내는 사방이 막힌 조그마한 공터로 끝이 나지. 그곳은 소름이 돋을 정도로 고요한 장소라네. 내가 처음으로 한낮에 그곳에 들어섰을 때의 아늑한 기분은 아직도 잊을 수가 없어. 그리고 그곳이 어쩌면 앞으로 내 행복과 고뇌의 무대가 되지 않을까 하는 어렴풋한 예감이 들었다네.

내가 그렇게 약 30분 정도 이별과 재회의 애달픈 상념에 잠겨 있으려니까 테라스로 올라오는 두 사람의 발소리가 들리더군. 나는 얼른 달려가서 그들을 맞이하고, 일종의 전율을 느끼면서 그녀의 손을 붙잡고 거기에 키스를 했네. 우리 셋이 맨 위까지 올라가자 마침 숲이 무성한 언덕 저쪽에서 달이 떠오르고 있었네. 우리가 여러 가지 이야기를 나누면서 걷다 보니, 어느덧 어둑한 정자에 이르렀지. 로테가 정자로 들어가 앉자 알베르트와 나는 그녀의 양옆에 자리 잡고 앉았다네. 그러나 나는 마음이 안정되지 않아서 그 자리에 오래 앉아 있을 수가 없었네. 나는 곧 일어서서 그녀의 앞을 이리저리 거닐다가 다시 앉았지. 어쩐지 몹시 불안한 기분이었네.

로테는 달빛의 아름다움에 대해 이야기하며 우리의 주의를 환기시켰네. 달은 너도밤나무 숲 꼭대기에 걸려서 우리 앞에 펼쳐진 언덕을 구석구석 비추고 있었네. 참으로 아름다운 광경이었네. 주위가 몹시 어두웠기 때문에 이 아름다운 광경은 한층 선명하게 보였지. 우리는 아무 말도 없이 앉아 있었네. 그리고 이윽고 로테가 입을 열었네.

"이런 달빛을 받으며 산책을 하면, 저는 언제나 세상을 떠난 사람들이 떠올라요. 죽음이나 내세에 대해 생각하게 되는 거죠. 우리도 언젠가는 저세상으로 갈 테니까요."

로테는 엄숙한 감정이 깃든 목소리로 말을 이었지.

"그런데 베르테르 씨, 우리는 저세상에서 다시 만날 수 있을까요?

만나면 서로를 알아볼 수 있을까요? 어떻게 생각하시는지 말씀해 보세요."

나는 눈에 눈물이 가득한 채로 그녀의 손을 잡고 말했네.

"로테, 우리는 다시 만날 거예요. 이 세상에서와 마찬가지로 저세상에서도 만나게 될 겁니다."

나는 더 이상 이야기를 계속할 수가 없었다네. 빌헬름, 내가 이 애달픈 작별의 말을 가슴속에 품고 있을 때 로테가 나한테 그런 말을 하다니!

로테는 이야기를 계속했네.

"세상을 떠난 그리운 사람들은 우리가 어떻게 지내고 있는지 알고 있을까요? 우리가 잘 지내고 있고, 변함없이 그분들을 그리워하고 있다는 것을 알고 있을까요? 고요한 저녁 무렵이면 지금은 내 자식이나 다름없는 동생들과 같이 앉아서, 그 아이들이 어머니에게 했던 것처럼 제 주위에 모이면, 옛날 어머니 주위에 둘러앉았던 생각이 떠오르곤 해요. 그럴 때면 저는 눈물이 나서 하늘을 우러러보며 마음속으로 빈답니다. 어머니가 세상을 떠나실 때, 제가 동생들을 어머니처럼 돌보겠다고 했던 그 약속을 제가 지키고 있는 모습을 어머니께서 보셨으면 하고 말이지요. 그리고 저는 이렇게 중얼거린답니다. '그리운 어머니, 당신이 아이들을 대했듯이 제가 동생들을 잘 대하지 못했다면 용서하세요. 저는 제가 할 수 있는 최대한의 노력을 하고 있답니다. 동생들에게 옷을 입히고, 먹을 것을 주고, 무엇보다 가장 중요한, 사랑으로 보살피고 있습니다. 어머니께서 저희가 사이좋게 지내는 것을 보신다면, 아마도 어머니께서는 하느님께 뜨거운 감사를 하게 되실 거예요. 돌아가시는 마지막 순간에도 괴로운 눈물을 흘리면서 신께 아이들의 행복을 기원하셨으니까요'라고요."

그녀는 이렇게 말했네. 오, 빌헬름! 누가 그녀의 그 말을 다시 되풀이할 수 있을까! 생명 없는 차갑고 죽은 문자로 어떻게 그 꽃과 같이 신성한 영혼을 표현할 수 있을까!

그러자 알베르트는 다정하게 그 여자의 이야기를 가로막으며 이렇게 말했네.

"로테, 그런 심각한 생각을 하면 몸에 해로워요. 사랑하는 로테! 당신이 그 일을 잊지 못하는 것은 알고 있지만, 제발 부탁이니……."

그러자 로테가 말했네.

"알베르트 씨, 당신도 기억하시겠지만, 아버님께서 여행을 떠나고 안 계시는 동안 저녁마다 동생들을 잠자리로 보낸 다음 우리 둘이 조그마한 둥근 테이블 앞에 앉아 있었던 때의 일을 잊지 않으셨지요? 당신은 자주 재미있는 책을 가지고 오셨지만, 그것을 읽는 경우는 드물었어요. 오히려 어머니의 거룩한 정신과 접촉하는 일이 훨씬 더 유익하다는 것을 아셨기 때문이겠죠. 정말 어머니는 싹싹

하고 명랑하고 부지런한 분이셨어요. 저는 언제나 잠자리에 들기 전 하느님께 엎드려 눈물을 흘리며 기도한답니다. 저도 어머니 같은 사람이 되게 해달라고 말이에요."

"로테, 하느님께서 당신의 머리 위로 축복을 내리실 겁니다. 그리고 어머님의 영혼은 결코 당신 곁을 떠나지 않으실 겁니다."

나는 그녀 앞에 무릎을 꿇고, 그녀의 손을 붙잡고 한없이 눈물을 흘리면서 말했네. 그러자 로테는 내 손을 꼭 쥐면서 이렇게 말하더군.

"당신이 정말 저의 어머니를 아셨더라면 좋았을 걸 그랬어요. 어머니는 당신도 충분히 인정할 만큼 훌륭한 분이셨답니다."

이 말을 듣고 나는 숨이 막히는 것 같았다네. 그처럼 자랑스러운 말을 나는 이때까지 들어본 적이 없었네. 그녀는 다시 이야기를 계속했지.

"어머니께서는 한창때 돌아가셨죠. 막내가 태어난 지 6개월도 채 되지 않았을 때였어요. 오래 끈 병환도 아니었어요. 어머니께서는 조용히 운명에 몸을 맡기셨는데, 다만 아이들, 특히 막내를 생각하며 가슴 아파하셨어요. 마침내 임종이 가까워지자 어머니께서는 저에게 동생들을 모두 불러오라고 이르셨지요. 제가 아직 사정을 모르는 어린 동생들과 어쩔 줄 몰라 하는 큰 동생들을 방으로 데리고 들어가자, 동생들은 어머니의 침대 주위에 둘러섰어요. 어머니께서는 두 손을 들고 아이들을 위해 기도를 올리고는 한 아이씩 차례로 입을 맞춘 다음 밖으로 내보내셨어요. 그리고 저에게 말씀하셨지요. '저 아이들의 어머니가 되어다오.' 저는 어머니의 손을 잡고 맹세했답니다. 그러나 어머니께서는 그것이 얼마나 어려운 약속인지 말씀하셨어요. '어머니의 마음과 어머니의 눈을 가져야만 하는 거란다. 그것이 어떤 것인지 너는 잘 알고 있을 거야. 때때로 네 눈에 어리는 감사의 눈물을 보고 나는 짐작할 수 있었단다. 그러니 그 마음을 너의 동생들을 위하여 그대로 간직해주기 바란다. 그리고 아버지께도 아내와 같은 정성과 순종하는 마음으로 대하고 위로해드리도록 해라.' 그리고 어머니께서는 아버지를 찾으셨지만, 아버지께선 집에 계시지 않았어요. 슬픔을 못 이겨 괴로워하는 모습을 보이지 않으려고 밖으로 나가셨던 거죠. 알베르트 씨, 당신은 그때 방에 계셨죠. 어머니께서는 당신 발소리를 듣고 누구냐고 물으시더니, 가까이 불러서 당신과 저를 물끄러미 바라보시다가, 너희 두 사람은 함께 행복하게 살 것이라는 평온하고 안심하는 듯한 눈길을 보내셨지요."

그러자 알베르트는 로테의 목을 끌어안고 키스하며 외치더군.

"그럼, 우리는 행복하지. 그리고 앞으로도 행복할 거요."

원래 그렇게 조용하던 알베르트가 완전히 자제심을 잃었고, 나 역시도 제정신이 아니었지. 로테는 계속 이야기를 이어갔네.

"베르테르 씨, 그런 어머니께서 돌아가셨어요. 이 세상에서 가장 사랑하는 사람을 잃어버린다는 것이 얼마나 슬픈 일인지 그것은 남은 자식들만이 알지요. 동생들은 그 후로도 검은 옷을 입은 남자들이 어머니를 데려갔다고 오래도록 슬퍼했답니다."

그녀가 일어섰네. 나 또한 제정신으로 돌아와 앉은 채 그녀의 손을 꼭 잡았지.

"자, 이제 돌아가도록 해요. 시간이 늦었어요."

그녀가 나에게서 손을 빼려고 했지만, 나는 그녀의 손을 더욱 힘주어 잡으며 외쳤다네.

"다시 만나게 되겠지요. 우리가 어떤 모습이 된다 해도 분명히 서로 알아볼 수 있을 겁니다. 로테, 그럼 안녕히 계십시오. 알베르트 씨, 우리 다시 만납시다."

"내일 만나자는 말씀이지요?"

그녀는 농담하듯이 대답하더군.

"내일 만날 것 같은 기분이에요."

그 순간 '내일'이 무엇을 의미하는지 나는 똑똑히 알고 있었다네. 그러나 로테는 그것을 짐작조차 못 하는 것 같았지. 두 사람은 가로수 길을 나란히 걸어 돌아갔고, 나는 그 자리에 선 채 달빛 속을 걸어가는 두 사람의 뒷모습을 바라보았지. 그러고는 땅바닥에 주저앉아 실컷 울었다네. 이윽고 나는 벌떡 일어나 테라스로 달려갔네. 저

아래, 보리수 아래로 정원 입구 쪽으로 걸어가는 로테의 하얀 옷이 어렴풋이 보이더군. 나는 그쪽을 향해 두 팔을 내밀었지. 그러나 그 모습은 이내 사라졌다네.

제2부

1771년 10월 20일

우리는 어제 이곳에 도착했네. 공사는 몸이 좀 불편해서 며칠 동안 집 밖으로 나오지 않을 모양이더군. 그 사람이 그렇게 까다롭지만 않다면 더 바랄 것이 없으련만. 아무래도 운명이 내게 가혹한 시련을 주려고 작정한 모양이네. 하지만 용기를 내야겠지. 가벼운 기분으로 살아가야 무슨 일이든 견뎌낼 수 있을 테니 말이야. 가벼운 기분? 이런 말을 내가 펜으로 쓰다니, 생각만 해도 우스운 일이군. 물론 내가 조금만 더 명랑한 기질을 타고났다면 아마도 이 세상에서 가장 행복한 사람이 되었을 텐데. 다른 사람들은 약간의 역량과 재능에도 만족을 느끼며 내 앞에서 신이 나서 으스대며 떠들고 돌아다니는데, 나는 내 역량과 재능에 절망하고 있으니 말일세! 저에게 모든 것을 베풀어주신 하느님, 당신께서는 어찌하여 그 절반을 도로 가져가시는 대신 저에게 자신감과 만족감을 베풀어주지 않으셨습니까?

참아야지! 참아야지! 그러면 차차 나아질 것이라고 자네가 나에게 말하지 않았나. 친구여, 자네 말이 옳아. 매일 세상의 수많은 사람들 가운데 섞여서 그 사람들이 하는 일이나 하는 행동을 보기 시작한 이후 나는 나 자신과 훨씬 더 잘 타협할 수 있게 되었다네. 확실히 우리 인간은 모든 것을 자기 자신과 비교하도록, 또한 자기 자신과 모든 것을 비교하게끔 만들어진 모양이네. 결국 행복과 불행은 모두 우리가 자기 자신과 비교하는 대상에 따라 결정되는 것이지.

그래서 고독처럼 위험한 것도 없는 것 같네. 우리의 상상력은 그 본질상 자꾸만 높은 것을 추구하려는 경향이 있지. 특히 문학이나 시의 영향을 받아서 인간의 서열을 매기곤 하는데, 그 가운데서 자신은 가장 낮은 서열에 있고, 자신 이외의 다른 모든 사람은 자신보다 완전하다고 보는 걸세. 이것은 극히 자연스러운 현상이지. 우리는 이렇게 자기 자신이 여러 가지로 부족한 데가 있다는 것을 끊임없이 느끼며, 자신에게는 결여된 어떤 것을 다른 사람은 갖추고 있다고 생각한다네. 자기가 가진 모든 것을 상대방에게 부여할뿐더러 거기에 이상적인 삶의 즐거움까지 부여하는 걸세. 그렇게 완전무결하게 행복한 존재를 만들게 되는데, 알고 보면 그것은 우리 자신이 만들어낸 창조물에 지나지 않지.

그와 반대로 힘이 약하면 약한 대로 온 힘을 다 기울여 앞으로 나아간다면, 설령 속도가 느리고 멀리 돌아간다 하더라도, 어느덧 돛을 올리고 노를 저어가는 다른 사람들을 자기도 모르는 사이에 앞지르고 있다는 것을 알게 된다네. 그렇게 다른 사람들과 나란히 가거나 앞질러 갈 때 비로소 진정한 자신감이 생겨나는 걸세.

11월 26일

어쨌든 이만하면 그럭저럭 지낼 수 있을 것 같네. 무엇보다 다행인 것은 할 일이 많다는 것이지. 그리고 여러 사람이 갖가지 모습으로 내 마음 앞에서 다채로운 연극을 보여주고 있다네.

나는 C백작과도 가까워졌네. 그는 날이 갈수록 한층 더 존경하지 않을 수 없는 사람이라네. 넓은 식견을 가졌으면서도 쌀쌀맞지 않고 인정이 많은 분이지. 다른 사람을 대하는 그의 태도에서는 우정과 사랑이 넘쳐난다네. 처음에 그가 부탁한 일을 내가 처리해준 뒤부터 나에게 관심을 가지게 되었지. 우리가 서로의 마음을 이해할 수 있고 서로 통한다는 사실을 처음 몇 마디 말을 주고받은 것만으로도 그는 알아차린 모양이네. 그가 내게 보여준 솔직한 태도는 아무리 칭찬해도 모자랄 정도라네. 아마도 그처럼 훌륭한 인물이 마음을 터놓고 대해줄 때 느끼는 참되고 따스한 기쁨이야말로 이 세상에서 가장 큰 기쁨일 걸세.

12월 24일

전부터 짐작은 하고 있었지만, 공사는 정말로 매우 불쾌한 인물일세. 그는 내가 이제껏 겪어본 사람 중에 가장 고집 세고 고지식한 사람이라네. 꼼꼼하고 까다롭기가 시어머니 같고, 자기 자신에게조차 만족하는 일이 결코 없으며, 누가 어떤 일을 해주어도 감사할 줄 모르는 인간이지.

나는 재빨리 일을 해치우는 편인 데다 일단 처리한 일은 다시 들춰 보지 않는 성격이라네. 그런데 공사는 종종 내가 써낸 문서를 되돌려주면서 이렇게 말하지.

"이 문서도 좋기는 한데, 좀더 검토해보게나. 더 적합한 표현이 있을 것 같은데. 접속사 같은 것도 분명하게 쓸 수 없을까?"

이런 말을 들으면 나는 화가 불끈 치민다네. '그리고'라든가, 그 밖의 대수롭지 않은 접속사 하나라도 빠져서는 안 된다는 걸세. 내 문장에는 종종 도치법이 나오기도 하는데, 공사는 그것을 눈엣가시처럼 질색한다네. 구두점 같은 것도 관청에서 즐겨 사용하는 의례적인 어조에 따라 찍지 않으면 그는 전혀 알아보지를 못하더군. 이런 사람과 일을 하자니 정말 괴롭기 짝이 없다네.

오직 C백작이 나를 믿어주는 것만이 내 유일한 위안이라네. 얼마 전 그도 나에게 공사의 지나치게 꼼꼼하고 고지식하며 소심한 태도가 불만이라고 솔직히 말하더군.

"그런 사람들은 자기뿐만 아니라 다른 사람에게도 폐를 끼친다오. 그렇지만 산을 넘어가는 나그네처럼 꾹 참고 넘어갈 수밖에 없습니다. 물론 산이 없으면 길도 편하고 거리도 가까워지겠지만, 어쨌든 엄연히 가로놓인 산이니 아무래도 넘어가야 하는 것 아니겠소."

그런데 아무래도 늙은 공사가 백작이 자기보다 나에게 호의를 가지고 있다는 것을 눈치챈 듯하다네. 그것이 비위에 거슬리는지 공사는 기회가 있을 때마다 내 앞에서 백작에 대한 험담을 늘어놓는다네. 내가 그 이야기에 반대라도 하면 사태는 더욱 악화될 뿐이지. 그렇지만 어제는 그가 백작을 헐뜯으면서 은근히 나까지 에둘러서 빈정거리기에 결국 화를 내고 말았다네.

"이런 세속적인 사무 처리에도 백작은 꽤나 유능한 편이지. 일도 빠르고 문장도 괜찮거든. 하지만 역시 다른 문장가들처럼 기초적인 학식이 부족한 것이 흠이야."

그는 그렇게 말하고서 '어때? 한 대 얻어맞았지?'라는 듯한 표정을 짓더군. 그러나 그 정도로는 나에게 별 충격을 주지 못했다네. 왜냐하면 나는 그런 생각을 하거나 태도를 취하는 사람을 누구보다

경멸하기 때문이라네. 나는 지지 않고 격한 말투로 맞받아쳤네.

"백작은 인품으로 보나 학식으로 보나 존경할 만한 분입니다. 자기의 정신을 확장시켜서 수많은 대상으로 넓혀갈 뿐만 아니라, 그런 정신적인 활동을 세속적인 생활에서 그렇게 훌륭하게 적용하는 분을 저는 이제껏 본 적이 없습니다."

하지만 이렇게 말해도 공사한테는 통하지 않더군. 나는 쓸데없는 일로 말다툼하기 싫어서 일찌감치 그 자리에서 물러나왔네.

일이 이렇게 된 것은 분명 자네들 모두의 책임일세. 나에게 이런 멍에를 씌우고, 활동의 중요성을 찬양하며 나를 부추긴 것은 모두 자네들이니까 말일세. 대체 활동이라는 것이 무엇인가? 밭에 감자를 심거나, 말을 몰고 도시로 밀을 팔러 가는 쪽이 지금의 나보다 오히려 더 나은 활동을 하는 걸세. 내 말이 틀렸다면 지금부터 앞으로 10년 동안 지금 내가 매여 있는 노예선 속에서 뼈가 닳도록 일하겠네.

이곳에서 서로 적대시하면서 눈치를 살피며 살아가는 사람들의 한심스럽고 비참한 꼴이란! 한 발짝이라도 높은 자리를 차지하려고 쉴 새 없이 서로를 감시하는 출세욕과 비참하고 한심스러우며 노골적인 집념이라니. 예를 들자면 여기 한 여자가 있다네. 그녀는 만나는 사람마다 붙잡고 자신의 가문과 토지에 대해 이야기한다네. 그녀를 잘 모르는 사람도 그 이야기를 들으면, 어리석은 여자로군,

대단치 않은 가문과 토지를 내세우고 다니다니, 하는 생각을 절로 하게 되는 걸세. 사실 그녀는 이 근방 관청 서기의 딸에 지나지 않거든. 이렇게 자기 스스로 망신을 자초하는 생각 없는 무리를 나는 도저히 이해할 수가 없다네.

날이 갈수록 절실히 느끼는 일이지만, 친구여, 자신을 척도로 남을 헤아리는 것은 참으로 어리석은 일이라네. 나는 나 자신의 일만으로도 이렇게 힘들고 가슴속에 폭풍우가 몰아치고 있으니, 다른 사람이 무슨 짓을 하든지 참견하고 싶지도 않다네. 다만 내가 나의 길을 갈 수 있도록 해달라는 것뿐일세.

무엇보다 내 비위를 건드리는 것은 이 숙명적인 세속적 계급 사회일세. 물론 나도 계급 차이의 필요와 그것으로 인해 나 자신이 얼마나 많은 이익을 보고 있는지는 잘 알고 있네. 다만 내가 이 세상에서 지극히 작은 기쁨이나 행복을 맛볼 수 있는 때에 그런 것으로 말미암아 방해받고 싶지 않다는 것이지.

얼마 전 나는 산책을 나갔다가 B양을 알게 되었다네. 그녀는 이토록 답답하고 격식을 차리는 생활을 하면서도 선천적인 순박성을 풍부하게 지니고 있었네. 대화를 나누는 사이 우리는 서로 마음이 통해서, 그녀와 헤어질 때 나는 그녀의 집을 방문하고 싶다고 요청했고, 그녀도 선뜻 허락했다네.

그 후 나는 그녀의 집을 방문할 적당한 때를 기다리느라 조바심이 날 지경이었지. 그녀는 이 고장 태생이 아니라 아주머니뻘 되는 어느 부인의 집에서 살고 있었네. 그 늙은 부인의 인상은 그다지 좋지 않았지만, 나는 최대한 경의를 표하고 신경을 쓰며 그 부인과 이야기를 주고받으려고 노력했다네. 그러나 30분도 채 되기 전에 나는 그 부인의 인품과 환경 등 사정을 대략 파악할 수 있었다네. 나중에 B양이 나에게 말해준 사실이지만, 그 부인은 나이도 많고 이렇다 할 재산이나 재능도 없으며, 모든 형편이 좋지 않아서 조상의 족보 이외에는 의지할 것이 없다고 하더군. 그래서 대대로 내려오는 지체 또는 가문 뒤에 몸을 숨기고, 낙이라고는 2층 창가에서 거리를 지나다니는 사람들을 내려다보는 것뿐이라네. 그 부인도 젊었을 때는 제법 미인이었던 모양으로 자기 마음 내키는 대로 즐기며 지냈다는데, 변덕스러운 성격 때문에 여러 명의 젊은이를 괴롭혔다는 걸세. 그러다 한창때를 지나고서는 어떤 늙은 장교와 동거 생활을 했고, 그의 사랑을 받으며 얌전히 지냈다더군. 그 장교는 상당한 생활비를 제공하며 그녀의 40대 반려자로 지내다가 얼마 후 죽었고, 지금 그녀는 50대로 의지할 곳 없는 신세가 되었다네. 마침 그녀를 돌봐주는 상냥한 조카딸 덕분에 여생을 보내는 모양이었네.

1772년 1월 8일

형식적인 예의와 격식에 대한 생각에만 모든 관심을 쏟고, 자나 깨나 생각한다는 것이 고작 식탁에서 어떻게 하면 한 자리라도 더 상석에 앉을 수 있을까 하는 것이라니, 도대체 어떻게 된 사람들이 이토록 한심할 수 있단 말인가! 그렇다고 그들에게 달리 할 일이 없는 것도 아니라네. 도리어 할 일이 산처럼 쌓여 있지. 그런 하찮은 일 때문에 중요한 일이 제대로 진행되지 않는 걸세. 지난주에는 썰매를 타러 갔는데, 거기서 또 말썽이 생겨서 결국 모처럼의 즐거움을 망치고 말았다네.

원래 지위라는 것은 아무것도 아니며, 가장 높은 지위에 있는 사람이라고 해서 그가 최고의 역할을 하는 것은 아니라는 사실을 모르다니, 이 얼마나 어리석은 사람들인가! 장관들의 뜻에 따라 움직이는 왕이 얼마나 많으며, 비서관들의 뜻에 따라 움직이는 장관은 또 얼마나 많은가? 그런 경우 가장 지위가 높은 사람은 누구이겠는가? 내 생각에는 남들보다 뛰어난 통찰력이 있고, 자신의 계획을 성취하기 위하여 모든 힘과 정열을 발휘할 수 있는 수완이나 지략이 있는 사람을 으뜸이라고 하겠네.

1월 20일

　그리운 로테, 나는 당신에게 이 편지를 쓰지 않고는 버틸 수가 없습니다. 나는 지금 휘몰아치는 눈보라를 피하려고 시골 농가의 작은 방에 들어와 있습니다. 그 우울한 D시에서는 낯설고 생소한 사람들 사이에서 지내느라 당신에게 편지를 쓸 마음의 여유가 전혀 없었답니다. 그러나 지금 이 조그마한 오두막의 쓸쓸하고 좁은 방 안에서 눈보라가 부서지도록 창문 흔드는 소리를 들으면서, 무엇보다 먼저 머리에 떠오른 것은 당신이었습니다. 이 방에 들어서는 순간, 당신의 모습, 당신과의 추억이, 아아, 그렇게도 거룩하고 따스하고 행복했던 그 첫 순간이 되살아난 것입니다!

　그리운 그대여! 당신이 지금 이 허탈의 물결 위에서 떠다니고 있는 나를 보신다면! 내 마음은 메마를 대로 메마르고, 가슴속이 벅차오르는 행복한 순간 따위는 한시도 없습니다. 정말이지 아무것도 없습니다. 마치 요지경 앞에 서 있는 느낌입니다. 난쟁이와 조랑말이 눈앞에서 빙빙 돌고 있는 것을 보고도, 자신에게 물어봅니다. 혹시 내가 잘못 본 것이 아닌가 하고 말입니다. 나도 연기를 한답시고 연극에 한몫 끼어들어 도리어 꼭두각시처럼 농락을 당하는 느낌입니다. 가끔은 연기를 하는 옆 사람의 나무로 만든 손을 붙잡았다가 흠칫 놀라곤 합니다. 밤이면 이튿날 아침 해가 뜨는 것을 보리라고 생각하지만, 막상 아침이 되면 좀처럼 침대에서 나오지 못하고 그대로 누워만 있습니다. 또 낮에는 밤이 되면 달빛을 즐기리라 마음먹지만, 막상 저녁이 되면 방에 틀어박혀 나오지를 않는 겁니다. 무엇 때문에 일어나고 무엇 때문에 잠을 자는지 도대체 알 수가 없습니다.

내 생명을 자극하고 발효시키던 효모가 없어진 것입니다. 전에는 마음을 자극하는 것들이 있어서 깊은 밤에도 머릿속은 맑았고, 아침이 되면 잠자리에서 벌떡 일어나곤 했습니다. 그러나 이제는 그런 것들이 모두 사라져버린 것입니다.

이곳에서 나는 여성다운 여성을 만났습니다. 그녀는 B양이라고 하는 아가씨로, 사랑하는 로테, 당신과 매우 닮았습니다.

물론 이렇게 말하면 당신은 '어머나! 입에 발린 말을 잘도 하시네요.'라고 말할 겁니다. 당신이 그런 말을 해도 아주 틀린 말은 아닙니다. 요사이 나는 허물없는 농담도 제법 잘하게 되었습니다. 무엇보다 그렇게 지내야만 견딜 수 있으니까요. 그래서 이곳 부인들은 저같이 칭찬을 잘하는 사람은 없다고 말합니다. (물론 거짓말도 잘한다는 말을 덧붙여야겠죠. 아무래도 거짓말 없이는 그렇게 칭찬을 잘할 수 없으니 말입니다. 그렇지 않습니까?)

B양에 대한 이야기를 하려던 참이었지요. 그녀는 풍요로운 영혼의 소유자로 푸른 눈을 보면 그것을 잘 알 수 있답니다. 그녀는 자

기의 신분이 자신의 소망을 이루는 데 도움이 되지 않다고 생각하여 그 신분을 짐스럽게 여깁니다. 그녀 또한 복잡한 환경에서 벗어나고 싶어 하기 때문에 우리는 종종 몇 시간씩 행복이 충만한 전원생활을 상상하면서 순수한 시간을 보내곤 한답니다. 물론 당신에 대한 생각도 빼놓을 수 없지요. 그녀가 당신을 칭송하며 경의를 표한 적이 한두 번이 아니랍니다. 마지못해 하는 것이 아니라 진정 자진하여 경의를 표하는 것입니다. 그녀는 언제나 당신에 대한 이야기를 듣고 싶어 하며 당신을 사랑하고 있답니다.

아아, 그 그리운 작은 방에서 당신의 발치에 앉아 있으면 얼마나 좋을까요! 그 귀여운 아이들이 내 주위를 춤추며 빙글빙글 돌아다니면 얼마나 좋을까 하고 생각해봅니다. 아이들이 너무 떠들어서 당신이 시끄럽다고 하면 내가 아이들을 모아놓고 부서운 이야기를 들려주며 달랠 텐데 말입니다.

흰 눈으로 반짝이는 설경 저 너머로 태양이 장엄하게 넘어가고 있습니다. 사나운 바람도 이제 잠잠해졌습니다. 그런데 나는 다시 그 우리 속으로 돌아가 갇혀야 합니다. 그럼 안녕히. 참, 알베르트 씨도 당신 곁에 같이 계십니까? 어떻게 지내시는지요? 아아, 이런 질문을 해서 미안합니다.

2월 8일

일주일 내내 울적한 날씨가 계속되고 있지만, 차라리 나에게는 잘된 일일세. 여기 있는 동안 아무리 날씨가 쾌청해도 다른 사람으로 인해 기분을 망치거나 언짢아지지 않은 적이 한 번도 없기 때문일세. 그래서 비가 내리거나, 눈보라가 치거나, 추워서 길이 얼어붙는다거나, 눈이 녹아서 진흙탕이 되거나 하면 나는 오히려 이렇게 생각한다네.

'됐다! 이러면 집에 있는 것이 바깥에 나가는 것보다 낫지. 그러니 잘된 일 아닌가?'

그러나 아침 해가 떠오르고 날씨가 좋다는 것을 알게 되면, 나는 이렇게 외치지 않을 수가 없다네.

"자, 오늘도 그자들은 이런 하늘의 은총을 서로 더 빼앗고 가지려고 다투겠구나."

그자들이 서로 빼앗으려고 다투지 않고 넘어갈 수 있는 사물이란 하나도 없다네. 건강도, 명성도, 기쁨도, 휴식도! 그러는 이유는 대체로 그들의 어리석음이나 무지, 속 좁은 마음 때문인데, 그런 주제에 그들은 그것이 남을 위한 최선의 호의에서 비롯된 것이라고 말하고 있다는 걸세.

나는 가끔 그들 앞에 무릎을 꿇고 부탁하고 싶다네. 제발 제멋대로 날뛰면서 자신의 오장육부를 휘젓는 그런 미친 짓을 하지 말라고 말일세.

2월 17일

나는 더 이상 공사와 같이 지내지 못하겠네. 나는 더 이상 그런 인간을 견딜 수가 없어. 그가 일하는 모습이나 사무를 보는 태도는 우습기 짝이 없네. 그래서 그와는 달리 내 판단과 방식에 따라 사무를 처리할 때가 자주 있다네. 물론 그것이 공사의 마음에 들 리가 없지. 그래서 최근에 그는 나에 대한 불평을 궁정에까지 보고한 모양일세. 그 결과 나는 장관으로부터 가볍기는 하지만 어쨌든 견책을 받았다네. 내가 사직서를 내려고 결심한 터에 장관으로부터 개인적인 편지를 받았다네. 그 편지를 읽고, 나도 모르게 무릎을 꿇고 그 고귀하고 현명한 뜻에 머리를 숙이지 않을 수 없었네. 장관은 나의 지나치게 예민한 감수성을 훈계하는 한편, 나의 활동과 다른 사람에 대한 영향, 일을 할 때의 철저함 등에 대한 나의 패기와 생각을 젊은이다운 기개로 높이 평가하고, 그것을 참되게 활용하여 눈부신 성과를 이루라고 권해주었다네.

그 덕택에 나 또한 일주일 정도 쉬면서 원기를 회복하고 기분을 가라앉힐 수 있었다네. 마음의 안정이란 대단한 것이며, 그 자체가 하나의 기쁨이라고 할 수 있다네. 다만 친애하는 친구여! 이 아름답고 귀한 보석이 그처럼 쉽게 부서지는 것이 아니라면 얼마나 좋겠는가.

2월 20일

신께서 내가 사랑하는 그대들을 축복하시고, 내게서 빼앗아간 행복한 나날을 당신들에게 베풀어주시기를!

감사합니다, 알베르트 씨. 당신이 나를 속인 것에 대해 대단히 감사하게 생각합니다. 나는 당신들이 결혼 날짜를 알려주리라 믿고 기다렸습니다. 그날 나는 엄숙히 로테의 실루엣을 벽에서 떼어내서 그것을 다른 서류들 사이로 넣어버릴 생각이었으니까요. 그런데 이미 당신들은 부부가 되었고, 그 실루엣은 여전히 벽에 걸려 있습니다. 이제는 그냥 떼지 않고 놓아두렵니다. 이대로 두어서는 안 된다는 법도 없으니까요! 그렇게 나는 당신들과 함께 있는 것입니다. 당신에게 폐를 끼치지 않고 로테의 마음속에 깃들어 있는 것입니다. 나는 그 가슴속에서 두 번째 자리를 차지하고 있는 겁니다. 나는 그 자리를 차지하고 있을 것이며, 꼭 그렇게 하고야 말겠습니다. 로테가 나를 잊어버린다면 나는 미치고 말 겁니다. 알베르트 씨, 이 생각 속에는 지옥이 도사리고 있습니다. 그럼 안녕히 계십시오, 알베르트 씨. 하늘의 천사 로테여, 안녕히!

3월 15일

매우 불쾌한 일을 당해서, 나는 이곳을 떠날 생각이네. 정말 화가 나고 이가 갈려서 견딜 수가 없다네. 그 불쾌한 기분은 무엇으로도 메울 수가 없네.

이렇게 된 것도 결국 자네들의 책임일세. 나를 부추기고 재촉하고 졸라서, 마음에 맞지도 않는 이런 자리에 앉힌 것은 바로 자네들이니 말일세. 이런 상황을 초래한 근본 원인은 모두 나의 극단적인 성격에 있다고 자네들은 이번에도 그렇게 말할 테니, 내가 여기에 사건의 자초지종을 있는 그대로 역사책을 서술하듯이 간결하게 적겠네.

C백작이 나를 아끼며 돌보아주고 있다는 것은 이미 누구나 다 아는 사실이고, 이제까지 벌써 몇 번이나 이야기했지. 어제저녁 나는 백작 댁의 만찬에 초대받아 갔다네. 그곳에는 마침 상류계급의 신사 숙녀들이 모여 있었지. 나로서는 그 사실을 알 수 없었기 때문

에, 우리 같은 말단 공무원은 감히 낄 수 없는 자리라는 것조차 미처 떠오르지 않았다네. 식사를 마치고 우리는 큰 홀을 이리저리 거닐면서 백작과 대화를 나누기도 하고, 그 자리에 있던 B대령하고도 이야기를 했다네. 그러는 동안 파티 시간이 다가왔지만, 물론 나는 무슨 일이 있는지 전혀 눈치채지 못하고 있었네.

바로 그때 지나치게 점잔을 빼는 S부인이 자신의 남편과 거위처럼 살찐 딸을 데리고 들어왔다네. 그녀는 납작한 가슴과 허리를 값비싼 코르셋으로 꽉 조이고 있었다네. 이 세 사람은 나를 지나치면서 대대로 내려오는 귀족적인 거만한 눈초리와 콧구멍을 보여주었지. 나는 그런 인간들이 싫었기 때문에 그만 실례하고 물러갈 작정을 하고 백작의 시시한 잡담이 끝나기를 기다리고 있었다네. 마침 그때 B양이 나타났네. 그녀를 만나면 언제나 기분이 좀 나아지므로 나는 그녀 곁에 좀더 머무르기로 하고 그녀의 의자 뒤로 가서 서 있었네. 그런데 시간이 지날수록 그녀가 나와 말하기를 전보다 꺼리며 약간 당황하는 것을 느꼈다네. 그런 이상한 태도 때문에 나는 역시 이 여자도 평범한 보통 사람일 뿐이라는 생각이 들어 화도 나고 가슴이 아파서 그 자리를 떠나려고 했다네. 그렇지만 그 후로도 한 동안 그 자리에 그냥 서 있었다네. 그런 그녀의 태도가 나의 오해일 뿐이라는 것을 확인하고도 싶었고, 또 조금 더 있으면 그녀가 나에게 다정한 말 한마디쯤 해주리라 기대했기 때문이었네. 그러는 사이에 사람들이 많이 모여들었지. 프란츠 1세가 대관식을 하던 시대의 차림을 한 F남작과 직책상 귀족 칭호를 받은 궁중의 고문관 R씨와 그의 귀머거리 부인, 그리고 시대에 뒤떨어진 옛 프랑스식 의상의 해진 부분을 요즘 유행하는 천으로 꿰매 붙인 차림의 J씨도 빠뜨릴 수 없지.

나는 몇몇 아는 사람들에게 말을 건넸는데, 이상하게도 모두 말수가 적더군. 왜들 이러는지 모르겠다고 생각하면서 나는 B양만 신경 쓰고 있었네. 그래서 알아채지 못했던 걸세. 홀 한쪽 구석에서 부인들이 수군거린 이야기가 점차 남자들 사이로 퍼져 나갔고, 결국 S부인이 백작에게 이야기해서(이것은 모두 B양이 나중에 나에게 말해주어서 안 사실이지만) 마침내 백작이 나한테 와서 나를 창가로 데리고 가더니 이렇게 말하더군.

"자네도 이미 알겠지만, 우리네 신분상의 관례는 좀 미묘하거든. 자네가 이 자리에 있는 것이 모두 못마땅한 모양일세. 나는 물론 아무렇지도 않지만……."

나는 끝까지 다 듣지도 않고 다음과 같이 말했네.

"백작님, 대단히 죄송합니다. 진작 눈치를 챘으면 좋았을 텐데 말입니다. 각하께서 저의 실례를 용서해주실 줄 믿습니다. 아까부터 이 자리에서 물러가려고 했지만, 괜히 어물어물하다가 이렇게 되었습니다."

백작이 내 손을 덥석 잡았는데, 그때 그의 표정에서 그 모든 말을 대신할 그의 감정을 느낄 수 있었네. 나는 그 고귀한 사람들 사이를 빠져나와서 말 한 필이 끄는 마차를 타고 M이라는 곳으로 달려갔네. 그리고 그 언덕 위에 서서 지는 저녁 해를 바라보며 호메로스의 책을 펼치고 오디세우스가 돼지치기들로부터 훌륭한 대접을 받는 감동적인 구절을 읽었지. 그 구절들 모두 내 마음에 쏙 들었다네.

저녁때가 되어 식사를 하려고 식당으로 돌아오자, 아직도 몇몇 사람이 남아 한쪽 구석에서 식탁보를 뒤집어놓고 주사위를 던지고 있더군. 그때 아델린이라는 고지식한 친구가 들어오더니 모자를 벗고 나에게로 다가와서 나직한 목소리로 묻더군.

"무척 화나셨지요?"

"뭐가요?"

나는 이렇게 되물었네.

"백작이 당신을 파티에서 내쫓았다고 하던데요."

"파티 같은 건 지긋지긋해요. 밖으로 나가서 시원한 바람을 쐬었더니 오히려 가슴이 후련해지더군요."

"그렇다면 다행이군요. 당신이 그렇게 대수롭지 않게 생각한다니 정말 다행이에요. 그렇지만 어딜 가나 이미 그 소문이 널리 퍼졌으니 불쾌한 것은 사실이겠죠."

그 이야기를 듣자 나도 조금 울화가 치밀기 시작하더군. 생각해보니 그때 식사를 하면서 다들 나를 힐끔힐끔 쳐다보던 이유가 그 래서였다고 생각하니 울컥하며 화가 치밀었다네.

그뿐만 아니라 오늘은 어디를 가나 모두 나를 동정하더군. 나를 시기하고 미워하는 사람들이 의기양양하여 '약간 머리가 좋다고 신 분이나 관례를 무시하고 건방지게 굴더니 저런 꼴을 당했지 않았겠 나.'라며 온갖 험담을 늘어놓고 있는 것을 듣고 있노라면 내 심장에 칼이라도 꽂고 싶은 심정일세. 남들이 뭐라고 하든 태연하게 무시 해버리면 되지 않느냐고 말할 수도 있겠지만, 하찮은 인간들이 남 의 약점을 잡고 이러쿵저러쿵 지껄여대는 소리를 꾹 참고 얌전히 들을 수 있는 사람이 있다면, 그 사람의 얼굴을 정말 보고 싶다네. 아아, 그 험담들이 전혀 근거 없는 이야기라면 못 들은 체라도 할 수 있을 텐데.

3월 16일

모든 일에 화만 난다네. 오늘 가로수 길에서 B양을 만났네. 동행 하던 사람들로부터 조금 떨어져 걷게 되자, 나는 결국 전날 그녀의 태도에 대해 불만을 털어놓을 수밖에 없었지. 그러자 그녀는 진심 어린 목소리로 이렇게 말하더군.

"어머나 베르테르 씨, 당신은 제 마음을 잘 아시면서 어떻게 제가 당황한 것을 그렇게 오해할 수 있으세요? 처음에 홀에 들어갔을 때부터 선생님 때문에 제가 얼마나 괴로웠는지 몰라요. 저는 미리부터 어떻게 될지 짐작할 수 있었거든요. 그래서 선생님께 귀띔을 하려고 얼마나 망설였는지 모른답니다. S부인과 T부인이 당신과 동석할 바에야 차라리 자기 남편과 같이 집으로 돌아가겠다고 했거든요. 그러니 백작께서도 그분들의 의견을 존중하지 않을 수 없었던 것이고요. ……그래서 결국 일이 그렇게 시끄럽게 되고 만 거예요."

"뭐라고요?"

나는 충격을 애써 감추며 말했네. 그 순간 아델린이 나에게 말했던 모든 이야기가 마치 펄펄 끓는 물처럼 내 혈관 속을 소용돌이치더군.

"저도 그때는 정말 괴로웠어요."

B양도 눈에 눈물을 글썽거리면서 말했네. 나는 나 자신을 더 이상 억제할 수 없어서 그녀의 발치에 몸을 내던질 지경이었다네.

"제발 자세히 이야기해주세요!"

내가 이렇게 외치자, 그녀의 두 볼을 따라 눈물이 흘러내렸다네. 나는 어쩔 줄 몰랐다네. 그녀는 눈물을 숨기려고도 하지 않고 닦으면서 이렇게 말했네.

"당신도 저의 아주머니를 아시잖아요? 그때 아주머니도 그 자리에 계셨어요. 그분이 어떤 눈초리로 그 광경을 보고 계셨는지 아시나요? 베르테르 씨, 아주머니께서는 어젯밤부터 오늘 아침까지 제가 당신과 교제하는 것에 대해 계속 설교를 늘어놓으셨어요. 아주머니께서 당신을 깎아내리고 모욕하는 것을 그냥 듣고 있을 수밖에 없었어요. 당신을 변호하려고 했지만, 아주머니가 말도 못 꺼내게 하셔서서 제가 하려던 말의 절반도 할 수가 없었어요."

그녀의 말 한 마디 한 마디가 칼날같이 내 마음을 도려냈다네. 나에게 그런 말을 하지 않는 것이 도리어 나를 위하는 것이라는 것을 그녀는 알지 못하는 것 같더군. 게다가 그녀는 이런 이야기까지 덧붙였네. 이제 앞으로 무슨 소문이 더 퍼질지 모르며, 이런저런 사람들이 신이 나서 떠들어댈 것이라는 것, 특히 전부터 내 거만한 태도와 사람을 업신여기는 듯한 태도에 불만을 품었던 사람들이 고소하게 여기며 은근히 기뻐할 것이라는 얘기를 말일세. 그녀가 이런 이야기들을 진심으로 동정 어린 목소리로 말하는 것을 듣고서 나는 한 대 얻어맞은 것처럼 허탈해지고 말았다네. 지금도 미칠 것만 같네. 누군가 내 앞에서 나를 비난한다면, 그자의 가슴에 칼이라도 꽂을 수 있을 텐데. 피를 보면 가슴도 후련해지고, 내 기분도 좀 나아지겠지. 내가 몇 번이나 칼을 손에 들고 이 숨 막히도록 답답한 가슴에 구멍이라도 내고 싶었는지 모른다네. 귀한 혈통의 말은 지나치게 몰아대서 흥분하게 되면 본능적으로 자기 혈관을 물어뜯어서

숨을 돌린다는 이야기를 들은 적이 있네. 나도 몇 번이나 그런 기분이었지. 아아, 나도 스스로 혈관을 물어뜯어서 영원한 자유를 얻고 싶은 생각이 간절하다네.

3월 24일

궁정에 사직원을 냈고, 아마도 수리될 걸세. 미리 자네들의 허락을 받지 않은 것을 용서하게나. 나는 아무래도 여기를 떠나야겠네. 나에게 여기 더 머무르라고 충고하는 자네들의 심정을 나도 잘 알고 있네. 어쨌든 어머니께는 되도록 완곡하게 이 소식을 전해주게나. 나는 내 한 몸 추스르기도 힘에 부치기 때문에, 어머니께서도 내가 당신을 보살피지 못한다 해도 용서해주실 것이네. 그러나 이번 사직에 대해서는 틀림없이 슬퍼하시겠지. 고문관이나 공사가 되기를 바라며 발걸음을 내디뎠던 아들의 탄탄대로가 이렇게 중도에 끝나버리고, 결국 말을 몰고 마구간으로 되돌아온 격이 되어버렸으니 말일세.

아무튼 이 문제에 대해서는 자네들 좋을 대로 생각하게나. 내가 그 자리에 계속 머무를 수 있었다든지, 혹은 머물렀어야 한다든지 자네들 마음대로 이야기해도 된다네. 과연 내가 이제 어디로 갈 것인지 자네들이 궁금해할 것 같아서 말해두자면, 이 고장의 ○○ 공작이라는 분이 있는데, 그분이 나와 교제하고 싶은 의향이 있는 모양일세. 내 결심을 전해 듣더니 같이 자기 별장으로 가서 아름다운 봄을 즐기자고 권유하더군. 그분은 내가 하고 싶은 대로 내버려두겠다고 하셨고, 그분과 나는 어느 정도 서로 이해하는 사이이기 때문에 나는 행운을 바라면서 그분을 따라가기로 결심했다네.

4월 19일

자네 편지 두 통은 고맙게 받았네. 내가 답장을 쓰지 않은 것은 궁정으로부터 내 사직원에 대한 허가가 날 때까지 이 편지를 부치지 않고 가지고 있었기 때문이라네. 어머니께서 장관께 부탁을 하여 내 계획을 방해할지도 모른다는 걱정 때문에 그랬다네.

그러나 이제는 모든 것이 끝났네. 나의 사직원에 대한 허가가 났다네. 그러나 내게 보내온 장관의 편지가 어떤 내용인지는 자네들에게 알리고 싶지 않네. 그 이야기를 하면 자네들이 다시금 염려의 말을 늘어놓을 테니까 말일세. 황태자께서는 전별금으로 25두카텐(유럽의 옛 금화—옮긴이)을 보내주셨다네. 그것과 함께 보내주신 편지를 읽고 나는 감격의 눈물을 흘렸지. 그 덕택에 지난번 내가 어머니께 부탁드렸던 돈은 이제 필요 없게 되었다네.

5월 5일

나는 내일 이곳을 떠난다네. 마침 내가 태어난 곳이 지나가는 길 어귀에서 6마일(약 9.6킬로미터―옮긴이) 정도밖에 떨어져 있지 않으니, 오랜만에 잠깐 들러볼 생각이라네. 꿈처럼 행복했던 그 옛날의 일을 회상해보고 싶어서지. 아버지께서 세상을 떠나신 후 어머니와 내가 마차를 타고 정든 고향을 떠날 때 지나갔던 바로 그 성문을 통해 들어갈 생각이네.

그러면 잘 있게나, 빌헬름. 가는 도중에 또 소식 전하겠네.

5월 9일

순례자와 같은 경건한 마음으로 나는 고향 방문을 마쳤네. 뜻하지 않았던 감회가 나를 사로잡녀군. 시내에서 15분 정도 떨어지 교외에 S마을을 향해 서 있는 커다란 보리수나무 한 그루가 있다네. 나는 그 근처에 마차를 세우고 내렸지. 마차를 먼저 보내고 걸어가면서 지난 추억을 새로운 기분으로 생생하게 되새기고 싶었기 때문이었네. 그 보리수나무 밑에서 걸음을 멈추고 보니 어쩌면 이렇게도 많은 것이 달라졌는지!

그곳은 옛날 내가 어렸을 때 산책의 목적지이면서 동시에 종점이었다네. 그 무렵 나는 아무것도 모른 채 행복에 잠겨 미지의 세계를 동경하곤 했지. 언젠가 넓은 세계로 나아가면 이 가슴을 채워줄 풍부한 양식과 기쁨을 얻을 수 있으리라고 믿었던 것일세. 그런데 나는 지금 그 넓은 세계로부터 이곳으로 다시 돌아와 있네. 아아, 친구여! 그 많던 희망과 계획은 모두 산산이 부서져버렸다네! 그때 꼭 한번 가보고 싶었던 아득한 산들을 바라보며 나는 몇 시간 동안이나 여기 앉아서 내 눈에 비치는 숲과 골짜기를 절실한 마음으로 넋을 잃고 바라보곤 했지. 이윽고 날이 저물어 집으로 돌아가야 할 시간이 되자 나는 이곳을 떠나기가 너무나 아쉬웠다네.

시내로 돌아가면서 나는 낯익은 낡은 건물들 하나하나에 인사를 건넸네. 하지만 새로 생긴 집들은 마음에 들지 않더군. 집뿐만 아니라 그 밖의 여러 가지 변화도 모두 마음에 들지 않았네. 시내로 들어가는 성문에 들어서자 곧 내가 옛날의 나로 되돌아가는 느낌을 받았다네. 너무 장황하게 설명하지는 않겠네. 그것이 나에게 그리운 것일수록 말로 하면 단조로운 것이 되어버릴 테니까. 여하튼 나는 옛집 가까이에 있는 시장 맞은편 여관에 숙소를 정했네. 그리로 가는 도중에 발견한 것인데, 예전에 엄격한 노부인이 어린 우리를 마치 가축처럼 몰아넣던 학교 교실은 잡화점으로 변해 있더군. 그 굴속 같은 곳에서 느꼈던 걱정과 불안, 답답한 마음과 눈물 등이 머리에 떠올랐다네.

한 걸음 한 걸음 발을 옮길 때마다 여러 가지 추억이 되살아났다네. 성지로 떠난 순례자도 이처럼 수많은 종교적 회상의 장소를 대하는 일은 좀처럼 없을 걸세. 그리고 이토록 마음이 신성한 감동으로 가득 차는 일도 드물 걸세. 하고 싶은 이야기는 많지만, 한 가지만 더 말하지. 나는 강을 따라서 어떤 저택이 있는 곳까지 내려갔네. 이 길도 옛날 내가 곧잘 다녔던 길로, 어렸을 때 친구들과 납작한 돌을 물 위로 던져서 물수제비를 뜨던 곳이었지. 나는 자주 여기서서 흐르는 물을 바라보며 이상한 예감에 가슴이 부풀어 흘러가는 물을 눈으로 좇았다네. 그러다 이내 상상력의 한계에 부딪혀 더 상상할 것이 없어져도 여전히 생각은 앞으로 나아가 마침내 눈에 보이지 않는 아득한 곳을 헤매다가 넋을 잃고 말았지.

나의 친애하는 친구여, 훌륭한 우리 조상들은 이렇게 제한된 지식을 가지고 협소한 세계에 살면서도 그토록 행복하지 않았던가! 그들의 감정이나 시들은 또 얼마나 소박했던가! 오디세우스가 무한한 바다와 끝없는 대지에 대해 이야기했을 때, 그 말은 진정 인간적이며 진실하고 신비스러운 말이었다네. 지금 지구가 둥글다는 초

등학교 아이들도 다 아는 사실을 말한들 그런 지식이 무슨 소용이 있겠는가? 사람이 지상에서 살아가기 위해서는 그저 약간의 흙덩이만 있으면 되고, 지하에서 잠들기 위해서는 더욱 작은 흙덩이만으로도 충분하다네.

나는 지금 공작의 사냥 별장에 와 있다네. 공작과는 그런대로 기분 좋게 지낼 수 있을 것 같네. 그분은 성실하고 꾸밈없는 사람이라네. 하지만 여기에 있는 이상한 사람들의 정체는 도무지 알 수가 없다네. 나쁜 사람 같지는 않지만, 그렇다고 해서 좋은 사람들 같지도 않다네. 때로는 진실한 사람들 같기도 하지만, 어쩐지 신용할 수는 없는 사람들이라네. 그 밖의 유감스러운 일은 공작이 다른 사람에게서 들었거나 책에서 읽은 말을 다른 사람에게 들은 것과 동일한 관점에서 이야기하는 것일세.

공작은 내 마음보다는 나의 지성과 재능을 더 높이 평가하고 있다네. 하지만 나에게는 내 마음이야말로 다시없는 자랑거리이며, 모든 것의 원천, 즉 모든 힘과 모든 행복과 모든 불행의 원천이라고 할 수 있네. 내가 알 수 있는 지식은 누구나 알 수 있는 것이지. 그러나 내 마음만은 나만이 가질 수 있는 것이 아닌가.

5월 25일

　사실 나는 어떤 계획을 세우고 있었는데, 그것을 실현하기 전까지는 자네들에게 아무 말도 하지 않을 생각이었다네. 그러나 이미 그 계획이 실패로 돌아간 지금에는 아무래도 상관없게 되었다네.

　나는 전쟁터로 가려고 했었네. 이 계획을 나는 이미 오랫동안 가슴에 품고 있었지. 공작을 따라 이곳에 온 것도 사실은 그 때문이었다네. 공작은 ○○ 부대의 장군이거든. 같이 산책을 나갔을 때 나는 이 계획을 공작에게 말했지만, 그는 나의 소원을 들어주지 않았다네. 어쩌면 내 마음속에 요동치고 있던 것은 정열이 아니라 변덕이었는지도 모르지. 정열뿐이었다면 공작이 말하는 이유에 귀를 기울이지 않았을 테니까.

6월 11일

　자네가 뭐라고 해도 좋지만, 나는 더 이상 여기 머무를 수가 없네. 여기서 뭘 할 수 있냐는 말인가? 너무 지루하고 따분하다네. 공작은 나를 잘 대해주지만 여기는 내가 있을 곳이 아니라네. 나와 공작은 근본적으로 공통점이 없네. 공작은 지혜로운 사람이지만, 그것은 어디까지나 세속적인 지혜일 뿐이라서 그와의 교제는 잘 쓴 책을 읽는 것 이상의 즐거움을 주지는 못한다네. 나는 앞으로 일주일쯤 이곳에 더 머물다가 다시 방랑 생활을 시작하려고 하네.

내가 여기서 한 일 가운데 가장 보람 있는 일은 그림을 그리는 것이었네. 공작은 예술에 어느 정도 감각이 있다네. 틀에 박힌 학문적 지식이나 상투적인 학술에 얽매이지 않았다면 예술적인 감각을 좀 더 키울 수 있었을 걸세. 내가 상상력을 최대한 동원하여 자연과 예술의 세계에 대해 설명해줄 때, 그는 상투적인 말을 동원하여 그 한마디로 모든 문제를 해결한 듯 여긴다네. 그럴 때 나는 몹시 안타깝다네.

6월 16일

역시 나는 그저 한 사람의 나그네에 지나지 않는다네. 이 지상을 떠도는 순례자 말일세. 자네들이라고 해서 그 이상의 존재일까?

6월 18일

어디로 갈 생각이냐고? 자네에게만은 고백하지. 앞으로 일주일은 여기 머무를 생각이라네. 그 후에는 ○○ 광산으로 떠나려고 마음먹고 있지만, 그것은 단지 핑계에 지나지 않고, 사실은 그저 로테에게 다시 돌아가고 싶을 뿐이라네. 그저 그것뿐이네. 나는 그런 나 자신을 마음껏 비웃고 있네. 그러나 결국 마음이 하고자 하는 대로 따라갈 수밖에 없네.

6월 29일

내가 그녀의 남편이라면, 나는 그것으로 족할 텐데. 아아, 내가 그녀의 남편이라면! 저를 창조하신 신이시여, 당신께서 저에게 그러한 은혜를 베풀어주셨다면 일생을 두고 계속해서 기도를 올렸을 것입니다. 당신께 항의하는 것은 아닙니다. 부디 이 눈물을 용서해주십시오. 이런 부질없는 소원을 용서해주십시오. 하지만 그녀가 내 아내라면! 내가 이 세상에서 가장 사랑하는 그녀를 내 품에 꼭 안을 수 있다면! 아, 빌헬름. 알베르트가 그녀의 가냘픈 몸을 안고 있을 것을 생각하면 나는 몸서리가 쳐진다네.

내가 이런 말을 해도 되는 걸까? 아니, 이런 말을 해서 안 될 것도 없지. 빌헬름, 그녀도 알베르트보다 나와 함께 지내는 것이 더 행복하지 않을까? 알베르트는 결코 로테 마음속의 진정한 소원을 이루어줄 인물이 못 되네. 감수성에 결함이 있거든. 그 결함이 어떤 것인지는 자네 뜻대로 해석하게나. 예를 들면 재미있는 책을 읽을 때도 나와 로테는 같은 대목에서 흥미를 느끼고 공감하지만, 알베르트의 심장은 끄덕도 하지 않는다네. 그 밖의 여러 가지 사건에서 제삼자의 어떤 행위에 대해 로테와 내가 함께 감탄하며 소리를 지를 때도 그는 전혀 동요하지 않는다네. 물론 알베르트는 온 마음을 기울여서 로테를 사랑하고 있다네. 그러한 사랑이라면 어떤 보답을 받아도 당연하겠지.

반갑지 않은 손님이 찾아와서 내 이야기를 방해하는군. 내 눈물은 말라버리고 마음은 몹시 산란하다네. 그럼 잘 있게나, 내 친구 빌헬름!

8월 4일

나만 괴로운 것은 아니네. 인간은 누구나 희망에 속고, 여러 가지 기대는 어그러지게 마련이지. 나는 보리수나무 아래 사는 그 친절한 부인을 찾아갔네. 큰아들이 달려와 나를 맞아주었네. 그가 기뻐하는 소리에 그 아이의 어머니도 나왔지. 그러나 그 여자는 전과 달리 매우 초췌해보이더군. 그녀의 첫마디는 이랬다네.

"선생님, 어쩌면 좋아요. 우리 한스가 그만 세상을 떠났어요."

한스는 그녀의 막둥이였지. 나는 말문이 막혔다네.

"남편도 스위스에서 돌아오긴 했지만, 빈손으로 돌아왔어요. 친절한 사람들이 도와주지 않았더라면 거지꼴이 되어 구걸까지 할 뻔했대요. 게다가 도중에 열병까지 걸렸다는군요."

그녀의 이런 말을 듣고 나는 아무 말도 할 수 없었다네. 내가 아이들에게 약간의 돈을 주자, 그녀는 나에게 사과를 몇 개 쥐어주더군. 그것을 받아 들고 나는 쓸쓸한 추억의 땅을 떠났다네.

8월 21일

손바닥을 뒤집듯이 내 마음은 잘도 변한다네. 극히 한순간일 수도 있지만 인생의 즐거운 빛이 희미하게 비치기 시작하는 것 같은 마음이 든다네. 이런 꿈결 같은 기분에 잠겨 있을 때면, 나는 이런 생각을 떨칠 수가 없다네. 알베르트가 죽는다면? 그렇게 되면 내가 그녀와……, 그리고……, 이런 공상을 계속 더듬어가다가 깊은 심연에 이르러서야 몸서리를 치면서 뒤로 물러선다네.

성문을 지나 처음으로 로테를 무도회에 데리고 가기 위해 마차로 달리던 그 길을 다시 걸어가 보니 참으로 많이 변했더군. 모든 것이 다 사라지고 말았어. 지난날의 그 모습은 자취도 없고, 그때의 감정도 모두 사라지고 없었네. 마치 화려한 전성기를 자랑하던 영주가 임종하면서 자신의 사랑하는 아들에게 물려준 호화로운 성곽이 완전히 잿더미가 된 폐허에서 망령이 되어 떠돌아다니는 그런 기분이었네.

9월 3일

때로는 나도 이해할 수가 없네. 어떻게 내가 이처럼 깊게, 이처럼 진실하게 로테를 사랑하고 있는데, 어떻게 그녀가 다른 사람을 사랑할 수가 있으며, 그 사랑이 용납될 수 있는가 하는 것 말일세. 내게는 로테밖에 없다네. 그녀 외에는 아무것도 없단 말일세!

9월 4일

그렇다네. 자연의 계절이 가을로 접어들 듯이, 내 마음과 내 주위는 가을로 물들어 가고 있다네. 내 마음에도 짙은 단풍이 들고, 나라는 나무에서는 잎이 떨어지고 있네.

내가 처음 이곳에 온 지 얼마 안 되었을 때, 자네에게 어떤 젊은 농부에 대해 이야기한 적이 있지? 이번에 나는 다시 발하임에서 그 남자의 안부를 수소문해보았다네. 그랬더니 그는 이미 일하던 집에서 쫓겨났고, 그의 소식을 아는 사람이 아무도 없다고 하더군. 그런데 어제 우연히 다른 마을로 가는 도중에 그를 만났네. 내가 그에게 말을 건네자 그는 자기의 사정 이야기를 해주었는데, 나는 그 이야기에 거듭 감격하고 말았네. 내가 그 이야기를 자네에게 하면 자네도 어찌 된 사연인지 곧 이해하게 될 것이네. 그러나 그런 이야기가 무슨 소용 있겠나. 어째서 나는 이 이야기를 자네에게 하려는 거지? 어째서 나는 나를 불안하게 하며 괴롭히는 일을 혼자서 간직하지 못하는 것일까? 어째서 나는 자네의 마음에까지 걱정을 끼치는 것일까? 왜 나는 자네에게 나를 동정하며 훈계할 기회를 주어야 하는 것일까? 어쨌든 이것도 결국 내 타고난 운명이겠지!

처음에 그는 조금 수줍어하는 기색이 보였지만, 곧 나와 자기와의 관계를 새삼 깨닫기라도 한 것처럼 탁 터놓고 자신의 잘못을 털어놓더니, 나에게 자기 불행을 하소연하는 것이었네. 그의 말 한 마디 한 마디를 그대로 자네에게 들려주고 자네의 판단을 구할 수 있으면 좋으련만! 그 남자는 고백했다네. 아니, 고백했다기보다 추억을 회상하는 데 대해서 일종의 기쁨과 행복을 느끼며 정말 숨김없이 나에게 말했지.

그가 여주인에 대해 느끼는 정열은 그의 마음속에서 나날이 불타올라 나중에는 자기가 무슨 일을 하고 무슨 이야기를 했는지 알 수 없을 정도였다고 하네. 그의 말에 의하면 어느 쪽으로 고개를 돌려야 할지도 모를 정도였다고 하더군. 목구멍이 꽉 막혀서 먹을 수도 없고 마실 수도 없었으며, 해서는 안 될 일을 했고 해야 할 일은 잊어버렸다고 하네. 그러다 마치 귀신에 홀리기라도 한 듯이 결국 어느 날 여주인이 2층에 혼자 있는 것을 알고, 그녀를 찾아갔다네. 아니, 그보다 도리어 그 여자한테 이끌려갔다고 하는 표현이 더 옳을 것이네. 그러나 여주인이 그 남자의 부탁을 들어주지 않자, 그 남자는 폭력으로 그녀를 자신의 여자로 만들려 했다네. 어째서 그렇게 되었는지 그 자신도 알 수가 없다는군. 다만 확실한 것은 자신의 소망은 언제나 진지한 것이었으며, 그가 진심으로 바랐던 것은 다만 그녀와 결혼을 해서 일생을 함께 살아가는 것뿐이었다고 하네. 그 남자는 이렇게 얼마 동안 이야기하다가 갑자기 주춤거리기 시작했네. 아직 말하고 싶은 것이 더 있기는 한데, 시원스럽게 말하기가

난감한 기색이었네. 나중에 그 남자는 조금 부끄러워하면서 그녀가 어느 정도는 허물없이 대하는 것을 용납해주었고, 어느 정도의 접근도 인정해주었다는 걸세. 그 이야기를 할 때 그 남자는 두서너 번 말문이 막혔는데, 잠시 후에는 열심히 변명을 늘어놓기 시작했네. 자기가 그렇게 말한 것은 그 여자를 나쁘다고 말하려는 것이 아니라, 자기가 아직도 그 여자를 경애하는 마음이 전과 다름없다는 것을 말하기 위한 것이라고 말일세. 이런 말은 여태 입 밖에 내어본 일이 없지만, 나에게 이런 말을 한 것은 자신이 도리를 모르는 인간이 아니라는 것을 밝히기 위해서라는 내용이었다네.

친구여, 여기서 나는 또다시 입버릇처럼 하던 그 말을 되풀이하려 하네. 그 남자가 내 앞에 서 있었던 그대로 자네 앞에 세워보고 싶네. 지금 내 눈앞에 서 있는 그대로 말일세. 자네에게 모든 것을 제대로 전달할 수 있으면 좋으련만! 그리하여 얼마나 내가 그 남자의 운명을 동정하며, 또 동정하지 않을 수 없다는 것을 알아주었으면 하는 걸세. 그러나 이제 그만두겠네. 자네는 이미 내 운명을 잘 알고 있으며, 내가 어째서 불행한 모든 인간, 특히 이 불행한 청년에게 마음이 끌리는지 자네는 그 이유를 잘 알고 있을 테니 그것으로 충분히디네.

이 편지를 다시 읽어보니, 내가 그 이야기의 결말을 말하지 않았더군. 물론 자네라면 쉽사리 짐작할 수 있는 이야기라네. 그 여자는 몸을 지키기 위해 저항했네. 그때 진작 그 남자를 미워하며 내쫓으려고 했던 그 여자의 오빠가 나타난 걸세. 자기의 동생이 재혼을 하면 자기 자식들에게 돌아올 유산이 줄어들 것을 걱정했던 것이지. 누이동생에게는 아이가 없었기 때문에, 그녀가 죽으면 그녀의 유산이 자기 자식들에게 돌아올 것이라고 기대한 것이었네. 그래서 그녀의 오빠는 그 남자를 쫓아내고, 일을 크게 벌여놓아서 설사 그 여주인이 이 남자를 머슴으로 다시 들이려고 해도 그럴 수 없도록 만들어버린 것일세. 그 후 그 여자는 다시 다른 남자를 고용했지만, 오빠와 또 다퉈서 사이가 멀어졌다더군. 들리는 소문에 의하면 그 여자는 틀림없이 이 남자와 결혼할 것이라는데, 그녀의 오빠는 그 일만은 절대 허용할 수 없다고 단단히 결심하고 있다고 하네.

지금 내가 자네에게 이야기한 것은 조금도 과장되거나 허식이 아니라네. 오히려 사실보다 약하게 이야기한 것이라네. 심지어 오래된 도덕적 관용구를 섞어서 이야기하다 보니 도리어 이야기가 거칠고 세련되지 못하고 말았네.

다시 말해 이러한 애정이나 진실, 정열은 결코 문학적인 창작이 아니라네. 이것은 살아 있는 현실일세. 우리가 교양이 없다느니 상스럽다고 말하는 계층에서 가장 순수한 모습으로 살아 있단 말일세. 그런데 이른바 우리 교양 있는 사람들은 그 교양으로 인해 무능하고 왜곡된 감정을 가지게 되었다네. 부디 이 이야기를 경건한 마음으로 읽어주게나. 나는 오늘 이 글을 쓰면서 마음이 차분해졌다네. 전과 같이 난잡한 글씨가 아닌 것만 보아도 알 수 있을 걸세.

이 글을 읽은 다음에 생각해주게나. 이 이야기는 자네 친구의 이야기이기도 하다는 것을 말일세. 나 역시 그러한 생활을 해왔다네. 그리고 앞으로도 그러할 거라네. 비교하기도 부끄럽지만, 나는 이 가엾고 불행한 남자에 비하면 절반의 용기와 결단력도 없다네.

9월 5일

로테는 일 때문에 시골에 가 있는 남편 앞으로 편지를 썼네. 그 서두는 이러했지.

"그리운 이여, 될수록 빨리 돌아오세요. 저는 무한한 기쁨으로 그 날만을 기다리고 있답니다."

그때 마침 남편의 친구로부터 알베르트가 어떤 사정으로 인해 빨리 돌아올 수 없다는 소식을 전해왔다네. 그래서 편지는 저녁때까지 그 자리에 그대로 놓여 있었고, 결국 내 눈에 띄었다네. 내가 그것을 읽고 미소를 짓자, 로테가 그 이유를 묻더군.

"상상력이라는 것은 정말 신의 선물이로군요. 사실 나는 잠시 이 편지를 당신이 나에게 보내는 것이라고 상상해보았거든요."

내가 이렇게 말하자 로테는 몹시 기분이 언짢아 보였네. 그래서 나는 그 이상 아무 말도 하지 않았다네.

9월 6일

결심하기가 무척 힘들었지만, 나는 처음에 로테와 춤을 출 때 입었던 장식 없는 푸른 연미복을 더 이상 입지 않기로 결심했네. 이제는 너무 낡아서 초라해졌거든. 그래서 깃과 소매까지 전과 똑같은 모양으로 새로 한 벌 맞추었지. 그리고 노란 조끼와 바지도 전과 같은 것으로 함께 주문했다네.

완성된 옷은 어쩐지 전과 같은 느낌이 나지 않는다네. 하지만 시간이 지남에 따라 차차 그 옷도 마음에 들겠지.

9월 12일

로테는 알베르트를 마중하기 위해 며칠 동안 여행을 하느라 집에 없었네. 그런데 오늘 내가 그녀의 집으로 찾아가니 로테가 반갑게 나를 맞이해주더군. 나는 기쁨에 넘쳐 그녀의 손에 키스를 했다네.

그때 카나리아 한 마리가 경대 위에서 그녀의 어깨로 날아와 앉더군.

"새로운 친구를 데려왔어요."

그녀는 이렇게 말하며 새를 자기 손 위에 앉혔다네.

"동생들에게 선물로 주려고 갖고 왔어요. 여간 귀엽지 않답니다. 자, 좀 보세요. 빵을 주면 날개를 파닥거리며 귀엽게 쪼아 먹어요. 그리고 저한테 키스하는 것 좀 보세요."

그녀가 새한테 입술을 내밀자 카나리아는 귀엽게 감미로운 그 입술에 부리를 갖다 대었네. 마치 자신이 누리고 있는 행복을 알기라도 하듯이 말일세.

"당신한테도 키스를 하게 해드릴게요."

그녀는 이렇게 말하며 그 새를 나한테 내밀었네. 그 귀여운 부리가 그녀의 입술과 내 입술을 간접적으로 닿게 해주었네. 그 감촉은 사랑의 입김이나 예감 같았다네.

"어쩐지 이 카나리아의 키스는 무엇을 요구하는 것 같군요. 먹을 것을 찾는 모양이지요. 응석을 부려도 아무것도 주지 않으니까 별로 즐거워하는 것 같지도 않습니다."

내가 이렇게 말하사 로테가 대답했네.

"이 새는 제 입으로 주는 모이를 잘 받아먹는답니다."

그러고는 자신의 입술로 빵 조각을 물고 새에게 먹여주었네. 그

때 그 입술에는 천진난만한 사랑의 기쁨에 넘치는 미소가 흐르고 있었네.

나는 그만 얼굴을 돌리고 말았다네. 그런 모습은 보지 않았으면 좋으련만. 제발 그녀가 그처럼 천국의 순수함과 행복한 모습으로 나의 상상력을 건드리지 말았으면 좋겠네. 냉담한 이 세상을 잊고 고이 잠든 내 마음을 다시금 일깨우지 말았으면 했다네. 물론 그녀가 못된 짓을 한 것은 아니네. 그녀는 그만큼 나를 믿고 있는 걸세. 내가 얼마나 자기를 사랑하고 있는지 잘 알고 있으면서 말일세.

9월 15일

빌헬름, 이 세상에는 조금이나마 가치 있는 것이 그리 많지 않은데, 그런 것을 이해하지도 느끼지도 못하는 사람들 때문에 미칠 지경이라네. 자네도 그 호두나무를 기억하겠지. 내가 성 △△라는 독실한 목사를 찾아갔을 때, 그 호두나무 그늘에서 로테와 나란히 앉아 있던 것을 말일세. 내 마음을 한없이 행복하게 해주던 호두나무였지. 게다가 그 나무로 인해 교회의 뜰이 얼마나 정답게 보였으며, 그 그늘은 얼마나 시원했는지, 또 그 가지들은 얼마나 멋지게 늘어져 있었는지! 그 추억을 더듬어 올라가면 오래전 그 나무를 심은 점잖은 노목사의 이야기까지 머리에 떠오른다네. 학교 선생님도 자기 할아버지한테 들었다고 하면서 그 목사님들 가운데 한 분의 이름을 우리에게 자주 들려주시곤 했다네. 매우 훌륭한 분이었다더군. 그 나무 밑에서 그분을 생각할 때마다 나는 언제나 성스러운 기분을 느꼈다네. 하지만 어제 그 호두나무가 잘렸다는 이야기를 우리가 하자, 학교 선생님 눈에는 눈물이 가득 고였지.

나도 그 나무가 잘렸다는 이야기를 듣고 그만 미칠 지경이었네. 맨 처음으로 그 나무에 도끼질을 한 그 개 같은 자식을 나는 죽이고 싶은 심정이라네. 그러한 나무가 우리 뜰에 두 그루 정도 있었다 치고, 그 가운데 한 그루가 늙어서 말라죽었다고만 해도 슬픔으로 몸을 가누지 못했을 텐데, 이 일을 잠자코 보고 있어야 하다니.

친구여, 하지만 한 가지 재미있는 일이 생겼네. 사람의 마음이란 참으로 미묘하기도 하지. 온 마을 사람들이 불평을 하기 시작한 걸세. 목사의 부인은 버터니 달걀이니 하는 여러 선사품이 줄어드는 것을 보고 자기가 얼마나 마을 사람들에게 인심을 잃었는지 곧 깨닫게 될 걸세. 왜냐하면 사실은 그 나무를 베게 한 장본인은 바로 그녀거든. 새로 부임한 목사의 부인은(전의 노목사는 돌아가셨다네) 마르고 병약한 여자인데, 그녀가 세상에 아무런 관심을 가지지 않는 것은 이유가 있네. 아무도 그녀에게 관심을 가지지 않기 때문이지. 그 어리석은 여자는 학자가 되려는지 성서 연구에 몰두하거나, 요즘 유행하는 도덕적 비판적 기독교 개혁에 열을 올리기도 하고, 라바터(18세기 취리히 태생의 신학자로 괴테와 친분이 있었다.—옮긴이)의 광신적인 태도에 대해서는 어깨를 으쓱하며 멸시하기도 하지. 그렇게 신이 창조하신 이 땅 위에서 아무런 즐거움도 느낄 수 없는 어리석은 여자라서 그 호두나무를 베어버릴 수 있었던 걸세.

그녀의 평계는 이렇다네. 낙엽이 떨어지면 뜰이 지저분해지고, 나무가 무성할 때는 햇빛을 가로막고, 열매가 익으면 아이들이 돌을 던져서 신경이 거슬려 신학자 케니코트(18세기 영국의 신학자—옮긴이)와 세믈러(18세기 경건파의 신학자, 종교 연구의 자유를 주장했다.—옮긴이), 미카엘리스(18세기 독일의 신학자이자 동양학자—옮긴이)를 비교 검토하는 데 방해가 된다는 걸세. 나는 마을 사람들 중 특히 불만이 많은 듯 보이는 노인한테 물었네.

"왜 당신들은 보고만 있었나요?"

"여기서는 촌장이 일단 무언가를 하려고 작정하면 우리로서는 어찌할 도리가 없답니다."

그런데 또 한 가지 고소한 일이 있었네. 목사와 촌장은 서로 그 나무를 판매한 돈을 절반씩 나누어 가지려고 했던 모양이야. 목사는 평소에 늘 묽은 수프만 끓여주는 자기 부인에게 넌더리가 나 있었는데, 이번에는 그 부인의 변덕스러운 신경질 덕을 좀 보려고 했던 거지. 그런데 그런 내막이 관리국에 알려져서 나무 값을 관리국에 내라는 통보를 받은 걸세. 목사관의 대지 중 그 나무가 서 있던 땅은 관리국에 그 소유권이 있었던 것이지. 결국 그 호두나무는 관리국에 의해 경매로 팔리고 말았다네.

어쨌든 그 나무는 아직 그 자리에 쓰러져 있네. 내가 이 지방의 영주였다면, 목사의 부인이며 촌장이며 관리국을 모조리……. 아, 영주라! 사실 영주라면 자기 영토 안에 있는 나무 한 그루 정도에 신경 쓸 리도 없겠지.

10월 10일

로테의 검은 눈동자를 보기만 해도 나는 시나브로 마음이 즐거워진다네. 다만 불쾌한 것은, 알베르트가 그다지 행복한 것 같지 않다는 걸세. 내가 그라면 이러저러하리라 생각했던 것만큼은 행복해 보이지 않는단 말일세. 문장 속에 이런 줄을 긋고 싶지는 않지만, 이렇게밖에 달리 표현할 도리가 없다네. 물론 나는 이것만으로도 충분히 알아볼 수 있지만 말일세.

10월 12일

　오시안은 내 마음속에서 호메로스를 몰아내고 말았다네. 그 위대한 시인이 나를 끌어들인 세계는 그야말로 숭고한 세계라네.

　오시안은 피어오르는 안개에 싸여 희미한 달빛 속에서 조상들의 영혼을 이끌어가는 폭풍에 휘말리면서 광야를 거닌다네. 줄지어 있는 산들의 저 너머에서 골짜기로 흐르는 시냇물 소리와 함께 사라지는 영혼의 신음 소리가 동굴 속에서 들려온다네. 또 싸움터에서 용감하게 죽어간 애인의 무덤, 잡초와 이끼로 덮인 4개의 비석 근처에서 숨이 끊어질 듯 흐느끼고 있는 아가씨의 울음소리가 들려온다네. 방랑하는 백발의 시인은 끝없는 광야에서 조상들의 발자취를 더듬으며 헤매다가, 마침내 그들의 무덤을 발견하고야 만다네. 그리고 슬픔에 물결치는 바다 저쪽으로 사라지는 그리운 저녁 별을 바라보며, 그 부드러운 빛이 용사의 전장을 비추고, 승리로 빛나는 배에 달빛이 화환처럼 빛나던 옛 추억이 생생하게 가슴속에 그려지는 걸세. 노인의 이마에는 깊은 고뇌의 사국이 새겨져 있고, 최후에 혼자 남은 이 용사노 시실 내도 지쳐서 무덤을 향해 비틀거리며 걸어가고 있네. 그러나 이미 세상을 떠난 사람들의 떠도는 영혼을 대하고는 새삼 고통에 불타는 기쁨이 솟아오르네. 그 용사는 차가운 흙과 바람에 휘날리는 무성한 풀을 내려다보면서 절규한다네.

"아름다웠던 지난날의 내 모습을 알아주는 나그네가 와서 물을 것이오. 핑갈(오시안의 아버지—옮긴이)의 훌륭한 아들은 어디 있는가? 그러나 나그네는 나의 무덤을 지나갈 것이고, 이 땅에서 나를 찾아 헤매도 아무 소용 없으리라."

아아, 친구여. 나도 위대한 용사처럼 칼을 빼어 들고, 서서히 죽어가는 이 인생의 쓰라린 고통으로부터 나의 영주 오시안을 한칼에 해방시키고 싶다네. 그리고 해방된 반신(半神)의 뒤를 따라 나 자신도 저승으로 건너가고 싶다네.

10월 19일

아아, 이 공허! 내 가슴속의 이 무서운 공허! 나는 자꾸만 생각한다네. 그저 한 번만, 단 한 번만이라도 로테를 내 품에 안아볼 수 있다면 이 공허는 완전히 메울 수 있을 텐데라고 말일세.

10월 26일

그렇다네, 친구여! 나는 확신하네. 한 인간의 존재란 어디까지나

별로 대수로운 게 아닐세. 정말이지 허무한 것이네.

　로테의 집으로 여자 친구가 찾아왔다네. 나는 옆방으로 책을 가지러 갔지만, 읽을 기분이 아니어서 무엇이든 써보려고 펜을 들었다네. 그런데 그 두 사람이 나직한 목소리로 말하는 소리가 들리지 않겠나. 그들은 거리에서 일어난 사건이나 누구는 결혼을 했고, 또 누구의 병세가 매우 어렵겠다는 등 별 대수롭지 않은 이야기를 나누더군.

　"그분은 거칠게 기침을 하고, 얼굴은 뼈만 앙상했어요. 게다가 가끔 기절까지 하니, 틀림없이 오래 살지는 못할 거예요."

　그 친구가 이렇게 말하자 로테도 대답했네.

　"N씨 역시 건강이 좋지 않대요. 부종이 심하다나 봐요."

　나의 상상력은 활발하게 작용하여 그 불쌍한 사람들의 병상을 머릿속에 그려볼 수 있었네. 그리고 그들이 죽지 않으려고 발버둥치는 모습이 눈앞에 그려지더군. 빌헬름, 그런데 이 여자들은 아무렇지도 않게 그런 이야기를 나누더군. 마치 알지도 못하는 사람이 죽었다는 이야기를 하듯 그런 말투로 말일세. 나는 주위를 돌아보았네. 방 안에는 로테의 옷가지나 알베르트의 서류들, 그리고 낯익은 도구들과 잉크병이 놓여 있었네. 나에게는 그것들 모두 정든 물건들일세. 나는 생각에 잠겼네.

　'과연 너는 이 집에서 어떤 존재인가? 물론 이들의 친구이고, 그들도 너를 존경하고 있지. 그리고 너는 그들에게 기쁨을 주기도 한다. 너는 그들이 없으면 살아갈 수 없다고 생각하지만, 네가 지금 그들 앞에서 사라진다면 그들은 과연 언제까지 너를 잃은 상실감과 공허함을 느낄까? 과연 그들이 느끼는 허전한 기분은 얼마나 계속될까?'

아아, 인간이란 이렇듯 덧없는 것이라네. 자기의 존재를 확신할 수 있는 곳, 자기의 존재를 정말로 깊이 새겨놓을 수 있는 유일한 장소인 연인의 추억과 마음속에서조차 인간은 흔적도 없이 사라지고 마는 것이라네. 이렇듯 순식간에 말일세.

10월 27일

사람이 이토록 서로 냉정할 수 있을까 하는 생각을 하면, 나는 차라리 내 가슴을 찢어버리고 머리통을 깨뜨리고 싶다네. 사랑도 기쁨도 우정도 즐거움도, 내가 남에게 베풀지 않으면 누구도 나에게 주지 않는 법이라네. 그리고 진심으로 다른 사람을 행복하게 해주려고 해도 내 앞에 냉정하고 힘없이 서 있는 사람을 행복하게 해줄 수는 없다네.

저녁

나는 이렇게 많은 것을 가지고 있네. 그러나 로테를 생각하는 정열이 모든 것을 삼키고 말았다네. 나는 이렇게 많은 것을 지니고 있네. 그러나 로테가 없으면 아무리 가진 것이 많아도 나에게는 아무것도 없는 것이나 다름없다네.

10월 30일

벌써 나는 수백 번이나 로테의 목을 끌어안으려 했다네! 이토록 사랑스러운 존재가 내 눈앞에 있는데, 손을 뻗어 붙잡아서는 안 된다니, 이 안타까운 심정은 신만이 아실 걸세. 아이들은 가지고 싶은 것이 눈에 띄면 손을 내밀어 붙잡으려고 하지. 그것은 인간의 자연스러운 본능 아닌가? 그런데 나는?

11월 3일

아무도 모를 걸세. 몇 번이나 나는 다시는 깨어나지 않기를 바라면서 잠자리에 누웠다네. 그리고 이튿날 아침 잠에서 깨어 다시 눈을 뜨고 태양을 보면 정말이지 비참하기 이를 데 없다네. 아, 차라리 이 모든 것을 날씨 탓으로 돌리거나, 다른 누군가, 또는 잘못된 사업 탓으로 돌릴 수만 있다면 이 견딜 수 없는 무거운 번민도 반으로 줄어들 텐데. 그러나 슬프게도 모든 죄가 나에게 있다는 것을, 나는 너무나 분명히 알고 있다네. 아니, 죄는 아니지. 어쨌든 전에 모든 행복의 근원이 내게 있었던 것과 같이 이제는 모든 불행의 근원이 내 안에 숨어 있다네.

지금의 나는 이미 예전의 내가 아니라네. 충만한 감정에 잠겨서 한 걸음을 옮길 때마다 낙원이 뒤따르던 그 무렵의 나나 지금의 나는 같은 사람이건만, 그 무렵의 나는 모든 것을 사랑으로 포용할 수 있는 마음을 가지고 있었는데 지금은 그 마음이 죽어버리고, 이제 내 마음에서는 아무런 기쁨도 흘러나오지 않는다네. 이미 내 눈물은 다 마르고 말았다네. 내 감각은 상쾌한 눈물로 생기를 되찾을 수 없을 뿐만 아니라, 나의 이마에는 불안에 겨워 주름만 늘어가고 있다네. 내 삶의 유일한 기쁨이었던 것을 잃어버린 탓에 나는 한없이 괴롭다네. 그것은 내 주위의 모든 것을 창조한 거룩하고도 성스러운 생명이 사라졌기 때문이네. 창문 밖으로 멀리 언덕을 바라보면 아침 햇빛이 안개를 헤치고 언덕 위로 흐르며 초원을 비추고, 조용히 흐르는 시냇물은 잎이 진 나무 사이를 굽이치며 흐른다네. 그러나 이렇게 장엄한 자연도 내 눈앞에는 마치 니스를 칠한 유화처럼 딱딱하게 굳어져 보일 따름이네. 그리고 이런 모든 기쁨도 내 마음 속에서는 한 방울의 행복도 뇌수로 길어 올리지 못한다네. 나는 신 앞에 마른 샘물처럼, 말라버린 물통처럼 서 있다네. 나는 몇 번이나 땅바닥에 엎드려 신에게 눈물을 내려달라고 애원했다네. 마치 하늘 이 황동처럼 빛나고 대지가 바싹 말라 황폐해졌을 때 농부가 비를 애원하듯이 말일세.

그러나 아아, 우리의 안타까운 간청에도 신은 비도 햇빛도 내려주 지 않는다네. 생각할수록 괴롭지만, 어째서 그 옛날은 그다지도 행 복했던 것일까? 아마도 그것은 내가 참고 신의 뜻을 기다리며, 신이 주시는 기쁨을 진정 감사하는 마음으로 받아들였기 때문일 걸세.

11월 8일

로테가 나의 무절제한 생활을 지극히 다정하게 꾸짖었다네. 포도 주 한 잔에서 시작해서 결국 한 병을 다 마셔버리는 버릇을 말이네.

"그러시면 안 돼요. 저를 조금은 생각해주셔야죠."

그녀의 말에 내가 되물었네.

"생각해달라고요? 당신이 그렇게 말할 필요가 있을까요? 나는 항 상 당신을 생각하고 있어요. 아니, 생각하는 정도가 아니라 당신은 언제나 내 마음속에서 한 번도 떠난 적이 없답니다. 오늘도 나는 예전에 당신이 마차에서 내린 그곳에 앉아 있었답니다."

그러자 로테는 더 이상 그런 이야기에 나를 끌어들이지 않으려고 화제를 돌리더군. 친구여, 나는 이미 정신이 나간 사람처럼 되어버렸다네. 로테만이 나를 마음대로 다룰 수 있지.

11월 15일

빌헬름! 자네의 염려와 친절한 충고에 대해서 나는 진심으로 감사하고 있다네. 그러니 제발 안심하게나. 나는 끝까지 견뎌낼 테니까. 몹시 지치기는 했지만, 나는 아직 끝까지 버틸 힘을 갖고 있다네.

자네도 알겠지만 나는 종교를 높이 평가하네. 종교는 피로한 자에게 지팡이가 되고 쇠약한 자에게는 소생할 힘을 준다는 것을 나는 잘 알고 있다네. 그런데 종교가 모든 사람에게 다 그런 작용을 할까? 또 그런 작용을 해야 하는 것일까? 이 넓은 세상을 살펴보면 설교를 들었건, 듣지 않았건 종교의 그런 작용을 받지 않았거나 앞으로도 받지 않을 사람들이 얼마든지 있다네.

나에게는 종교가 어떤 역할을 하고 있을까? 하느님의 아들인 예수까지도 자신의 주위에 모여든 모든 사람은 아버지께서 보내주신 사람들이라고 말씀하지 않았던가? 그런데 내가 그분에게 부여된 사람이 아니라면? 아버지이신 하느님께서 그저 나를 자기 옆에 두려고 하신다면 어떨까? 친구여, 결코 이 말을 오해하지 말게나! 아무 사심 없는 이 말 가운데 조소가 깃들어 있다고 생각하지 말라는 말일세. 그저 내 심정을 그대로 자네에게 내보인 것뿐이니까 말일세. 그렇지 않다면 차라리 나는 아무 말도 하지 않고 잠자코 있었을 걸세. 다른 사람이나 나 자신도 잘 알지 못하는 것에 대해 쓸데없이 말을 낭비하고 싶지는 않으니까. 자기에게 주어진 고난을 참고 견디며 자신의 술잔을 비우는 일, 그것이 바로 인간의 운명이 아니겠나? 그 술잔은 인간의 모습으로 나타나신 하느님 아들의 입술에조차 너무나 쓰디쓴 것이었는데, 내가 어찌 달콤한 척 허세를 부리겠는가? 나의 존재 자체가 삶과 죽음의 갈림길에서 떨고 있으며, 과거는 마치 번개처럼 어두운 미래의 심연을 비추고, 나를 둘러싼 주위의 모든 것이 멸망하며, 나와 함께 세계가 몰락하는 이 무서운 순간에 내가 어찌 부끄러워할 필요가 있겠는가?

"하느님이시여, 하느님이시여, 어찌하여 저를 버리시나이까?"(《마태복음》 제27장 제46절 참조—옮긴이)

이 부르짖음이야말로 자기 자신 외에는 아무도 의지할 수 없는 지경에까지 몰린, 걷잡을 수 없이 전락해가는 인간의 부르짖음이 아니겠는가! 그런데 내가 그러한 부르짖음을 부끄럽게 여기고, 그러한 순간이 온다는 것을 어찌 두려워하겠는가! 하늘을 한 폭의 옷감처럼 둘둘 말아버릴 수 있는 능력을 지닌 신의 아들조차 피할 수 없었던 바로 그 순간 아니던가!

11월 21일

로테는 자기 자신도 모르는 사이에 나와 그녀 자신을 파멸시킬 독약을 만들고 있네. 나는 비록 그것이 나를 망치는 독주일지라도 로테가 주는 잔이라면 입맛을 다시며 달게 마시겠네. 종종—종종이라고?—아니, 종종이라기보다 가끔 나를 바라보는 로테의 정다운 시선, 뜻하지 않게 드러나고 마는 내 감정의 표현을 달갑게 받아들이는 그 마음씨, 내가 참는 것을 보고 그녀가 자신의 이마에 그려보이는 동정의 표정은 대체 무엇을 의미하는 것일까?

어제 내가 떠나려고 할 때, 로테는 나에게 손을 내밀며 이렇게 말했네.

"사랑하는 베르테르 씨, 그럼 안녕히 가세요."

사랑이라기! 그녀가 나에게 '사랑'이라고 말한 것은 이것이 처음이었네. 그리고 그 말은 마치 골수에 사무치는 것 같았지. 나는 그 말을 수백 번이나 되씹어 보았다네. 그리고 어젯밤에도 잠자리에 들면서 중얼중얼 혼잣말을 하다가 나도 모르게 이런 말이 튀어나오더군.

"사랑하는 베르테르 씨, 안녕히 주무세요."

그러고는 혼자서 웃고 말았다네.

11월 22일

"로테를 저에게서 멀어지게 해주세요."

도저히 이런 기도를 할 수는 없다네. 그렇지만 가끔은 로테가 내 것인 것같이 생각된 적이 한두 번이 아니라네.

"로테를 저에게 주십시오."

그렇다고 이런 기도를 할 수도 없다네. 그 여자는 다른 사람의 아내이니까. 나는 나의 고민을 재료로 이상한 궤변을 늘어놓고 있다네. 이러다가는 명제와 대립명제를 끝없이 되풀이할 판일세.

11월 24일

내가 얼마나 괴로워하는지 그녀도 알고 있다네. 오늘 로테의 시선이 내 마음속 깊은 곳까지 스며들었지. 내가 그녀의 집으로 찾아갔더니, 그녀는 혼자 있더군. 나는 아무 말도 하지 않았네. 그러자 그 여자는 나를 유심히 바라보았다네. 여느 때와 같은 사랑스러운 미모나 빛나는 훌륭한 정신의 빛은 보이지 않았네. 그러한 모든 것은 이미 내 눈앞에서 사라지고 말았지. 대신에 그런 것보다도 훨씬 더 숭고한 그녀의 시선이 나를 향해 쏟아지고 있었네. 거기에는 깊은 동정과 내 괴로움에 대한 애달픈 공감이 깃들어 있었지. 어째서 나는 그 여자의 발아래 무릎을 꿇고 엎드리지 않았을까? 왜 나는 그 여자의 목을 끌어안고 키스로 보답하지 않은 것일까?

이윽고 로테는 피아노 있는 쪽으로 가더니, 피아노를 치면서 정답고도 나직한 목소리로 노래를 불렀다네. 나는 지금까지 그처럼 매력적인 입술을 본 적이 없었네. 마치 그 입술은 악기에서 흘러나오는 감미로운 소리를 마시고서, 나직하고 은근히 메아리만을 내보내는 것 같았다네. 아아, 이러한 모습을 자네에게 그대로 전할 수 있다면 얼마나 좋을지.

나는 더 이상 견딜 수가 없어서 몸을 굽히고 이렇게 맹세했다네. 하늘의 정령이 깃들어 있는 그 입술에 결코 키스를 하겠다는 욕심을 버리겠다고 말일세. 그러면서도 사실은 키스를 단념할 수 없다네. 아아, 그 키스가 내 마음 앞에 장벽처럼 가로놓여 있네. 그런 행복을 맛보고, 그러고 나서 그 죄를 씻기 위해 파멸해도 좋을 것이네. 그것이 죄악일까?

11월 26일

몇 번이나 나는 나 자신에게 이렇게 말한다네.

"너와 같은 비참한 운명이 다시는 없을 것이니, 남의 행복을 축복하여라. 아무도 이처럼 괴로워한 자는 없을 것이다."

그러고 나서 옛 시인의 시를 읽으면, 나는 마치 내 마음속을 들여다보는 듯하다네. 나는 앞으로도 수많은 고난을 참고 견뎌야 하네. 아아, 나보다 더 비참한 인간이 옛날에도 있었을까?

11월 30일

나는 아무래도 예전의 나를 되찾을 수는 없을 것 같네. 내가 가는 곳 어디서나 내 마음을 괴롭히는 사건이 일어난다네. 오늘도! 아아, 운명이란! 인간이란!

점심때 나는 별로 입맛도 없고 해서 강변을 거닐었네. 서늘하고 축축한 서풍이 산에서 불어오고, 비를 머금은 먹구름이 골짜기로 흘러들고 있었네. 그때 멀리 초록색의 허름한 옷을 입은 사람이 허리를 구부리고 바위 사이를 걸어 다니며 약초를 찾고 있는 것을 보았네. 내가 가까이 다가가자 그는 발소리를 듣고 돌아보더군. 그의 얼굴은 어쩐지 우울한 빛을 띠고 있었지만, 그 밖에는 솔직하고 친절하며 흥미로운 얼굴이었네. 검은 머리는 두 가닥으로 말아서 핀으로 꽂고, 그 나머지는 굵직하게 땋아서 뒤로 늘이고 있었네. 옷차림으로 보아하니 계급이 낮은 사람이라는 것이 분명하기에 그가 하고 있는 일이 무엇인지 물어도 크게 폐가 되지 않으리라 생각했네. 그래서 나는 그에게 무엇을 하느냐고 물었네. 그러자 그 남자는 나직이 한숨을 쉬면서 대꾸하더군.

"꽃을 찾고 있습니다만, 하나도 눈에 띄지를 않는군요."

"지금은 꽃이 피는 때가 아니잖아요."

나는 웃으며 말했네.

"꽃이야 얼마든지 있답니다."

그 남자는 내 쪽으로 걸어오면서 말하더군.

"우리 집 뜰에는 두 종류의 장미와 인동초가 있어요. 그중 하나는 아버지께서 주신 것인데, 마치 잡초처럼 우거져 있죠. 하지만 벌써 이틀 동안이나 그것을 찾고 있는데 도무지 보이지를 않는군요. 이 부근에도 항상 꽃이 많이 피어 있었어요. 노란 꽃, 파란 꽃, 빨간 꽃들인데, 그것 말고도 용담초 같은 아름다운 꽃도 핀답니다. 그런데 하나도 보이지를 않네요."

나는 어쩐지 이상하기에 슬쩍 돌려서 물어보았네.

"대체 꽃을 따서 뭘 하려고 그럽니까?"

그러자 그 남자는 얼굴을 실룩이는 이상한 미소를 띠며 손가락을 입에 갖다 대고 말하더군.

"아무한테도 말하지 마세요. 사실은 애인에게 꽃다발을 주기로 약속했거든요."

"그거 참 멋지네요."

"제 애인은 다른 것도 얼마든지 가지고 있어요. 그녀는 무척 부자 거든요."

"그래도 당신의 꽃다발을 좋아하겠지요."

"오, 그럼요. 그녀는 보석과 왕관도 갖고 있지요."

"그런데 그녀의 이름이 뭐지요?"

내가 이렇게 묻자 갑자기 그는 엉뚱한 말을 늘어놓았네.

"네덜란드 정부가 나에게 월급을 주었다면, 저도 이런 꼴이 되지 는 않았을 것입니다. 그래요, 옛날에는 좋았으니까요. 그런데 모두 글렀어요. 지금은 말이 아닙니다. 지금 저는……."

하늘을 우러러보는 그의 눈가는 눈물로 젖어 있었으며, 그것이 모든 것을 말하고 있었네.

"그러고 보니 당신은 매우 행복했던 모양이로군요?"

내가 이렇게 묻자 그가 대답했네.

"아아, 그때는 참 좋았지요. 한 번만 더 그렇게 되었으면 좋겠습니다. 그 당시에는 마치 물속의 고기처럼 재미있고 즐겁게 지냈거든요."

그때 마침 어떤 노부인이 이쪽으로 걸어오며 외쳤다네.

"하인리히! 어디 있었니? 내가 사방을 찾아다녔는데. 어서 가서 식사하거라."

"아드님이신가요?"

나는 그 노부인한테 걸어가며 물었네.

"그래요. 그 아이는 나의 불쌍한 아들이랍니다. 신께서 우리에게 무거운 십자가를 지게 하신 거지요."

"언제부터 이렇게 된 건가요?"

내가 이렇게 묻자 노부인이 대답했네.

"이 정도로 조용해진 것은 반년가량 되었지요. 그만하기도 다행이지. 그전에는 1년 동안이나 미쳐 날뛰는 바람에 정신병원에 가두고 쇠사슬로 묶어놓았답니다. 지금은 그렇게 난폭하지는 않고, 그저 왕이니 왕후니 하는 소리만 하고 있답니다. 원래는 매우 착하고 침착한 아이로 집안일도 잘 돕고, 글씨도 잘 썼는데, 갑자기 어떤 생각에 골똘히 빠지더니 그만 심한 열병을 앓고는 결국 정신이 이상해져 지금 보시다시피 이 꼴이 되었지요. 그 이야기를 말씀드리자면……."

나는 그녀의 이야기를 가로막으며 물었네.

"그러면 본인이 그처럼 행복하고 재미있게 지냈다고 자랑하는 그 시절은 언제인가요?"

그러자 그녀는 가엾다는 듯한 미소를 띠며 말했네.

"아들이 또 바보 같은 소리를 했군요. 그건 정신에 이상이 있을 때의 이야기예요. 언제나 그것을 자랑삼아 말하지만, 사실은 아무것도 모르고 정신병원에 들어가 있을 때의 일이랍니다."

그 말은 벼락처럼 내 가슴에 충격을 주었네. 나는 노부인의 손에 지폐를 한 장 쥐어주고 급히 작별을 했지.

"행복했던 때라!"

나는 황망히 시내로 걸음을 옮기며 나도 모르게 이렇게 외쳤네.

"물속을 헤엄치는 고기처럼 행복했던 때라니!"

하늘에 계신 신이시여! 당신은 인간의 운명을 어찌 이렇게 정해 놓으셨나이까? 사람이 이성을 갖기 전과 다시 이성을 잃어버린 후에만 행복을 느낄 수 있도록 운명 짓다니요!

불쌍한 남자여! 그래도 나는 당신의 슬픔과 정신착란이 도리어 부럽기만 하다. 당신은 자신의 여왕을 위해서 꽃을 꺾으려고, 이 겨울철에도 희망에 넘쳐서 이리저리 헤매고 다니지 않는가. 꽃을 찾지 못해서 서러워하지만, 왜 꽃이 없는지는 모르고 있다. 나는 아무 희망도 목적도 없이 집을 나왔다가 다시 쓸쓸히 돌아가려 하고 있다. 당신은 네덜란드 정부에서 월급을 주었더라면 무언가 훌륭한 사람이 되었을 거라고 상상하고 있다. 행복한 자여! 행복할 수 없는 까닭을 이 세상의 현실적인 장벽의 탓으로 돌릴 수가 있으니 당신은 행복한 것이라오. 당신은 모르고 있소! 당신의 불행이 파괴되고 미쳐버린 마음과 그대의 산란한 머릿속에 들어 있는 것을. 그리고 이 세상의 어떤 제왕도 그런 상태에서 당신을 구히지 못하리라는 것을.

병을 고치려고 멀리 온천으로 떠났다가 도리어 그 병세가 심해져서 괴로운 가운데 하루하루를 고통 속에 보내는 환자를 비웃는 사람이나, 양심의 가책과 마음의 괴로움에서 벗어나려고 그리스도의 무덤으로 순례의 길을 떠나는 사람을 멸시하는 그런 사람은 아무런 위안도 받지 못하고 죽을지어다! 길 없는 길을 걷느라 발에 상처가 날지라도, 그 한 걸음 한 걸음이 괴로워하는 영혼에게는 한 방울의 진통제가 되는 것이고, 고달픈 방랑의 하루를 참고 걸어가면 갈수록 가슴속의 무거운 짐은 가벼워지며 마음은 평온해지는 것이니.

안락의자에 앉아 공허한 이론을 늘어놓는 자들이여, 그대들은 이것을 망상이라고 말할 권리가 있는가? 망상이라니! 신이시여! 저의 눈물을 보소서! 당신께서는 어찌하여 인간을 이토록 가난하게 만드시고, 이 얼마 되지 않는 소유물까지 빼앗아버리는 동포들까지

덤으로 주셨나이까? 그 동포들은 당신께 향한 얼마 되지 않는 믿음까지도 빼앗아버립니다. 만물을 사랑하는 신이시여! 병을 고치는 약초 뿌리와 포도즙의 효험을 믿는 것은, 당신을 향한 믿음이 아니고 무엇이겠습니까? 우리를 둘러싼 만물 속에 우리에게 언제나 필요한 진정제와 치료제의 효험을 간직해놓으신 것으로 믿는 것이 아니고 무엇이겠습니까? 알 수 없는 신이시여! 한때는 내 마음을 가득히 채워주었지만, 지금은 나를 외면하고 얼굴을 돌리는 신이시여! 부디 저를 당신 곁으로 불러주소서! 더 이상 침묵을 지키지 말아주십시오! 거친 제 영혼은 당신의 침묵을 참을 수가 없습니다.

뜻밖에 자기 아들이 돌아와서 이렇게 외치며 매달렸을 때 화를 낼 아버지가 어디 있겠습니까?

"아버지, 돌아왔습니다. 당신의 뜻에 따라 아직 앞으로 계속해야 할 여행을 중도에 그만두고 돌아오고 말았습니다. 그렇다고 노여워하지 마세요. 세상은 어디를 가나 마찬가지입니다. 고생하고 일하면 보수와 기쁨을 얻을 수 있습니다. 그러나 그것이 제게 무슨 소용이 있겠습니까? 저는 아버지가 계시는 곳이 가장 좋습니다. 아버지가 계신 곳에서 괴로워하고 즐거워하며 살고 싶습니다."

하늘에 계시는 신이시여! 당신께서는 이러한 아들을 물리치시렵니까?

12월 1일

빌헬름! 내가 지난 편지에서 이야기한 그 남자, 행복하면서도 불
행한 그 남자는 로테 아버지 밑에서 일하던 서기였다네. 그는 로테
에게 마음을 두고 사모하다가 마침내 그것을 고백한 후 해고되었다
네. 가슴속에서 불타는 정열이 그 남자를 미치게 한 것이지. 알베르
트는 태연하게 나에게 이런 이야기를 해주었네. 이 담담한 편지를
읽고 내 심정이 어땠을지 짐작해주길 바라네. 내가 그 이야기를 듣
고 얼마나 큰 충격을 받았을지를 말일세. 물론 자네도 이 편지를 태
연스레 읽어나가겠지.

12월 4일

이제 모든 것이 끝났네. 자네만은 부디 이 심정을 헤아려주게나.
나는 더 이상 견딜 수가 없네!
오늘 나는 로테 옆에 앉아 있었네. 그녀는 피아노를 치고 있었지.
갖가지 곡에 온갖 감정을 다 실어서 피아노를 쳤다네, 정말이지 온
갖 감정을 모두 실었단 말일세. 자네는 어떻게 생각하나? 그때 로테
의 어린 여동생은 내 무릎 위에 앉아서 인형에게 옷을 입히며 놀고

있었네. 나는 눈물이 날 것만 같았네. 고개를 숙였더니 문득 그녀의 결혼반지가 눈에 띄더군. 나는 그만 왈칵 눈물을 흘리고 말았다네. 그때 갑자기 로테가 그립고 황홀한 예전의 그 멜로디를 치기 시작했다네. 갑작스러운 일이었네. 그 곡은 내 가슴에 여러 가지 감정과 옛 추억을 떠올리게 했네. 이 노래를 듣던 그 당시의 일들, 그녀의 곁을 떠나 있던 때의 일들, 슬프고 화나던 일들, 불만과 실패로 돌아간 여러 희망에 대한 추억 등에 나는 빠져들었다네. 나는 방 안을 이리저리 걸어 다녔다네. 복받쳐 오르는 감회에 숨이 막힐 지경이었네.

"제발, 제발 좀 그만 치시오!"

나는 감정을 못 이겨 격한 태도로 그녀에게 다가가며 말했네. 로테는 피아노를 치던 손을 멈추고 나를 쳐다보았지. 그리고는 미소 지으며 이렇게 말했네.

"베르테르 씨, 어디 편찮으세요? 당신이 그렇게도 좋아하는 곡인데 귀에 거슬려 하다니 말이에요. 그만 돌아가셔서 제발 마음을 진정시키세요."

결국 나는 그 자리를 떨치고 나와버렸다네.

신이시여! 당신은 저의 이 비참한 모습을 보고 계시겠죠? 어서 이 불행이 끝나게 해주십시오!

12월 6일

　어디를 가나 그녀의 모습이 나를 따라다니네. 자나깨나 내 마음에는 그녀의 모습뿐이라네. 눈을 감으면 마음의 눈이 머무는 곳에 그녀의 검은 눈동자가 나타난다네. 바로 여기에 말일세. 자네에게 뭐라고 표현해야 할지 모르겠군. 눈을 감으면 나타나는 것일세. 마치 바다처럼 심연처럼 그 눈동자가 내 앞에 나타나고, 내 마음속을 가득 채운다네.

　반신(半神)이라고 찬양을 받는 인간의 모습을 보게나. 힘이 가장 필요한 바로 그때 그 힘이 빠져버리니 말일세. 기쁨에 날뛰거나 슬픔에 잠길 때, 무한한 자의 충만 속으로 녹아들기를 바라는 순간에도, 언제나 결국 덜미를 잡혀 무디고 차가운 의식 속으로 이끌려 되돌아오지 않는가?

편자가 독자에게

나는 우리 친구인 베르테르의 주목할 만한 마지막 며칠에 대해 자필로 된 여러 가지 기록이 남아 있기를 얼마나 바랐는지 모릅니다. 왜냐하면 나의 서술로 인해 그의 편지 내용이 중단되는 일을 피하고 싶었기 때문입니다. 나는 베르테르와 관련된 사건의 전후 사정을 잘 아는 사람들로부터 직접 정확한 소식을 들어보려고 노력했습니다. 그것은 매우 간단한 일이었고, 몇 가지 소소한 점을 제외하고는 모두 이야기가 일치했습니다. 다만 관련된 사람들의 심정만은 의견이 분분했고, 판단도 제각각 달랐습니다.

결국 우리가 할 수 있는 방법은 지금까지 우리가 애써 알아낸 사실을 충실히 알려드리고, 고인이 된 베르테르가 남긴 편지들을 사이에 넣어가면서 아무리 사소한 쪽지라도 눈에 띄는 것은 모두 소홀히 다루지 않는 것뿐이었습니다. 특히 비범한 인간은 아무리 단순한 행동일지라도, 그 행동 하나하나에서 독특하고도 진정한 동기를 찾아내는 것이 그리 쉬운 일이 아닌 만큼 더욱 그렇게 하지 않을 수 없었던 것입니다.

당시 베르테르의 마음속에는 욕구불만과 그로 인한 불쾌감이 깊이 뿌리를 내리고 뒤엉켜서, 마침내 그의 존재 전체를 지배할 정도였습니다. 정신의 조화는 완전히 무너졌고, 마음속은 흥분과 격정에 휩싸여 타고난 그의 모든 힘을 혼란에 빠뜨렸으며, 마침내 그는 허탈한 상태에 빠졌습니다. 그는 그런 상태에서 빠져나오기 위하여 이제껏 어떤 불행과 싸울 때보다 한층 더 애처로운 노력을 했습니다. 그러나 그의 불안은 그의 정신이 지닌 활기와 총명 같은 힘까지도 좀먹어서, 그는 사람들 앞에서 곧잘 우울한 태도를 보였으며, 그럴수록 그는 더욱더 불행해졌습니다. 그렇게 스스로 불행해지면서 무리하게 행동하는 일도 많아졌다고, 알베르트의 친구들은 한결같이 말합니다. 그들의 주장에 따르면 알베르트는 순수하고 차분한 인물로, 오랫동안 소망해오던 행복을 마침내 손에 넣고 그 행복을 미래에까지 지켜나가려고 노력했는데, 베르테르는 이와 같은 알베르트의 태도를 제대로 이해하지 못했다는 겁니다. 말하자면 베르테르는 하루하루 자기의 재산을 몽땅 써버리고서 저녁때가 되면 굶주리며 괴로워하는 그런 유형의 인간이라는 것입니다. 그리고 또 덧붙이기를, 알베르트의 인품이 그토록 짧은 기간에 달라졌을 리 없다는 것입니다. 알베르트는 언제나 베르테르가 처음 만났을 때 경의를 표했던 바로 그대로였다는 것이지요. 그는 누구보다도 로테를 사랑하고 존경했으며, 그녀가 훌륭한 여성이라는 것을 누구나 인정해주기를 바랐답니다. 이런 사실로 미루어볼 때, 그가 의혹의 꼬투리가 될 만한 것은 어떤 일이든지 멀리하려 했고, 그런 우려가 있을 때 지극히 단순한 방법으로라도 이 귀중한 소유물을 그 누구와도 공유하기를 꺼렸다고 해서, 그것을 어찌 나쁘게 말할 수 있느냐는 것이었습니다. 그들은 베르테르가 로테에게 오면 알베르트가 곧잘 아내의 방에서 나갔다는 사실을 인정하고 있습니다. 그러나 그것 또한 친구에 대하여 증오심이나 반감을 품고 있어서가 아니라 자기가 그 자리에 있으면 베르테르가 거북할까 봐 그랬다는 것입니다.

로테의 아버지가 갑자기 병이 나서 자리에 누웠을 때 그는 로테를 위해 마차를 보냈고, 로테는 그것을 타고 아버지 집으로 갔습니다. 맑게 갠 겨울날이었지요. 첫눈이 많이 내린 뒤라 그 고장 일대는 눈으로 하얗게 뒤덮여 있었습니다. 그 이튿날 아침에 베르테르는 그녀를 뒤쫓아갔습니다. 알베르트가 로테를 데리러 오지 않으면, 자기가 그녀를 데리고 돌아올 작정이었던 것이지요. 하지만 그 맑은 날씨도 베르테르의 어두운 마음을 밝게 만들 수는 없었습니다. 그의 마음은 무겁게 짓눌려 있었으며, 갖가지 슬픈 환상이 머릿속에서 떠나지 않았고, 그의 심장은 꼬리를 무는 괴로운 상념을 위해서만 고동친 뿐이었습니다. 이렇게 베르테르는 끊임없이 자기 자신에 대하여 불만을 품은 채 하루하루를 보내고 있었기 때문에, 다른 사람들 또한 혼란되고 위태로운 상태에 놓여 있는 것으로 보았습니다. 그는 알베르트와 그 아내와의 아름다운 관계를 자기가 파괴한 것으로 생각했고, 그 때문에 자기 자신을 탓하고 있었습니다. 그러나 한편 그런 자책 속에는 그녀의 남편에 대한 어렴풋한 반감도 섞여 있었습니다.

그날도 길을 가면서 그의 생각은 그 문제에 빠졌습니다. 그는 남몰래 이를 갈며 혼잣말로 중얼거렸습니다.

'그렇지, 확실해! 그렇게 허물없고 다정하고 자상하며 무슨 일에나 동정심을 베푸는 사이란 말이지! 조용하고 오래 지속되는 성실한 관계라! 아니, 그것은 분명 싫증이 난 것이거나 무관심해진 거야! 그는 그 소중한 아내보다 하찮은 일에 신경을 쓰고 있지 않은가? 그는 도대체 자신의 행복을 알고 있기나 한가? 로테에게 그 가치에 합당한 존경을 바치고 있을까? 그는 그녀를 소유하고 있다. 그래, 물론 그 사실은 잘 알고 있어. 잘 알고말고. 그 일을 생각하는 것은 이미 익숙해졌다. 그렇지만 역시 그 생각만 하면 미칠 것 같고 죽을 것만 같다. 도대체 그는 나에게 아직도 우정을 느낀단 말인가? 혹시 그가 로테에 대한 나의 애착을 자기의 권리에 대한 침해라고 생각하는 것은 아닐까? 로테에 대한 나의 배려를 자기에 대한 은근한 비난으로 받아들이는 것은 아닐까? 그렇다는 것을 나는 이미 잘 알고 있다. 분명히 느낄 수 있어. 알베르트는 나를 만나고 싶어 하지 않는다. 나를 멀리하고 싶은 거야. 내가 여기 있는 게 그에게는 큰 폐가 되는 거야.'

베르테르는 몇 번이나 걸음을 멈추고 그 자리에 서 있다가 되돌아가려고 했습니다. 그러나 역시 그의 발길은 앞을 향해 내디뎠고, 생각에 잠겼다 혼잣말을 했다 하면서, 어느덧 마침내 로테의 아버지가 계신 사냥 별장에 다다르고 말았습니다.

그는 현관에 들어서면서 노인과 로테의 안부를 물었습니다. 그런데 집 안이 좀 어수선한 느낌이 들었습니다. 그러자 맨 위의 사내아이가 발하임에서 농부 한 사람이 살해되는 끔찍한 사건이 일어났다고 전해주었습니다. 하지만 그 사건은 베르테르에게 그다지 큰 충격을 주지는 못했습니다. 방 안에 들어서니 로테가 열심히 아버지를 설득하고 있었습니다. 자신이 병중임에도 사건 조사를 위해 현장으로 가봐야 한다고 우겼기 때문입니다. 범인은 아직 밝혀지지 않았지만, 피살자는 어느 미망인의 집 하인으로 이른 아침 그 집 현관문 앞에서 발견되었다는 것이었습니다. 그 집에서 전에 있다 쫓겨난 하인이 불만을 품고 있다는 소문이 자자하다는 이야기를 전해 듣고 베르테르는 펄쩍 뛰며 외쳤습니다.

"그게 정말인가요? 제가 가봐야겠습니다! 한시도 지체할 수가 없습니다."

그는 급히 발하임으로 떠났습니다. 지난 일이 하나하나 마음속에서 되살아났습니다. 이전에 몇 번인가 만나서 이야기를 나누었던, 어쩐지 친근감이 느껴지던 그 청년이 범인이라고 생각되었기 때문입니다.

시체가 놓여 있다는 그 식당으로 가기 위해서 그는 낯익은 보리수 사이를 지나가야만 했습니다. 그렇지만 그는 지금껏 그토록 친밀감을 느꼈던 그 장소에서 공포감을 느꼈습니다. 근처 어린아이들이 곧잘 모여 놀던 낯익은 그 문간이 피투성이로 변해 있었던 것입니다. 인간의 감정 중에서 가장 아름다운 사랑과 성실이 폭력과 살인으로 변해버린 것입니다. 커다란 보리수는 잎이 완전히 다 떨어지고 서리에 덮여 있었습니다. 교회의 나직한 담을 뒤덮고 있던 아름다운 생울타리의 잎들도 남김없이 다 떨어져버렸고, 가지들 사이로 눈 덮인 비석들이 줄지어 있는 것이 보였습니다.

식당 앞에는 마을 사람들이 모두 모여 있었는데, 베르테르가 다가가자 갑자기 큰 고함 소리가 났습니다. 저쪽으로 무장한 남자들이 나타났던 것입니다. 마을 사람들은 범인이 끌려온다며 입을 모아 소리쳤습니다. 베르테르도 그쪽으로 눈길을 돌렸습니다. 의심할 여지도 없었습니다. 그 하인이었던 것입니다! 그 미망인을 일편단심 사랑했던 그 청년, 얼마 전 베르테르가 만났던, 분노와 절망을 가슴에 품고 배회하던 바로 그 청년이었습니다.

베르테르는 붙잡혀 온 그 청년에게 다가가서 소리쳤습니다.

"자네는 왜 그런 끔찍한 짓을 저질렀나!"

그러자 그 청년은 말없이 베르테르를 쳐다보더니, 마침내 침착하게 입을 열었습니다.

"아무도 그녀를 차지할 수 없습니다. 아무도 그녀의 남편이 될 수 없어요."

결국 청년은 식당 안으로 끌려 들어갔고, 베르테르는 서둘러 그곳을 떠났습니다.

놀랍고도 이상한 감동으로 인하여 베르테르의 마음은 온통 뒤흔들리고 혼란에 빠졌습니다. 이제까지 자신을 지배하던 슬픔과 불만, 그리고 자포자기와 무관심한 상태에서 그는 잠시나마 해방되었습니다. 억누를 길 없는 동정심에 사로잡힌 베르테르는 그 청년을 구해야겠다는 생각으로 머릿속이 꽉 찼습니다. 비록 범죄자이기는 하지만 그 청년이 한없이 가엾고 죄가 없다는 생각이 들었습니다. 자신이 그 청년의 입장이 되어 깊은 동정심을 가지고 사건을 생각했으므로 다른 사람들도 그렇게 설득할 수 있을 것으로 믿었습니다. 그는 자신이 그 청년을 변호할 수 있기를 바랐습니다. 열렬한 변론이 목구멍까지 올라왔습니다. 다시 사냥 별장을 향해 발걸음을 재촉하는 도중에도, 그는 이미 법무관을 만나서 할 말들을 소리 내어 중얼거릴 정도였습니다.

집에 도착하여 방 안에 들어서니, 이미 알베르트가 와 있었기 때문에 베르테르는 순간적으로 기분이 상했습니다. 그러나 곧 마음을 가다듬고 법무관에게 불을 토하듯 열렬한 어조로 자신의 의견을 말했습니다. 법무관은 두세 번 머리를 가로저었습니다. 인간이 인간을 변호하는 데 필요한 말을 총동원하고 최대한의 열의와 활력과 진심을 다하여 말했지만 그는 마음이 동하는 기색이 전혀 없었습니다. 쉽게 추측할 수 있겠지만, 법무관은 마음이 동하기는커녕 도리어 우리의 친구 베르테르가 하는 말을 도중에 가로막고, 살인자를 비호하는 그를 나무랐습니다. 그의 말인즉, 그런 변호가 통하는 날에는 일체의 법률은 무효가 되고, 국가의 안정은 근본부터 흔들린다는 것이었습니다. 더욱이 이 사건에서 책임자는 바로 법무관인 자신임을 유념하고 모든 일을 규정과 절차에 따라 처리해야 한다는 것이었습니다.

베르테르는 그래도 굽히지 않고, 그 청년의 도주를 돕는 사람이 있어도 너그럽게 눈감아 달라고 간청했습니다. 그러나 법무관은 그것도 거절했습니다. 나중에는 알베르트까지 끼어들어 늙은 법무관의 말에 동조하자, 베르테르는 결국 지고 말았습니다.

"안 되는 일일세. 그 청년은 절대 구원될 수 없어!"

법무관이 이렇게 딱 잘라 말하자, 베르테르는 괴로운 표정을 지으며 집으로 돌아갔습니다. 그 말이 그에게 얼마나 큰 충격을 주었는지는 그의 서류들 속에 끼여 있던 한 장의 쪽지로 미루어 알 수 있었습니다. 그것은 틀림없이 그날 쓴 것으로 보입니다.

당신은 구원받을 수 없다, 불행한 사내여! 나는 잘 알게 되었다. 우리는 결코 구원받을 수 없다는 것을.

특히 알베르트가 늙은 법무관 앞에서 붙잡힌 청년에 대하여 마지막으로 참견하며 한 말이 베르테르의 마음을 몹시 상하게 했습니다. 그 말 속에는 자기에 대한 은근한 적의가 숨어 있다고 느꼈기 때문입니다. 조금만 깊이 생각해보면 두 사람의 말이 정당하다는 것을 영리한 그가 모를 리 없었으나, 그것을 인정한다면 자기 존재의 가장 핵심적인 부분(자존심)을 버리지 않으면 안 된다는 생각이 들었던 것입니다.

이 일에 관련된 것으로 보이는 쪽지가 역시 그의 서류들 속에서 발견되었습니다. 이것은 아마도 알베르트에 대한 그의 심정을 남김없이 나타낸 것이라고도 할 수 있습니다.

그가 훌륭한 사람이라고, 선량한 사람이라고 이렇게 나 자신에게 타일러본들 무슨 소용이 있겠는가! 단지 나의 창자가 갈기갈기 쥐어

뜯기는 듯한 느낌이 들 뿐이다. 나는 결코 공정할 수가 없다.

그날 저녁은 날씨가 포근하여 눈이 녹기 시작했기 때문에 로테는 알베르트와 같이 걸어서 집으로 돌아왔습니다. 도중에 로테는 몇 번이나 사방을 두리번거렸습니다. 베르테르가 함께 있지 않은 것이 못내 서운한 것처럼 보였습니다. 알베르트는 베르테르에 대한 이야기를 꺼내고는 비교적 공정한 태도를 유지하긴 했으나 얼마간 그를 비난했습니다. 그는 그녀에게 그 불행한 정열에 대해 말하면서, 되도록 그를 멀리하면 좋겠다는 뜻을 비쳤습니다.

"우리 두 사람을 위해서도 그러는 게 바람직한 일입니다. 부탁이오. 당신에 대한 그의 관심을 다른 데로 돌리도록 해봐요. 너무 자주 우리 집에 찾아오지 않도록 말이오. 남들의 이목도 있으니까. 벌써 여기저기 소문이 나돌기 시작했소."

알베르트의 말을 듣고 로테는 잠자코 있었습니다. 그 침묵이 알베르트의 마음에 걸렸던 모양입니다. 그 이후로 그는 로테에게 베르테르에 관한 이야기를 다시는 하지 않았으며, 로테가 베르테르에 대한 이야기를 꺼내도 이야기를 중단해버리거나 화제를 딴 데로 돌렸습니다.

불행한 청년을 구원하기 위하여 베르테르가 기울인 노력은, 꺼져가는 등불이 마지막 한순간에 타오르는 모습과 비슷했습니다. 그는 더욱더 깊은 고뇌와 절망 속으로 빠져들었습니다. 특히 완강히 범행을 부인하고 있는 그 청년의 반대 증인으로서 자신이 소환될지도 모른다는 소리를 들었을 때는 거의 미칠 지경이었습니다. 이제껏 사회생활을 하면서 겪었던 갖가지 불쾌한 일들과 공사와의 불화, 자신이 저지른 실수와 참아왔던 모욕 등이 그의 머릿속에 주마등처럼 지나갔습니다. 이러한 일들 때문에 자신이 허송세월을 보내게 된 것이라는 생각도 들었습니다. 장래에 대한 희망은 모두 사라졌으며, 사회에서 활동하려 해도 그럴 계기를 잡을 수가 없었습니다. 이리하여 그는 마침내 기이한 감정과 사고방식, 그리고 끝없는 정열에 완전히 몸을 맡긴 채, 사랑하는 여인과의 슬픈 관계를 지속하면서 그 여인의 평화를 해치고, 목적도 희망도 없는 일에 정력을 소모함으로써 한 걸음 한 걸음 비참한 결말을 향해 다가가고 있었습니다.

다음에 소개하는 몇 통의 편지는 그의 혼란과 정열, 그칠 줄 모르는 몸부림과 노력, 삶에 대한 권태 등이 가장 잘 나타난 유력한 증거들입니다.

12월 12일

　사랑하는 빌헬름! 나는 지금 옛날 악령에 홀려 여기저기 끌려 다녔다던 그 불행한 사람들과 비슷한 상태라네. 때때로 뭔가가 나를 엄습해오는 걸세. 그것은 불안도 욕망도 아닌 이해할 수 없는 내적 발광이라네. 그것이 내 가슴을 쥐어뜯고 내 목을 조르네. 아아, 답답하네! 답답해! 나는 견딜 수가 없어 인간에게 적의를 품고 있는 이 계절의 황량한 밤경치 속으로 나가 정처 없이 헤매고 돌아다닌다네.

　어젯밤에도 나는 밖으로 나가지 않고는 견딜 수가 없었네. 갑자기 눈이 녹자 강물이 불어나서 범람했다는 소리를 들었네. 강마다 물이 넘쳐서 발하임 아래쪽 그 그리운 골짜기가 물에 잠겼다는 걸세. 밤 11시가 지나서 나는 집을 뛰쳐나왔네. 무시무시한 광경이었지. 바위 위에 서서 내려다보니 달빛 속에서 흙탕물이 소용돌이치고 있었네. 밭도 목장도 생울타리도 모두 그 속에 모습을 감추었고, 드넓던 골짜기는 폭풍이 휘몰아치는 거친 바다로 변해 있었다네! 이윽고 검은 구름 속에 숨어 있던 달이 다시 얼굴을 내밀자, 그 물바다는 섬뜩하리만큼 아름다운 빛을 반사하며 물소리를 내면서 내 눈앞을 굽이치며 흘러갔네. 순간 어떤 전율과 외경심이 나를 엄습하였네.

아아, 나는 두 팔을 벌리고 심연을 향하여 선 채 깊이깊이 숨을 들이쉬었네. 그리고 이 괴로움과 번뇌를 휩쓸어가는 기쁨에 휩싸여 나는 넋을 잃었네. 오! 그러나 나는 그 모든 고통을 끝내기 위해 땅에서 발을 떼지는 못하였네. 내 운명의 모래시계에서 아직도 모래가 다 흘러내리지 않았다는 것을 절실히 느꼈기 때문이라네. 아아, 빌헬름! 저 폭풍우로 구름을 갈기갈기 찢어 대홍수를 일으킬 수 있다면 나는 기꺼이 나의 생명을 내던질 텐데! 얼마 안 있어 그런 큰 기쁨이 이승에 얽매인 이 몸에도 주어지지 않을런가?

나는 다시 어두운 마음으로 언젠가 어느 무더운 여름날 산책을 나갔다가 로테와 함께 쉬었던 그리운 버드나무 아래를 내려다보았다네. 그곳 또한 물에 잠겨 버드나무를 거의 알아볼 수가 없었네. 그녀의 목장과 집 주변은 어떻게 되었을까, 우리의 정자는 격류에 휩쓸려 볼품없이 허물어졌겠지, 하는 생각도 해보았네. 마치 감옥에 갇힌 죄수의 마음속에 가축 떼와 목장, 영광스러운 직위에 대한 꿈이 스며드는 것처럼, 지나간 날들의 햇살이 내 마음속에 비쳐 들었네.

나는 그대로 그 자리에 오래 서 있었네! 나는 이제 나 자신을 나무라지 않네. 죽을 각오가 되어 있으니까. 나는 차라리……, 그런데도 지금 나는 여기에 노인처럼 앉아만 있다네. 죽음을 향하여 다가가고 있는, 기쁨도 없는 생명을 한순간이라도 더 연장하고 유지하

기 위하여 남의 집 생울타리 밑에서 땔나무를 줍고, 이 집 저 집 문
앞에서 빵을 구걸하는 노파처럼 그저 이 자리에 앉아 있다네.

12월 14일

친구여, 도대체 어떻게 된 일일까? 내가 이토록 나 자신에 대하여
놀라다니. 로테에 대한 나의 사랑은 더없이 성스럽고 순수한, 형제
와 같은 사랑이 아니었던가? 일찍이 단 한 번이라도 내 가슴에 죄
가 될 만한 욕망을 품은 적이 있었던가? 물론 맹세는 하지 않겠네.
그런데 꿈을 꾼 걸세. 아아! 이토록 모순된 갖가지 작용을 불가사
의한 힘의 조화로 돌려버린 옛사람들의 감각이야말로 정녕 진실한
것일세! 어젯밤 일이었네. 그 이야기를 하려고만 해도 몸이 떨리는
군. 나는 그녀를 내 가슴에 꽉 껴안고, 사랑을 속삭이는 그녀의 입
술에 끝없이 키스를 퍼부었다네. 나의 눈은 그녀의 황홀한 눈동자
속에 어리어 있었네. 신이시여! 저는 벌을 받아야 할까요? 지금도
그 불타는 기쁨을 설레는 마음으로 되살리면서, 형언할 수 없는 행
복을 느끼고 있으니 말입니다. 로테여! 로테여!
나는 이제 끝장이 나려나 보네! 감각은 혼란에 빠졌고, 벌써 일
주일 동안이나 사고력을 잃고 있다네. 눈에는 언제나 눈물이 그득

하고, 어디를 가도 즐겁지가 않네. 그래서 어디를 가도 아무 상관이 없다네. 아무런 소망도 희망도 없어. 이제 나는 떠나는 편이 나을 것 같네.

이런 상황 속에서 이 세상을 떠나려는 결심은 베르테르의 가슴속에서 점점 더 굳어져 갔습니다. 로테의 곁으로 돌아온 이후 그것은 언제나 그의 마지막 기대였으며 희망이었습니다. 그러나 그는 스스로를 타이르고 있었습니다. 절대 조급하고 경솔하게 굴어서는 안 된다, 최선의 확신을 가지고 가능한 한 침착한 결의와 더불어 마지막 행동을 취해야 한다고 말입니다. 그런 그의 회의와 자기 자신과의 갈등을 엿볼 수 있는 쪽지가 있습니다. 빌헬름 앞으로 쓴 편지의 첫머리 같은데, 날짜는 없고, 역시 다른 서류들 속에서 발견된 것입니다.

그녀가 살아 있다는 사실, 그녀의 운명, 내 운명에 대한 그녀의 동정심, 그러한 것들이 재가 되어버린 내 머릿속에서 아직도 최후의 눈물을 짜내고 있네.

커튼을 걷고 그 안으로 들어간다! 단지 그러면 되는 것 아닌가! 그런데 이 망설임은 어떻게 된 것일까? 그 안이 어떤 곳인지 모르기 때문일까? 한번 들어가면 다시는 돌아오는 자가 없기 때문일까?

확실한 것을 알지 못하면 혼란과 암흑이 있다고들 예상하지. 그것이 우리네 인간 정신의 특성인가 보네!

이처럼 베르테르는 슬픈 생각에 점점 더 깊이 빠져들면서, 그의 결심도 돌이킬 수 없이 굳어졌습니다. 이에 대해서는 빌헬름 앞으로 보낸 애매한 내용의 편지가 입증하고 있습니다.

12월 20일

그 말을 그렇게 해석한 자네의 우정에 감사하네, 빌헬름. 확실히 자네 말이 옳아. 나는 떠나는 편이 나을 걸세. 그러나 자네들 곁으로 돌아오라는 그 제안에는 따를 수가 없네. 나는 그냥 먼 곳으로 떠나고 싶네. 나를 데리러 와주겠다는 자네의 말도 정말 고맙네. 다만 앞으로 2주일 정도 더 미뤄주게나. 나중에 자세한 것은 편지로 알려줄 테니, 그때까지만 기다려주게. 무엇이든 무르익기 전엔 함부로 따지 말아야 하는 법이거든. 2주일 정도 더 있고 덜 있는 것의 차이는 대단한 것일세. 그러니 어머니께 말씀 좀 전해주게나. 아들을 위해 기도해달라고. 그리고 여러 가지로 걱정을 끼쳐드린 것을 부디 용서해달라고 말일세. 기쁘게 해주어야 할 사람들을 슬프게 하는 것이 나의 운명이었나 보네.

그럼 잘 있게, 나의 가장 사랑하는 친구여! 하늘의 모든 축복이 자네에게 내리기를. 잘 있게나!

이 무렵 로테의 마음속에서 그녀의 남편에 대한, 그리고 그 불쌍한 친구에 대한 어떤 생각이 오가고 있었는지 감히 그것을 말로 표현하기는 어렵습니다. 다만 우리는 로테의 성격을 알고 있으므로 대강 짐작은 할 수 있습니다. 더불어 상냥한 마음씨를 지닌 여성이라면 로테의 심정을 어렵지 않게 짐작하고 공감할 수 있을 것으로 생각합니다.

어쨌든 이것만은 분명한 사실입니다. 로테는 베르테르를 멀리하기 위하여 모든 수단을 다 써보려고 굳게 마음먹고 있었습니다. 로테가 그 실행을 망설였다면, 그것은 아마 아끼는 친구에 대한 진정한 배려 때문일 것입니다. 그것이 베르테르에게 얼마나 쓰라린 희생인지, 아니 거의 불가능한 일이라는 것을 그녀는 매우 잘 알고 있었기 때문입니다. 그러나 시간이 갈수록 그녀는 단호하게 그 결심을 실행해야만 하는 처지에 몰렸습니다. 그 일에 대하여 그녀는 완선한 침묵을 지키고 있었고, 그녀의 남편 역시 마찬가지였습니다. 그런 만큼 더한층 자신의 마음가짐이 남편의 그것에 비해 떨어지지 않는다는 것을 행동으로 보이는 일이 중요하다고 생각했던 것입니다.

앞에 소개한 마지막 편지는 베르테르가 크리스마스를 앞둔 일요일에 친구에게 쓴 것인데, 그날 저녁에 그는 로테를 찾아갔던 겁니다. 그때 마침 로테는 집에 혼자 있었고, 어린 동생들에게 줄 크리스마스 선물용 장난감을 정리하던 중이었습니다. 베르테르는 아이들이 기뻐할 것이라고 말했습니다. 그리고 갑자기 문이 열리며 촛불과 과자, 사과 등으로 장식한 크리스마스트리가 눈앞에 나타나서 천국에 들어간 것같이 황홀한 기분을 느꼈던 자기의 유년 시절 이야기를 들려주었습니다.

"당신께도 선물이 있을 거예요. 얌전하게 계시면요. 조그만 양초라든가 그런 것 말이에요."

로테는 사랑스런 미소로 당혹스러운 심정을 감추며 말했습니다. 그러자 베르테르가 외쳤습니다.

"얌전하게 있는다는 건 무슨 뜻인가요? 어떻게 하면 되는 겁니까? 로테!"

"목요일 저녁이 크리스마스이브지요. 그날 저녁에 동생들도 오고, 아버지께서도 오실 거예요. 모두 각각 선물을 받게 될 거예요. 그때 당신도 오세요. 그렇지만 그 전에는 오지 마세요."

이 말에 베르테르는 가슴이 철렁했습니다. 로테는 다시 말을 이었습니다.

"부탁이에요. 어쩔 도리가 없어요. 제 마음의 안정을 위해서라고 생각하시고 제발 그렇게 해주세요. 이대로 가다간 아무래도 안 되겠어요."

베르테르는 그녀에게서 눈길을 돌리고, 방 안을 왔다 갔다 하면서 중얼거렸습니다.

"이대로 가다간 안 된다고!"

베르테르의 행동으로 미루어 그가 빠져든 상태를 알아챈 로테는, 이런저런 말로 그의 마음을 풀어주려 했으나 소용없었습니다.

"알겠습니다, 로테. 이제 다시는 당신을 만나지 않겠습니다!"

"왜 그런 말씀을 하세요? 베르테르 씨, 당신은 저희 집에 오셔도 되고, 또 오셔야만 해요. 다만 지나치지 않게 행동해달라는 것이에요. 아, 어째서 당신은 이토록 격렬하게, 한번 손댄 것은 끝까지 잡고 놓지 않으려 하시나요? 무슨 일에든 억누를 수 없는 정열을 쏟는 성품이군요! 제발 부탁이에요."

로테는 베르테르의 손을 잡고 말을 이었습니다.

"제발 적당히 해주세요! 당신만 한 인격과 학문, 당신만 한 재능이면 달리 얼마든지 즐거운 일을 찾을 수 있을 거예요. 남자답게 행동해주세요. 당신을 동정하는 일 이외에는 아무것도 해드릴 수 없는 저 같은 여자에게 이런 가련한 애착을 갖지 말아주세요."

베르테르는 이를 악물고 어두운 표정으로 로테를 물끄러미 바라보았습니다. 로테는 여전히 그의 손을 잡은 채로 말했습니다.

"잠깐만 차분히 마음을 가라앉히세요, 베르테르 씨! 당신은 당신 자신을 속이고 있는 거예요. 일부러 스스로를 파멸시키려고 하는 것을 모르시나요? 하필이면 왜 남의 아내인 저를? 저는 두려워요. 저를 소유할 수 없다는 바로 그 사실이 당신의 마음을 이끌고 있는 게 아닌가 하는 생각이 들어서 저는 너무 두렵답니다."

베르테르는 로테에게 잡혀 있던 손을 빼고, 불쾌한 듯이 로테를 물끄러미 바라보았습니다. 그리고 외쳤습니다.

"훌륭하시군요! 정말 훌륭하십니다. 알베르트가 그런 대사를 꾸며낸 거겠죠? 멋진 연극입니다, 멋진 연극!"

"아니에요, 누구라도 그렇게 말할 거예요."

로테가 대꾸했습니다.

"이 넓은 세상에 정녕 당신의 소망을 채워줄 만한 여자가 한 사람도 없을까요? 한번 마음먹고 열심히 찾아보세요. 틀림없이 그런 사람이 눈에 띌 거예요. 이런 말씀을 드리는 건 이미 오래전부터 당신을 위해서나 저희들을 위해서 걱정해왔기 때문이에요. 요즘 당신은 일부러 자신을 좁은 세계로 몰아넣고 있는 것 같아요. 마음을 가다듬고 용단을 내리세요! 여행을 하면 틀림없이 기분도 풀리실 거예요! 부디 당신에게 어울리는 좋은 분을 찾도록 하세요. 그래서 우리 함께 진정한 우정을 누릴 수 있으면 좋겠어요."

베르테르는 차가운 미소를 지었습니다.

"그 말을 인쇄해서 온 세상의 가정교사들에게 나눠 주시지요. 로테! 제발 저에게 시간을 좀더 주든지, 이대로 내버려두십시오. 그러면 만사가 잘될 테니까요!"

"베르테르 씨, 어쨌든 크리스마스이브 전에는 오지 마세요, 네?"

바로 그때, 베르테르가 뭐라고 대답을 하려던 순간 알베르트가 방으로 들어왔습니다. 두 사람은 어색한 저녁 인사를 나누더니 거북한 듯 방 안을 서성거렸습니다. 베르테르는 별 내용도 없는 잡담을 꺼냈지만 그것도 곧 바닥이 나고 말았습니다. 알베르트도 마찬가지였습니다. 그는 아내에게 자기가 부탁했던 일은 어떻게 됐느냐고 묻더니, 아직 하지 못했다는 대답을 듣고는 두세 마디 잔소리 비슷한 말을 했습니다. 베르테르에게는 그것이 매우 차갑고 냉혹하게 들렸습니다. 베르테르는 그 집을 나오려고 했으나, 돌아갈 기회를 놓치고 망설이는 사이에 어느덧 8시가 되었습니다. 불만과 불쾌감은 점점 더해갈 뿐이었습니다. 마침내 저녁 식사 준비가 다 되었을 때에야 베르테르는 모자와 단장을 집어 들었습니다. 알베르트가 좀더 있다 가라고 권했으나, 속이 들여다보이는 소리같이 들려서 베르테르는 퉁명스레 사양하고 밖으로 나왔습니다.

그는 바로 집으로 돌아왔습니다. 하인이 등불을 들고 나오자, 그것을 받아 들고 혼자 자기 방으로 들어가서는 큰 소리를 내며 울고 말았습니다. 흥분한 목소리로 혼잣말을 하기도 하였으며, 방 안을 조급하게 오락가락하더니, 마침내 옷을 입은 채로 침대에 벌렁 드러누웠습니다. 11시경에 하인이 조심스레 들어가 보니 그는 여전히 그대로 누워 있었습니다. 하인이 장화를 벗길지를 묻자 순순히 그러라고 하고는, 내일 아침엔 부를 때까지 방에 들어오지 말라고 엄하게 일렀습니다.

12월 21일 월요일 아침, 베르테르는 로테 앞으로 다음과 같은 편지를 썼습니다. 이 편지는 그가 죽은 후 그의 책상 위에서 봉해진 채 발견되었고, 그대로 로테에게 전해진 것입니다. 여러 사정으로 미루어보아 그가 이 편지를 단편적으로 썼다는 것이 분명하므로, 그 순서에 따라 일부분씩 끊어서 삽입하기로 합니다.

드디어 결심했습니다, 로테. 나는 죽으려고 합니다. 감상적인 과장 없이 냉정한 심정으로, 당신을 마지막으로 만나게 될 날 아침에 나는 이 편지를 쓰고 있습니다.

사랑하는 로테, 당신이 이 글을 읽을 때면 이미 차디찬 무덤이 불행한 사나이의 굳어버린 시체를 덮고 있을 것입니다. 그는 인생의 마지막 순간까지도 당신과 더불어 이야기하는 것보다 더 큰 행복을 알지 못한 사람이었습니다. 지난밤에는 소름 끼치는 시간을 보냈지만, 아아, 그것은 감사해야만 할 밤이기도 했습니다. 죽겠다는 나의 결심을 확실히 굳혀준 밤이었으니까요.

어제 몹시 흥분하여 당신을 뿌리치고 헤어져 돌아왔을 때 모든 일이 한꺼번에 마음속에 밀려들며 희망도 기쁨도 없는 존재인 내가 당신 곁에 붙어 있다는 사실이 소름 끼쳤습니다. 나는 간신히 방으로 돌아와 나도 모르게 무릎을 꿇고 말았습니다. 오오, 신이시여, 당신은 나에게 마지막으로 더없이 쓴 눈물을 최후의 위안으로 베풀어 주셨습니다. 갖가지 계획과 기대가 뒤를 이어 내 마음속에서 미친 듯이 설쳤으나, 마침내 죽어버리자는 한 가지 계획을 확실하게 세울 수 있었습니다.

그대로 자리에 누워 아침에 눈을 떴을 때, 그 담담한 기분 속에서도 죽어버리자는 생각만은 확고하게, 조금도 동요됨이 없이 마음에 깊이 뿌리를 내리고 있었습니다. 이것은 결코 절망이 아닙니다. 내가 끝까지 참고 견뎌냈다는 것, 그리고 내 목숨을 바쳐 당신을 위해 희생하겠다는 확신입니다. 로테! 내가 이 사실을 말하지 않고 침묵할 필요가 있을까요? 어쨌든 우리 세 사람 가운데 누군가 한 사람은 떠나야만 합니다. 바로 내가 그 한 사람이 되려는 것입니다. 오, 사랑하는 이여! 갈기갈기 찢어진 이 가슴속에서는 몇 번이나 어떤 생각이 미친 듯이 맴돌았습니다. 당신 남편을 죽여야 하나? 아니면 당신을? 아니다, 나를 죽여버리자!

아름다운 여름날 저녁! 언덕 위에라도 올라가게 되거든 부디 나를 생각해주십시오. 내가 자주 그 골짜기 길을 올라갔던 일을 되새기며 건너편에 있는 내 무덤에 눈길을 보내주십시오. 그곳엔 넘어가는 저녁 햇살 속에 무성하게 자란 풀이 바람에 흔들리고 있을 것입니다.

이 편지를 쓰기 시작했을 때는 마음이 가라앉아 있었는데, 지금은 그런 정경이 너무나도 생생하게 눈앞에 떠올라서 마치 어린애처럼 엉엉 울고 있습니다.

10시경에 베르테르는 하인을 불렀습니다. 그리고 옷을 입으면서 이삼일 내로 여행을 떠날 테니, 옷가지를 손질하고 짐을 꾸릴 채비를 해두라고 일렀습니다. 또 지불할 것이 있는 곳에서는 빠짐없이 계산서를 받아오고, 빌려준 몇 권의 책도 찾아오도록 했습니다. 그리고 매주 얼마씩 도움을 주던 몇몇 가난한 사람들에게는 2개월분의 돈을 미리 지급하도록 일렀습니다.

그는 하인에게 음식을 방으로 가져오도록 하여 식사를 마친 다음 말을 타고 로테의 아버지이신 법무관의 집으로 갔지만, 마침 법무관은 집에 없었습니다. 그는 깊은 상념에 잠겨서 정원을 이리저리 거닐었습니다. 그것은 마치 죽기 전에 모든 추억을 자신의 마음속에 차곡차곡 쌓아두려는 행동처럼 보였습니다.

그러나 아이들이 그를 조용히 내버려둘 리가 없었습니다. 아이들은 그의 뒤를 쫓아와서 달라붙으며, 내일, 모레, 그리고 또 하루만 더 지나면 로테의 집에 가서 크리스마스 선물을 받을 거라면서, 그들의 어린 상상력이 기대할 수 있는 최대한의 기적을 이야기했습니다.

"내일, 모레, 그리고 또 하루만 지나면!"

베르테르는 이렇게 외치며 아이들에게 다정하게 키스를 했습니다. 그때 막내둥이가 그의 귀에 대고 속삭였습니다. 언니들이 예쁜 연하장을 썼다는 것이었습니다.

"아주 커다란 연하장이에요! 한 장은 아빠에게, 또 한 장은 알베르트하고 로테 누나에게, 그리고 베르테르 아저씨에게도 한 장을 썼어요. 그걸 설날 아침에 드릴 거래요."

그는 이 말을 듣고 가슴이 찡했습니다. 그래서 그는 아이들에게 약간의 용돈을 나눠 주고 아버지께 안부를 전해달라고 부탁한 다음 눈에 눈물이 글썽한 채 말을 타고 그곳을 떠났습니다.

5시경에 집에 돌아와서 그는 하녀에게 난롯불을 잘 살펴서 밤늦게까지 꺼지지 않도록 하라고 일렀습니다. 그리고 하인에게는 아래층에 있는 책은 트렁크에 넣고, 옷가지들은 여행가방 속에 챙겨두라고 일렀습니다. 아마도 그 후에 로테 앞으로 보낸 마지막 편지 가운데 다음 부분을 쓴 것 같습니다.

당신은 내가 찾아오리라고는 꿈에도 생각하지 못했을 것입니다.

당신 말대로 크리스마스이브 전에는 오지 않을 거라고 생각했겠지요. 오, 로테! 그러나 오늘 만나지 않으면 앞으로는 영원히 만날 기회가 없을 겁니다. 크리스마스이브에 당신은 이 편지를 손에 받아 들고 몸을 떨면서 당신의 눈물로 이것을 적실 것입니다. 나는 죽습니다. 죽어야만 합니다. 아, 결심을 굳히고 나니 어쩌면 이토록 마음이 편한지요.

한편 로테는 아주 이상한 기분에 빠져 있었습니다. 베르테르와 마지막 대화를 나눈 뒤, 그녀는 그와 헤어지는 일이 얼마나 쓰라린 일이며, 베르테르 또한 자기와 헤어지는 것을 얼마나 가슴 아프게 생각할까 하는 것을 사무치게 느꼈던 것입니다. 이미 그녀는 베르테르가 크리스마스이브 전에는 찾아오지 않으리라는 것을 알베르트에게 넌지시 이야기해두었습니다. 그리고 알베르트는 이웃 마을의 어느 관리에게 볼일이 있어서, 그날 밤은 그곳에서 묵기로 되어 있었습니다.

그래서 로테는 혼자 앉아 있었습니다. 그녀의 동생들도 와 있지 않았습니다. 그녀는 조용히 앉아서 자신의 처지를 생각해보았습니다. 그녀는 지기가 남편과 영원히 맺어져 있음을 느꼈습니다. 그녀는 남편의 사랑과 진실성을 알고 있을 뿐만 아니라 진심으로 남편을 사랑하고 있었습니다. 남편의 그 침착성과 믿음직스러운 성품은 그녀가 좋은 아내로서 평생의 행복을 그 바탕 위에 이룩할 수 있도록 하늘이 정해준 것이라고 생각했습니다. 그리고 남편이 자기에게 또 아이들에게 더없이 소중한 존재라는 것도 알았습니다. 그러나 한편으로는 베르테르도 그녀에게 대단히 소중한 존재가 되어 있었습니다. 서로 처음 알게 된 그 순간부터 두 사람의 마음은 아름다운 일치와 조화를 이루었습니다. 그리고 그동안 오래 계속된 교제와 지금까지 겪어온 갖가지 일들이 그녀의 마음속에 지울 수 없는 인상을 남겼습니다. 그녀가 흥미롭게 느끼거나 생각한 일들은 모두 그와 함께 나누어온 것이었으므로, 지금 그와 헤어진다면 그녀의 마음속에 다시는 메울 수 없는 공허가 생길 것 같았습니다.

'아, 베르테르와 오누이 사이라면, 그러면 얼마나 행복할까? 누군가 내 친구 가운데 한 사람과 결혼시킬 수는 없을까? 그러면 베르테르와 알베르트의 사이도 다시 전처럼 될 수 있을 텐데!'

로테는 자신의 여자 친구들을 차례차례 생각해보았습니다. 그러나 어느 한 사람도 모두 무언가 어려운 부분이 있어서 베르테르와 짝지어도 좋을 만한 친구를 찾을 수가 없었습니다.

이처럼 로테가 이런저런 일들을 생각하고 있는 동안에, 문득 그녀는 자신의 의식 속에 분명히 떠오른 이 생각이 실은 자기의 은밀한 소망이라는 사실을 비로소 깨달았습니다. 그와 동시에 그녀는 베르테르를 자기 곁에 영원히 붙들어둘 수는 없으며, 그것은 허용

될 수도 없는 일이라며 자기 자신을 타일렀습니다. 깨끗하고 아름다운 로테의 마음은 평소에는 늘 쾌활하고 아무런 거리낌도 없었는데, 지금은 답답한 중압감을 느끼고 있었습니다. 행복에 이르는 길은 가로막혔고, 가슴은 무겁게 조여들었으며, 먹구름이 눈앞을 가렸습니다.

어느덧 6시 30분이 되자 베르테르가 계단을 올라오는 소리가 들렸습니다. 그의 독특한 발걸음 소리와 음성을 그녀는 곧 알아차릴 수 있었습니다. 그녀의 가슴은 세차게 뛰었습니다. 베르테르로 인해 이렇게 세차게 가슴이 뛴 것은 이번이 처음이었습니다. 그녀는 그를 만나고 싶지 않았습니다. 그래서 베르테르가 들어오자 그녀는 당황한 말투로 외쳤습니다.

"약속을 어기셨군요!"

"나는 아무 약속도 하지 않았습니다."

그가 이렇게 대답하자 로테는 다시 말했습니다.

"약속은 안 했더라도 제 부탁을 좀 들어주시면 좋았을 텐데요. 서로의 평화를 위해 부탁드렸거든요."

그녀는 자기가 무슨 소리를 하고 있는지, 또 무슨 생각을 하고 있는지 제대로 알지도 못한 채, 단지 베르테르와 단둘이 있는 상황을 피하기 위해 여자 친구 두어 사람을 불러오라고 하녀를 보냈습니다. 베르테르는 가지고 온 몇 권의 책을 내려놓고서, 다른 사람들은 없느냐고 물었습니다. 로테는 친구들이 빨리 와주었으면 싶으면서도 한편으로는 오지 말았으면 싶기도 했습니다. 이때 하녀가 돌아와 두 친구 모두 사정이 있어서 못 온다는 전갈을 전했습니다. 로테는 하녀에게 옆방에서 일을 하고 있으라고 이르려다가 곧 생각을 바꾸었습니다. 베르테르는 방 안을 이리저리 오가고 있었습니다. 로테는 피아노 앞으로 걸어가서 미뉴에트를 치기 시작했습니다. 그러나 제대로 쳐지지 않자, 그녀는 마음을 고쳐먹고 베르테르 곁으로 가서 앉았습니다.

"적당한 읽을거리가 없으세요?"

로테가 물었습니다. 하지만 베르테르는 아무것도 갖고 있지 않았습니다.

"저 서랍 속에 당신이 번역하신 오시안의 시가 몇 편 들어 있어요. 기회 봐서 당신께 읽어달라 부탁하려고 저도 아직 읽지 않았답니다. 여태껏 그럴 기회가 없었던 데다, 일부러 기회를 만들 수도 없었거든요."

베르테르는 미소를 지으며 자신이 번역한 그 원고를 꺼냈습니다. 그것을 손에 집어 들자 온몸에 전율이 일었습니다. 원고를 펼치자 그의 눈에는 눈물이 그득 괴었습니다. 그는 자리에 앉아서 읽기 시작했습니다.

저물어가는 밤하늘의 별이여,

그대는 아름답게 서쪽 하늘에서 반짝이며

빛나는 얼굴을 구름 사이로 쳐들고

그대의 언덕을 엄숙히 걸어가고 있구나.

무엇을 보고자 이 황야를 내려다보는가?

폭풍우는 그치고, 멀리 골짜기 개울의 중얼거림이 들린다.

출렁이는 물결은 바위를 희롱하고

저녁 파리 떼의 날개 소리는 들에 가득하도다.

아름다운 빛이여, 무엇을 찾는가?

그대는 미소 지으며 즐거운 듯 머리카락을 나부끼고 있도다.

잘 있거라, 조용한 빛이여.

자, 나타나라! 그대 오시안의 영혼의 성대한 빛이여!

그리하여 늠름한 오시안의 빛은 나타나고,

그리운 친구들의 모습이 내 눈에 비치도다.

지난날처럼 로라 들판에 다시 모였도다.

안개 기둥처럼 나타난 것은 핑갈의 모습이로다.

용사들이 그를 에워싸고, 그리고 보라! 방랑의 가인들을.

오, 백발의 울린!

당당한 리노!

목소리가 아름다운 알핀!

그리고 조용히 하소연하는 미노나도 있구나!

달라져버린 친구들이여.

셀마 산의 축제일에 봄바람이 언덕의 풀을 휘젓듯이,

노래를 겨루던 내 친구들이여!

아름다운 미노나는 눈물에 젖은 눈을 내리뜨고 걸어오도다.

언덕을 불어 내리는 바람에 치렁치렁한 머리를 흩날리며

애처로운 그 노랫소리, 용사들의 마음을 슬프게 하는구나.

몇 차례인가 살가르의 무덤을 보았으며,

몇 차례인가 불 켜지지 않은 콜마의 집을 보았기 때문이로다.

콜마는 홀로 언덕 위에서 돌아온다 약속한 살가르를 기다리건만,

찾아오는 건 밤뿐이로다.

사람들이여, 들으라,

언덕 위에서 홀로 탄식하는 콜마의 목소리를.

콜마

날이 저물었도다!

폭풍우 몰아치는 이 언덕에 나는 혼자 남았노라.

산에서 산으로 바람은 윙윙거리고,

골짜기 물은 바위에 철썩이고,

비 피할 오두막조차 내게는 없구나.

오, 달이여, 구름 사이로 나와주려무나!

밤하늘의 별들이여, 반짝여다오! 빛을 보내어 나를 인도하라.

사랑하는 이가 있는 그곳으로.

사냥에 지쳐 그이는 쉬고 있으리라.

활을 뉘고, 사냥개들에게 에워싸인 채.

그런데 나는 여기 풀 무성한 강변의 바위 위에 홀로 앉아 있노라.

물소리, 바람 소리는 요란하나 그이의 목소리는 전혀 들리지 않는구나.

무얼 하고 있나요, 나의 살가르?

약속을 잊으셨나요? 이게 바위요, 이게 나무랍니다.

강물도 분명히 여기 흐르고 있어요.

밤이 되면 여기 돌아온다고 약속한 당신.

아아, 어디서 길을 잃으셨나요, 나의 살가르.

당신과 함께 달아날 작정이었죠.

아버지도 오빠도 뿌리치고서.

우리 집안은 서로 오랜 원수였지만,

당신과 나는 서로 적이 아니니까요, 오, 살가르!

잠잠해다오, 비람이어!

잠깐만이라도 조용해다오.

물소리여, 잠시 동안만!

내 목소리가 골짜기에 울리어

나를 찾고 있는 그이 귀에 들리도록.

살가르, 저예요! 제가 부르고 있어요!

나무와 바위가 있는 이곳이에요!

살가르, 사랑하는 이여! 나 여기 있어요!

어찌하여 당신은 망설이고 있나요?

아아, 달이 나왔도다.

골짜기는 물에 잠겨 빛나고, 바위는 회색으로 우뚝 솟아 있도다.

그러나 그이 모습은 보이지 않는구나.

앞장서 올 개들도 달려오지 않는구나.

어쩔 수 없지, 나는 이곳에 좀더 머물러야지.

저기 저것은 누구인가?

황야에 누워 있는 저 사람은?

그이인가? 오빠인가?

말하라, 오, 정다운 이들이여!

대답이 없구나. 어찌 이리 가슴이 설레는가!

아, 역시 죽어 있구나! 두 사람의 칼은 피로 붉게 물들었도다!

아, 오라버니, 어찌하여 나의 살가르를 죽였나요?

아아, 살가르, 어찌하여 우리 오빠를 죽였나요?

나는 두 분을 다 좋아했는데!

오빠는 이 언덕 수많은 기사들 가운데 특히 빼어난 사람이었고,

살가르는 싸움터에서 남들이 두려워하는 용사였지요.

대답해주세요! 내 목소리를 들어주세요! 사랑하는 이들이여!

아, 그러나 대답이 없다.

영원히 대답 없으리라!

그들의 가슴은 흙같이 차갑도다!

우뚝 솟은 바위 위에서, 바람 휘몰아치는 산꼭대기에서

죽은 자의 영혼들이여, 말을 하라!

두렵지 않으니 말을 해다오!

어디로 쉬러 가버렸는가, 당신들은?

어느 산 어느 동굴에서 찾아야만 하는가?

바람 속에선 가냘픈 목소리조차 들리지 않고

언덕의 비바람에서는 아무런 대답도 실려 오지 않는구나.

나는 비탄에 잠겨 주저앉은 채 눈물을 흘리며 아침을 기다린다.

무덤을 파는 죽은 자의 친구들이여,

그러나 내가 갈 때까지 묻어버리지 마라.

나의 목숨도 꿈처럼 사라지리니,

살아서 보람 없는 목숨인 것을.

나는 죽은 두 사람과 함께 여기 살리라.

바위를 치며 흐르는 강가에서.

그리하여 언덕에 밤이 와서 바람이 황야를 가로지를 때,

내 영혼은 그 바람에 서성이며 두 사람의 죽음을 슬퍼하리라.

사냥꾼은 그 소리에 무서워 떨고,

그러다 그 소리를 사랑하리라.

사랑하는 이들을 애도하는 내 목소리, 정답게 울릴 터이니!

아아, 미노나여, 이것이 그대의 노래였지.

정답게 볼 붉히는 토르만의 딸이여.

우리는 콜마를 위해 눈물을 흘렸고,

우리의 마음은 어둠 속을 헤매었네.

울린이 하프를 들고 나와서 알핀의 노래를 불러주었다.

알핀의 목소리는 다정하였고, 리노의 영혼은 불꽃같이 빛났다.

그러나 그들은 이미 무덤 속에 잠들고,

그 목소리 셀마의 성에 울리는 일 없으리라.

일찍이 이 용사들이 살아 있을 때,

어느 날 울린은 사냥에서 돌아와,

그들이 겨루는 노랫소리 들었네.

그 노래는 다정하고 그리고 구슬프게,

으뜸가는 용사 모라르의 죽음을 애도하고 있었다.

모라르의 영혼은 핑갈의 영혼,

그의 칼은 오스카르의 칼에 못지않았다.

그러나 그는 싸움터에서 쓰러졌도다.

아버지는 비탄에 잠기고, 누이동생 미노나의 눈에 눈물이 그득했다.

울린이 노래하기 시작하자, 그녀는 살그머니 자리를 떴다.

서쪽 하늘에 폭풍우가 닥쳐오는 것을 본 달이,

아름다운 얼굴을 재빨리 감추듯이.

비탄의 노래에 맞추어, 나는 울린과 더불어 하프를 탔도다.

리노

바람은 자고 비는 그쳤다.

구름이 흩어져 맑게 갠 이 한낮.

해는 끊임없이 언덕을 비추고,

강물은 붉게 물든 채 골짜기를 흘러간다.

흐르는 여울물 소리, 내 귀에 정답구나.

그러나 그보다 더 정다운 저 목소리는 뭔가!

오, 그것은 알핀의 목소리, 죽은 자를 슬퍼하는 그의 노래로다.

그 머리는 늙어 수그러지고, 눈물 어린 그 눈은 붉게 충혈되었도다.

알핀! 세상에 둘도 없는 뛰어난 가인이여!

어찌하여 침묵의 언덕 위에 혼자 있는가?

수풀에 불어닥치는 바람처럼, 먼 바닷가 물결 소리처럼,

어찌하여 그대는 탄식하고 있는가?

알핀

리노여, 내 눈물은 죽은 자를 위한 것,

내 목소리는 무덤 속에 잠든 자들을 위한 것.

그대, 지금 모습도 아름답게 이 언덕에 서서

황야의 아들들 사이에서 돋보이는구나.

그러나 그대 또한 모라르처럼 쓰러지리라.

그리하여 그대 무덤 위에는 슬퍼하는 자가 앉게 되리라.

언덕은 그대를 잊고,

그대의 활은 시위도 메우지 않은 채 황야에 뉘어지리라.

오, 모라르여!

그대는 사슴처럼 날쌔고 밤하늘의 불같이 맹렬하였다.

그대의 노여움은 폭풍우와 같았고,

싸우는 칼은 황야를 가로지르는 번갯불 같았네.

그대 목소리는 비 온 뒤의 산 여울 같았고, 먼 산의 천둥처럼 울

렸네.

수많은 전사가 그대 손에 쓰러지고,

그대 분노의 불길은 적을 불살라버렸도다.

그러나 싸움터에서 돌아왔을 때, 그토록 평온하던 그대 얼굴!

폭풍우 걷힌 뒤의 태양과도 같았고, 소리 없는 밤하늘의 달과도 같았다.

그러나 그대 가슴속은 바람 잔 호수처럼 잔잔하였다.

이제 그대의 처소는 좁고, 그대 머물 곳은 빛이 없도다!

무덤의 폭은 불과 세 발짝. 일찍이 그대 그토록 거인이었건만!

이끼 낀 4개의 묘석, 그것만이 그대의 유일한 기념물.

잎 떨어진 나무 한 그루, 바람에 나부끼는 무성한 풀들이

사냥꾼들에게 용사 모라르의 무덤을 가르쳐준다.

그대를 위해 울어줄 어머니도 없고,

사랑의 눈물을 흘려줄 아가씨도 없다.

그대를 낳은 분은 돌아가셨고,

모르글란의 딸도 죽고 없기 때문이도다.

지팡이에 의지하여 서 있는 자는 누구인가?

그 머리는 늙어 백발이요, 그 눈은 눈물로 붉어졌다.

오, 모라르여! 그는 바로 그대의 아버지로다.

싸움터에서의 그내 용맹을 아비지는 들어서 알고 있었다.

그대 앞에서 원수들이 흩어져 달아나는 이야기도 전해 들었다.

모라르의 공훈도 들었다.

아, 그러나 그대 몸에 입은 상처에 대해서는

아무 소리도 못 들었구나!

울지어다, 모라르의 아버지여, 울지어다!

그러나 아들은 그 울음소리를 듣지 못하리라.

죽은 자의 잠은 깊고, 베고 누운 흙 베개는 얕으니,

부르는 소리에 고개 돌리는 일 없고,

부르짖는 소리에 깨어나는 일도 없으리라.

아, 무덤 속에 아침이 와서

잠든 자들에게 '일어나라!'고 깨우게 될 날은 그 언제일까?

안녕, 모라르여! 숭고한 인간, 싸움터의 정복자여!

그러나 싸움터는 이제 다시는 그대를 보지 못할 것이요

그대 칼의 번득임에 어두운 숲 속이 밝아지는 일도 이젠 없으리라.

그대는 대를 이를 자식 하나 남기지 않았으나

노래로써 그대 이름이 전해지고,

후세 사람들은 그대를,

싸움터에서 쓰러진 모라르의 이야기를 전하리라.

용사들은 소리 내어 슬퍼하였노라.

그러나 아르민의 목청이 찢어질 듯한 한숨 소리가 한결 드높았노라.

이는 아들의 죽음을 생각해서였으니,

그의 아들은 일찍이 싸움터에서 전사했노라.

갈말의 이름 높은 영주 카르모르도 용사의 곁에 앉아 있었다.

'아르민이여, 어찌하여 그토록 탄식하며 흐느껴 우는가?'

그가 물었다.

'여기 있으면서 울 일이 뭐란 말인가?

즐거운 노랫소리가 마음을 달래주고 있지 않은가?

그것은 포근한 안개와도 같으니라.

호수에서 피어올라 골짜기를 흐르고,

피어나는 꽃들을 이슬로 적시는 안개.

그러나 태양이 다시 힘차게 솟아오르면 안개는 자취 없이 걷혀 간다.

아르민이여, 어찌하여 그대는 비탄에 잠겨 있는가?

바다에 둘러싸인 콜마의 지배자여!'

비탄에 잠겨 있다고 말하는가?

과연 그렇도다. 나는 탄식하고 있다.

이 비탄의 까닭은 하찮은 것이 아닐세, 카르모르여.

그대는 아들도 잃지 않았고 꽃처럼 피어나는 딸도 잃지 않았도다.

그대 아들 콜가르, 씩씩한 젊은이는 살아 있고,

그대 딸 아니라, 꽃다운 아가씨도 살아 있지 않은가.

그대 집안의 가지는 무성하게 뻗어 있다.

아, 카르모르여!

그러나 이 아르민은 아르민 집안의 마지막 사람이라네.

아아, 내 딸 다우라!

네 잠자리는 어둡고, 무덤 속에 잠든 네 잠은 깊다.

잠에서 깨어나 너의 그 노래,

마음 흐뭇한 그 목소리를 들려줄 때는 어느 날인가?

일어나라, 가을바람! 어두운 황야를 휘몰아쳐라!

소용돌이쳐라, 숲 속의 냇물!

울부짖어라, 폭풍우, 떡갈나무 가지에!

아, 달이여, 갈라진 구름 사이를 누비며 방랑하라!

방랑하라! 방랑하며 그대 창백한 얼굴을 드러내라!

나로 하여금 회상케 하라, 내 아이들을 죽음이 앗아간 그 무서운 밤을.

씩씩한 아린달이 쓰러지고, 사랑스러운 다우라가 숨을 거둔 그 밤을.

다우라, 내 딸아, 너는 아름다웠도다!

너는 푸라 언덕에 비치는 달처럼 아름답고 내려 쌓인 눈처럼 희고,

봄날의 산들바람처럼 향기로웠다.

아린달, 내 아들아!

네 활은 강했고, 네 창은 날쌔었고,

네 눈은 파도 위의 서릿발과 같았으며,

네 방패는 폭풍우에 날뛰는 불구름과 같았다!

싸움터에서 용맹을 떨친 아르마르가 찾아와

다우라에게 사랑을 구하였고,

다우라는 오래 거절하지 않았지.

친구들이 그들에게 건 기대는 아름다웠도다.

오드갈의 아들 에라트는 아르마르에게 원한을 품고 있었지.

아르마르가 그의 동생을 죽였기 때문에.

에라트는 뱃사람으로 변장하고 왔다.

물결 위에 뜬 배는 아름다웠다.

그의 고수머리는 이미 희었고, 엄숙한 얼굴은 조용하였다.

'아름답고 아름다운 아가씨여, 아르민의 사랑스런 따님이여,

저기 있는 저 바위, 그다지 멀지 않은 저 바다 가운데,

나무 열매 붉게 익어 손짓하는 곳,

거기서 아르마르가 기다리고 있어요.

다우라가 오기를.

소용돌이치는 바다를 건너

아르마르의 애인을 모셔 가려고 제가 배를 타고 왔답니다.'

다우라는 에라트를 따라가서, 아르마르를 불렀다.

대답하는 것은 바위에 부딪치는 파도 소리뿐.

'아르마르! 나의 님이여!

어찌하여 나를 이토록 불안하게 합니까?

대답해주세요! 당신을 부르고 있는 것은 다우라예요!'

배신자 에라트는 웃으며 육지로 달아났네.

다우라는 목청껏 아버지를 부르고 오빠를 불렀다.

'아린달! 아르민! 다우라를 살려줄 사람은 아무도 없나요?'

그 목소리는 바다 건너 들려오고,

내 아들 아린달은 사냥을 하다 말고 언덕을 내려왔다.

손에는 활을 들고, 옆구리에는 화살을 차고.

사나운 다섯 마리 검정개가 앞서거니 뒤서거니 그를 따랐다.

뻔뻔스러운 에라트는 바닷가에 있었고,

아린달은 그를 잡아 떡갈나무에 옴짝달싹 못 하게 동여매었다.

묶인 에라트의 신음 소리는 멀리멀리 바람 타고 울려 퍼졌다.

다우라를 데려오려고 아린달은 거룻배를 타고 거친 파도를 헤쳐
나갔다.

분노한 아르마르,

바닷가로 달려와서 회색빛 깃털 화살을 힘차게 쏘았다.

바람을 가르고 화살은 날아, 네 가슴에 꽂혔구나.

오오, 아린달, 내 아들아!

배신자 에라트 대신 네가 쓰러졌구나.

거룻배는 바위에 다다랐으나, 아린달은 거기서 쓰러져 죽었도다.

네 발아래 네 오라비의 피는 흘렀다.

어디에다 비기랴, 원통한 너의 탄식, 아아, 내 딸 다우라!

파도는 거룻배를 쳐부수었다.

아르마르는 바다에 뛰어들었다.

다우라를 살려내어 데려오든지, 아니면 스스로 죽을 결심으로.

갑자기 언덕에서 돌풍이 불고 파도는 높아졌다.

아르마르는 물결 속에 가라앉은 채 다시는 떠오르지 않았도다.

파도가 철썩이는 바위 위에서 내 딸이 혼자서 탄식하는 목소리,

나는 듣고 있었다.

그 외침 소리는 높이 울려 이를 데 없이 슬프게 들려왔으나,

아비는 그 딸을 구해낼 수 없었다.

나는 밤을 지새우며 바닷가에 있었다.

어슴푸레한 달빛 속에 딸의 모습이 보였다.

나는 밤새껏 그 부르짖음을 들었다.

바람은 울부짖고 비는 바위에 휘몰이쳤다.

아침이 되기 전에 목소리는 잦아들고,

바위 위 풀숲 속에 사라지는 바람처럼, 그녀의 숨결도 사라졌다.

슬픔에 잠긴 채 다우라는 죽고,

아르민 혼자 남게 되었다!

싸움터의 패기를 잃어버렸고,

처녀들이 부러워하던 내 자랑은 사라졌다!

산에서 폭풍우가 휘몰아칠 때,

북풍에 바닷물이 용솟음칠 때

술렁이는 바닷가에 혼자 앉아서 무서운 그 바위를 바라본다.

기우는 달그림자 속에 나는 때때로 아이들의 영혼을 본다.

희미한 달빛 속을 그들은 짝을 지어 떠돌아다닌다.

로테의 눈에서 눈물이 폭포처럼 흘러내렸습니다. 그 눈물은 그녀의 답답한 가슴에 배출구를 만들어주었고, 동시에 베르테르의 시 낭독을 중단시켰습니다. 베르테르는 원고를 내던지고 로테의 손을 잡고 흐느껴 울었습니다. 로테는 한 손으로 몸을 지탱하며, 손수건으로 눈을 가렸습니다. 두 사람은 엄청난 감동에 젖어 있었습니다. 숭고한 사람들의 운명 속에서 자신들의 불행을 느끼고 서로 공감했던 것입니다. 두 사람의 눈물은 하나로 녹아내렸습니다. 베르테르의 눈과 입술은 로테의 팔에 닿아 뜨겁게 달아올랐습니다. 로테는 전율을 느끼며 그를 피하려 했으나, 고통과 동정이 납덩이처럼 무겁게 몸을 짓눌러서 그럴 수가 없었습니다. 그러나 그녀는 심호흡을 하고 마음을 가다듬은 다음, 그 뒤를 더 읽어달라고 흐느끼면서 부탁했습니다. 그것은 듣기에도 애처로운 목소리였습니다. 베르테르는 몸이 떨리고 가슴은 터질 듯했습니다. 그는 다시 원고를 주워 들고 더듬더듬 읽어 내려가기 시작했습니다.

봄바람이여! 어찌하여 나를 깨우는가?
그대는 정답게 소곤거린다.
천상의 물방울로 만물을 적시려 하노라고.
그러나 나는 여위고 시들어갈 때가 가까웠다.
내 잎을 불어 날릴 비바람이 가까웠다!
일찍이 내 아름다운 모습을 보았던 그 나그네는
들판 구석구석에 눈길을 돌리며 나를 찾으리라.
그러나 그는 끝내 나를 찾지 못하리.

이 구절이 지닌 힘이 불행한 베르테르를 짓눌렀습니다. 그는 극도의 절망에 빠진 채 로테 앞에 꿇어앉아, 그 두 손을 자기의 눈과 이마에 갖다 대었습니다. 무서운 예감이 로테의 가슴속을 번개처럼 스치고 지나갔습니다. 로테는 마음이 혼란해져서 베르테르의 두 손을 꼭 잡아 자기 가슴에 갖다 대고서, 슬픔을 이기지 못하고 그에게로 몸을 구부렸습니다. 두 사람의 뜨거운 뺨이 맞닿았습니다. 바깥

세계는 이미 두 사람 사이에서 사라졌습니다. 베르테르는 두 팔로 그녀를 그러잡아 가슴에 꽉 껴안고, 떨리는 그녀의 입술에 뜨거운 키스를 퍼부었습니다. 그러자 로테는 몸을 돌리며 숨 가쁜 소리로 외쳤습니다.

"베르테르 씨!"

그녀는 힘없는 손으로 그의 가슴을 자기 가슴에서 밀어냈습니다.

"아아, 베르테르 씨!"

그녀는 그지없이 숭고한 감정이 어린 확고한 목소리로 외쳤습니다.

그러자 베르테르는 거역하지 않고 그녀를 팔에서 풀어놓으며 넋 나간 듯이 그 앞에 쓰러져 엎드렸습니다. 그녀는 사랑인지 분노인지 모를 감정에 몸을 떨며 말했습니다.

"이제 마지막이에요, 베르테르 씨. 다시는 당신을 만나지 않겠어요."

그리고 그녀는 이 불행한 남자에게 애정 어린 눈길을 보내며, 얼른 옆방으로 들어가서 문을 잠갔습니다. 베르테르는 그녀를 향해 두 팔을 내밀었으나 그녀를 붙잡지는 않았습니다. 그는 소파에 머리를 기댄 채 마룻바닥에 누워 30분 넘게 그대로 쓰러져 있다가 인기척에 제정신을 차렸습니다. 하녀가 식사 준비를 하려고 들어왔던 것입니다.

베르테르는 방 안을 오락가락하다가, 이윽고 다시 혼자만 있게 되자 옆방 문 앞으로 다가가서 나직한 소리로 불렀습니다.

"로테! 로테! 작별 인사라도 하게 해줘요."

그러나 로테는 잠자코 있었습니다. 베르테르는 기다렸습니다. 그리고 다시 애원을 하고는 또다시 기다렸습니다. 마침내 그는 문에서 떨어져서 외쳤습니다.

"잘 있어요, 로테! 영원히 안녕!"

베르테르는 걸어서 성문 앞에 다다랐습니다. 그와 이미 낯이 익은 문지기들이 말없이 그를 통과시켰습니다. 진눈깨비가 내리는 거리를 지나서, 11시경에야 그는 집으로 돌아와 문을 두드렸습니다. 하인은 베르테르가 모자를 쓰지 않은 채 돌아온 것을 알아챘으나, 거기에 대해서는 아무 말도 하지 않고 옷을 벗겨주었습니다. 옷은 흠뻑 젖어 있었습니다. 모자는 나중에 어느 바위 위에서 발견되었는데, 그곳은 골짜기가 내려다보이는 비탈진 바위 위였습니다. 진눈깨비가 내리는 그 어두운 밤에 어떻게 굴러떨어지지도 않고 거기까지 올라갔는지 알 수 없는 노릇입니다.

베르테르는 침대에 드러누워 오랫동안 잤습니다. 이튿날 아침 베르테르의 부름을 받고 하인이 커피를 가지고 방에 들어갔을 때, 그는 뭔가를 쓰고 있었습니다. 로테 앞으로 다음과 같은 편지를 쓰고 있었던 것입니다.

내가 눈을 뜨는 것도 이것이 마지막입니다. 이 눈은, 아아, 이제 다시는 태양을 보는 일이 없을 것입니다. 흐릿하게 안개가 자욱이 끼어서 태양을 가리고 있습니다. 자연이여, 슬퍼해다오! 네 아들, 네 친구, 네 사랑하는 연인이 그의 종말로 다가가고 있으니.

로테! 이것이 최후의 아침이라고 스스로를 타이르는 것은 정말 기묘한 기분입니다. 어렴풋한 꿈결 같다고나 할까요? 로테! 나는 이 마지막 아침이란 말이 아무래도 절실하게 느껴지지 않습니다. 지금 나는 이렇게 조금도 힘을 잃지 않고 뻣뻣하게 서 있지 않습니까. 그런데도 내일이면 사지를 늘어뜨린 채 마룻바닥에 드러누워 있을 것입니다.

죽음! 그것은 도대체 무엇일까요? 죽음에 대하여 이야기할 때 우리는 꿈을 꾸고 있는 것입니다. 저는 이미 몇 번이나 사람이 죽는 것을 보았습니다. 그러나 인간은 자기 존재의 처음과 마지막에 대하여 아무것도 모릅니다. 그만큼 한정된 세계에 살고 있는 것입니다.

지금은 아직 나는 나의 것이며, 또한 당신의 것! 당신의 것입니다. 아아, 사랑하는 이여! 그러나 한순간에 헤어지고 떨어져버린다니, 그것도 아마도 영원히? 아니, 로테, 아닙니다. 어떻게 내가 죽어 없어진단 말입니까? 어떻게 당신이 사라질 수 있단 말입니까? 그렇습니다. 우리는 엄연히 존재하는 것입니다! 죽어 없어진다! 그것은 대체 무엇을 의미하는 것일까요? 그것은 내 가슴속에 아무런 느낌도 전하지 못하며, 공허하게 울리는 한마디 말에 불과합니다. 로테, 그러나 죽어서는 차가운 땅속에 묻힙니다. 그 답답하고 어두운 곳에!

철없던 어린 시절, 나에게는 이 세상 누구보다도 소중한 여자 친구가 하나 있었습니다. 그 소녀가 죽었을 때 나는 장례 행렬을 따라 묘지로 가서 관이 무덤 속에 내려지는 것을 보았습니다. 사람들이 관 밑에서 밧줄을 빼냈고, 최초의 흙 한 삽이 관 위에 뿌려졌습니다. 흙은 관 뚜껑에 부딪히며 둔탁한 소리를 냈고, 그 소리는 차츰 작아지더니, 마침내 관은 완전히 흙에 덮였습니다. 나는 그 무덤 곁에 쓰러졌습니다. 마음속 깊이 충격을 받고 갈기갈기 찢어진 심정으로 말입니다. 그러나 나는 그때 나 자신이 어떻게 되었는지, 또 앞으로 어떻게 될 것인지를 전혀 알지 못했습니다. 죽음! 무덤! 이 말들의 뜻을 나는 이해할 수가 없었습니다.

아아, 어제의 일을 용서해주십시오! 제발 용서해주십시오! 그때가 내 목숨의 마지막 순간이었더라면 좋았으련만. 아, 나의 천사여! 처음으로, 생전 처음으로 아무런 의심도 없이 내 마음속 깊은 곳에서 환희가 불타올랐습니다. 로테가 나를 사랑하고 있다! 그녀가 나를 사랑하고 있다는 기쁨이었습니다. 당신의 입술에서 번져 나온 거룩한 불꽃이 지금도 내 입술 위에서 불타고 있습니다. 새롭고 뜨거운 환희가 내 가슴속에 깃들었습니다. 용서해주십시오! 저를 용서해주십시오!

아아, 당신이 나를 사랑하고 있다는 것을, 그 진심 어린 눈길에서, 최초의 악수에서 이미 나는 알고 있었습니다. 그러나 당신과 떨어져 있을 때, 알베르트가 당신 곁에 있는 것을 볼 때면, 또다시 열병과도 같은 의심이 일어나서 의기소침해지곤 했습니다.

기억하십니까? 언젠가 그 지긋지긋한 모임에서 당신은 나에게 말을 걸지도 못하고 손을 내밀지도 못하자 꽃을 보내주었던 그 일을. 아아, 나는 한밤중까지 그 꽃 앞에서 무릎을 꿇고 있었습니다. 그 꽃이 나에게 사랑을 증명해주었던 것입니다. 그러나 마음속에 새겨진 그 확신은 점차 흐려졌습니다. 그것은 천상의 힘과 눈에 보이는 성스러운 증표로써 신의 은총을 알고 믿음으로 충만했던 신자의 마음이 차차 희미해져 가는 것과 비슷한 일이었습니다.

그런 것은 모두 허무한 것들입니다. 그러나 어제 당신의 입술에서 맛보고 지금 내 가슴으로 느끼는 이 불타는 생명은 영원토록 사라지는 일이 없을 것입니다! 로테는 나를 사랑하고 있다, 이 팔은 로테를 포옹하였다, 이 입술은 로테의 입술 위에서 떨었다, 이 입술은 로테의 입술에 닿아 아무 말도 할 수 없었다, 그녀는 내 것이다! 그렇습니다, 로테. 당신은 내 것입니다! 영원히!

알베르트가 당신의 남편이라는 것, 그게 무슨 상관입니까? 그것은 이승에서만의 일이지 않습니까? 내가 당신을 사랑하고 남편의 품에서 당신을 빼앗아 내 품에 안으려 하는 것은 이승에서는 죄가 되겠지요. 죄? 괜찮습니다. 나는 나 스스로에게 벌을 주겠습니다. 나는 이 죄의 성스럽기까지 한 기쁨을 마음껏 맛보았습니다. 생명의 향기와 힘을 들이마셨습니다. 그 순간부터 당신은 내 것이 되었습니다!

아아, 로테! 나는 먼저 갑니다. 나의 아버지이며 당신의 아버지인 신에게로 가서 하소연하겠습니다. 그러면 그분은 당신이 올 때까지 나를 위로해주시겠지요. 당신이 오면 나는 기쁘게 맞이하여, 무한한 신께서 계시는 앞에서 당신을 곁에 두고 영원한 포옹을 할 것입니다.

나는 꿈을 꾸고 있는 것도, 환상을 그리고 있는 것도 아닙니다. 무덤 가까이로 오니 더 한층 또렷하게 느껴집니다. 우리는 결코 죽어 없어지지 않습니다. 우리는 다시 만날 것입니다. 당신의 어머니도 만나게 될 것입니다! 나는 당신 어머니를 찾아뵙겠습니다. 나는 알아볼 수 있을 것입니다. 그리고 나는 당신 어머니께 내 마음을 모조리 다 털어놓을 것입니다! 당신과 꼭 닮은 그분께 말입니다.

11시경에 베르테르는 하인에게 혹시 알베르트가 돌아오지 않았는지 물었습니다. 그러자 하인은 그의 말이 지나가는 것을 보았다고 대답했습니다. 베르테르는 다음과 같은 내용의 쪽지를 봉하지도 않은 채 하인에게 내주었습니다.

여행을 떠날까 하는데, 권총을 좀 빌려주시지 않겠습니까? 그럼 안녕히 계십시오.

로테는 그 전날 밤 거의 잠을 이루지 못했습니다. 전부터 두려워했던 일이 일어나고 말았기 때문입니다. 더욱이 그것은 뜻밖에, 전혀 생각조차 하지 않았던 방향으로 일어났던 것입니다. 평소에는 그렇게 맑게 흐르던 순결한 피가 열병에라도 걸린 것처럼 끓어오르고, 갖가지 생각이 순수한 그녀의 마음을 어지럽혔습니다. 그녀가 가슴 깊이 느끼고 있었던 것은 베르테르와의 포옹에서 일어난 불길이었을까요? 그의 실례에 대한 노여움이었을까요? 아니면 전에는 아무런 거리낌도 없고 구김 없는 순진한 마음으로 자기 자신에 대하여 신뢰감을 가질 수 있었던 예전의 자신과 지금의 자신을 비교하며 느끼는 불쾌감이었을까요?

남편이 돌아오면 어떻게 대해야 할까? 어제 그 일을 어떤 식으로 고백해야 할까? 물론 그대로 고백할 수도 있겠지만, 그러면서도 어쩐지 고백하기가 망설여지는 그 순간의 일을 어떻게 고백해야 하나? 벌써 오랫동안 두 사람은 베르테르에 대한 이야기를 피해오고 있었습니다. 그런데 이쪽에서 먼저 침묵을 깨고, 하필이면 이렇게 적당치 못한 시기에, 그가 예상조차 못 했을 사건을 고백해야만 옳은 것일까? 남편은 베르테르가 찾아왔었다는 말만 들어도 언짢아

할 텐데, 어떻게 그런 뜻밖의 상황을 말할 수 있단 말인가? 또 남편이 공정한 눈으로 아무런 편견 없이 자기 마음을 있는 그대로 이해해줄지도 의문이었습니다. 그렇다고 해서 남편을 속일 수도 없는 일 아닌가, 자기는 언제나 투명한 수정처럼 숨김없는 자세로 남편을 대하지 않았는가 하는 생각들이 꼬리를 물고 그녀를 괴롭히고 곤혹에 빠뜨렸습니다. 이렇게 그녀의 생각은 끊임없이 베르테르로 되돌아왔지만, 이미 베르테르는 그녀에겐 잃어버린 것이나 다름없는 사람이었습니다. 그를 잃는다는 건 가슴 아픈 일이었지만 그녀로서는 별도리가 없었습니다. 반대로 베르테르는 그녀를 잃으면 세상에 아무것도 남는 것이 없었지만 말입니다.

그녀가 뚜렷이 자각하고 있었던 것은 아니지만, 부부 사이에 깊이 뿌리를 내린 갈등은 로테의 마음을 무척이나 무겁게 짓누르고 있었습니다. 그토록 이해심 많고 착한 두 사람이 남모르는 마음의 엇갈림으로 인해 서로 침묵하기 시작하고, 서로 자기가 옳고 상대방이 부당하다고 생각함으로써 사태는 악화되어, 마침내는 모든 것을 좌우하는 중대한 순간에도 얽힌 매듭을 푸는 일이 불가능해진 것입니다. 이렇게까지 되기 전에 두 사람이 지난날처럼 서로 너그럽게 이해하는 마음으로 가까이 시냈더라면, 속마음을 서로 열어 보였더라면, 우리의 친구는 아마도 구원의 여지가 있었을지도 모릅니다.

게다가 또 한 가지 특별한 사연이 곁들여지게 되었습니다. 그의 편지를 통해서도 알 수 있듯, 베르테르는 이 세상을 떠나고 싶다는 생각을 조금도 숨기지 않았습니다. 알베르트는 몇 번이나 그의 말에 반론을 제기했고, 로테와의 사이에도 때때로 그것이 화제에 올랐습니다. 알베르트는 자살이라는 행위에 대해 철저하게 반감을 지니고 있었으므로, 평소의 그에게서는 볼 수 없는 신경질적인 태도로 로테에게 자살 계획 따위는 곧이곧대로 믿을 수 없다고 여러 차례 이야기를 했습니다. 그런 남편의 말은 한편으론 로테를 안심시켰고, 그녀가 마음속으로 상상한 끔찍한 광경으로부터 마음을 가라앉혀주기도 했으나, 다른 한편으로는 그런 태도 때문에 현실적으로 자기를 괴롭히는 걱정을 남편에게 말하기 꺼리게 되었던 것입니다.

알베르트가 돌아왔을 때 로테는 황망하게 그를 맞이했습니다. 남편은 어두운 표정이었습니다. 일이 완전히 처리되지 않았던 것입니다. 이웃 마을의 관리라는 사람은 융통성 없고 편협한 사람이었습니다. 그리고 길이 나빴던 것도 그를 불쾌하게 했습니다.

별일 없었느냐고 알베르트가 물었을 때, 로테는 얼른 간밤에 베르테르가 왔다고 대답했습니다. 알베르트는 우편물 온 건 없느냐고 물었고, 로테가 편지 한 통과 소포 몇 개가 그의 방에 있다고 하자 자기 방으로 들어가버렸습니다. 로테는 혼자 남았습니다. 사랑하고 존경하는 남편이 돌아왔다는 사실이 그녀의 마음에 새로운 감명을 주었습니다. 남편의 관대함과 사랑, 그리고 그 친절을 생각하니 그녀의 마음도 한결 가라앉았습니다. 그녀는 어쩐지 남편을 뒤따라가 보고 싶은 생각이 들어 평소에 곧잘 그랬듯이 일거리를 들고 남편의 방으로 들어갔습니다. 남편은 소포를 풀고 편지를 읽으며 앉아 있었습니다. 그중에는 그다지 유쾌하지 못한 사연도 섞여 있는 모양이었습니다. 로테가 두세 마디 물어보니 남편은 간단하게 대답을 하고 책상에서 뭔가를 쓰기 시작했습니다. 이렇게 한 시간 정도 함께 있으면서 로테의 마음은 점차 어두워져 갔습니다. 자신의 마음속에 찜찜하게 걸려 있는 그 일은 설령 남편의 기분이 아주 좋을 때라도 고백하기 지극히 어려운 일이라는 느낌이 들었습니다. 그녀는 슬픔에 잠겼지만, 그것을 숨기고 눈물을 삼키려고 애쓰면 애쓸수록 더한층 괴로워지는 것이었습니다.

베르테르의 심부름으로 온 하인이 나타났을 때 로테는 극도로 당황했습니다. 하인은 알베르트에게 쪽지를 전했습니다. 그러자 알베르트는 침착한 태도로 아내를 보고 말했습니다.

"이자에게 권총을 내주어요."

그러고는 하인을 향해 주인께 여행 잘 다녀오시기를 바란다고 전하라는 말을 했습니다. 그 말은 벼락처럼 로테의 가슴을 때렸습니다. 그녀는 비틀거리며 간신히 일어섰지만, 자신이 지금 뭘 하고 있는지조차 모를 지경이었습니다. 그녀는 천천히 벽 쪽으로 가서 떨리는 손으로 권총을 내려 먼지를 털면서 머뭇거렸습니다. 알베르트가 의아스러운 눈초리로 그녀를 재촉하지 않았더라면 더 오랫동안 머뭇거렸을 것입니다. 로테는 말 한마디 하지 못한 채 그 불길한 무기를 하인에게 내주었습니다. 하인이 돌아가자 로테는 일거리를 챙겨 가지고 뭐라 형언할 수 없는 불안한 마음으로 자기 방으로 돌아왔습니다. 그녀의 마음은 일어날 수 있는 모든 끔찍한 사태를 예감하고 있었습니다. 그녀는 남편의 발치에 엎드려 어젯밤에 일어났던 일과 지금 자신이 예감하고 있는 것을 남편에게 모두 고백해버릴까도 생각했습니다. 그러나 그런다고 해서 달라질 게 없으리라는 생각이 들었습니다. 남편을 설득하여 베르테르를 찾아가도록 한다는 것은 도무지 가망 없는 일이었습니다.

그러는 사이 식사 준비가 다 되었습니다. 그때 마침 로테의 친한 친구 하나가 물어볼 것이 있다면서 찾아왔습니다. 그녀는 곧 돌아가려다가 그대로 눌러앉아 같이 식사를 하면서 어울렸습니다. 그 친구 덕분에 분위기가 한결 부드러워졌습니다. 식사를 하는 동안 로테는 애써 이리저리 화제를 돌리면서 마음의 불안을 잊으려고 했습니다.

하인이 권총을 가지고 베르테르에게 돌아왔습니다. 로테가 손수 내주더라는 말을 하자, 베르테르는 무척이나 기뻐하며 권총을 받았습니다. 그러고는 하인더러 자기에게 빵과 포도주를 가져다준 후 내려가서 식사를 하라고 이른 다음, 책상 앞에 앉아 편지를 쓰기 시작했습니다.

이 권총은 당신의 손을 거쳐서 내게로 왔습니다. 당신이 손수 먼지를 털어주셨다고요? 나는 천 번도 더 권총에 키스를 했습니다. 당신의 손이 닿았던 것이니까요. 하늘의 정령이시여! 당신이 나의 결심을 확고히 해줍니다! 당신의 손에서 죽음을 받고 싶었는데, 아! 지금 그것을 받은 것입니다. 그렇습니다. 나는 하인에게 꼬치꼬치 물었습니다. 권총을 내주면서 당신은 떨고 있었다더군요. 작별 인사를 제게 전하라고는 하지 않으셨다더군요. 슬픕니다! 나에게 마음의 문을 닫은 것입니까? 나를 영원히 당신에게 붙들어둔 그 순간 때문에 그러셨나요? 로테여, 설령 천년의 세월이 흐르더라도 그 순간의 감명은 지워지지 않을 겁니다. 그리고 나는 알고 있습니다. 당신으로 인하여 이토록 마음을 불태우는 사람을 당신이 결코 미워할 리 없다는 것을 말입니다.

식사를 마친 뒤 베르테르는 하인을 불러서 짐을 전부 꾸리라고 이르고 수많은 서류를 찢어버렸습니다. 그다음엔 밖으로 나가서 자질구레한 외상값들을 모두 정산했습니다. 그리고 일단 집으로 돌아왔다가 다시 밖으로 나갔습니다. 비가 오는데도 그는 교외에 있는 M백작의 정원 부근을 서성거리다가 어둑어둑해질 무렵에야 돌아와 다시 다음과 같은 편지를 썼습니다.

　빌헬름, 마지막으로 들과 숲과 하늘을 보고 왔네. 그럼 자네도 부디 잘 있게! 그리고 어머니, 용서해주십시오. 빌헬름, 제발 어머니를 위로해드리게. 그대들에게 하느님의 축복이 있기를! 내 짐은 전부 정리해놓았네. 그럼 잘 있게! 또 만나세. 그때는 좀더 기쁜 얼굴로 만나게 될 걸세.

　알베르트 씨, 당신에게는 미안한 짓을 했지만 제발 나를 용서해주시기 바랍니다. 나는 당신 가정의 평화를 깨뜨리고, 당신 부부 사이에 의혹의 씨를 뿌렸습니다. 안녕히 계십시오! 나는 이제 끝을 내려고 합니다. 내가 죽음으로써 부디 당신들이 행복해지기를 바랍니다! 알베르트 씨, 천사와 같은 그녀를 부디 행복하게 해주십시오. 부디 하느님의 축복이 당신에게 깃들기를!

　베르테르는 그날 밤 내내 서류를 뒤적거리며, 그 대부분을 찢어서 난로 속에 던져 넣었고, 몇 뭉치의 서류는 포장을 해서 빌헬름 앞으로 남겼습니다. 그것은 짤막한 수필과 단편적인 감상문이었습니다. 그 가운데 몇 편은 나중에 편자(編者)인 나도 읽었습니다. 10시에 그는 난로에 땔감을 더 넣어 지피게 하고, 포도주 한 병을 가져오게 한 다음, 하인더러 그만 자라고 일렀습니다. 하인의 방은 다른 침실과 마찬가지로 집의 훨씬 안쪽에 있었습니다. 하인은 다음 날 새벽 일찍 일어나기 위해 옷을 입은 채 잠자리에 들었습니다. 6시 전에 마차가 집 앞으로 올 것이라는 말을 베르테르에게 들었던 것입니다.

11시 넘어서

주위는 고요하고 내 마음도 평온합니다. 신께서 마지막 순간에 저에게 이런 열정과 힘을 주신 것에 감사드립니다.

그립고 사랑하는 이여, 나는 창가에 서서 바깥을 내다봅니다. 빠르게 흘러가는 구름들 사이로 영원한 하늘의 별을 봅니다. 그대들은 결코 멸망하는 일이 없으리라. 영원한 존재가 그대들과 나를 가슴에 안고 있으니까. 별들 가운데서도 내가 가장 좋아하는 큰곰자리와 북두칠성이 보입니다. 밤에 당신과 헤어져서 문을 나서면, 이 별자리가 언제나 맞은편 하늘에 걸려 있었습니다. 나는 황홀한 심정으로 이 별들을 바라보곤 했습니다. 그리고 별을 향해 두 손을 들어 올리며, 그 별을 현재 내 행복의 표지로 삼고, 거룩한 증인으로 삼았습니다. 그리고 지금 역시, 아아, 로테, 어느 것 하나 당신을 생각나게 하지 않는 것이 없습니다! 당신은 나를 둘러싸고 있습니다. 나는 마치 어린아이처럼 성스러운 당신의 손이 닿았던 것이면 아무리 하찮은 것일지라도 닥치는 대로 모아두었으니까요!

그리운 당신의 실루엣! 이 그림을 당신에게 기념으로 드립니다. 로테, 부디 소중히 간직해주십시오. 밖에 나갈 때와 집으로 돌아왔을 때마다 내가 몇천 번이나 거기에 키스를 하고, 몇천 번이나 거기에 인사를 했는지 모릅니다.

나는 당신 아버지께 나의 유해를 거두어주십사고 편지로 부탁을 드렸습니다. 묘지의 뒤쪽, 밭 맞은편 구석에 보리수 두 그루가 있습니다. 나는 그곳에 묻히고 싶습니다. 당신 아버지께서 이 친구를 위해 그렇게 해주시도록, 아무쪼록 당신도 그렇게 부탁해주십시오. 물론 독실한 기독교인들은 이 불행한 사내와 한곳에 묻히기를 싫어할 것이니, 나도 억지로 그렇게 해달라고 요구할 생각은 없습니다. 그렇습니다. 길가나 호젓한 골짜기의 어느 구석에 묻혀도 좋습니다. 사제나 레위 사람들이 성호를 그으며 그 무덤 앞을 지나가고, 사마리아 사람이 한 방울의 눈물을 흘릴 수 있도록 말입니다(《누가복음》 제10장 제30절~37절 참조—옮긴이).

자, 로테, 나는 두려움 없이 차갑고 무서운 술잔을 손에 들고 죽음을 들이키렵니다. 당신이 내게 준 술잔입니다. 두려워하지는 않겠습니다. 이것으로 내 생애의 모든 소망이 다 이루어지는 것입니다. 이토록 냉정하게, 이토록 두려움 없이 죽음의 철문을 두드릴 수 있다니!

로테! 나는 할 수만 있다면 당신을 위해 목숨을 버리고, 당신을 위해 이 몸을 바치는 행복을 누리고 싶었습니다. 당신의 생활에 평화와 기쁨을 되찾게 할 수만 있다면, 나는 용감하게 기꺼이 죽으리라 생각했습니다. 그러나 아아, 가까운 사람들을 위해 피를 흘리고, 그 죽음으로써 친구들의 마음속에 새로운 생명의 불길을 타오르게 한다는 것은 오직 극소수의 숭고한 사람들만이 할 수 있는 일이었습니다.

나는 입고 있는 옷 이대로 묻히고 싶습니다. 로테, 당신의 손이 닿아서 거룩해진 옷입니다. 이것은 당신 아버지께도 부탁드렸습니다. 나의 영혼은 관 위를 떠다니고 있을 것입니다. 그리고 아무도 내 호주머니를 뒤지지 않게 해주십시오. 이 분홍색 리본은 우리가 처음 만났을 때 당신이 가슴에 달고 있었던 것입니다. 그때 당신은 동생들에게 둘러싸여 있었지요. 아아, 그 아이들에게 수천 번 키스를 해주십시오. 그리고 이 불행한 친구의 운명을 이야기해주십시오. 언제나 내 둘레에 모여들곤 하던, 정말이지 귀여운 아이들이었습니다! 아아, 나는 얼마나 당신과 깊은 인연이 있었던 것일까요? 처음 만난 순간부터 이미 나는 당신 곁을 떠날 수가 없었습니다. 그러니 당신이 내 생일에 선물로 준 이 리본도 나와 함께 묻어주십시오. 이런 물건들을 내가 얼마나 갈망하며 모아두었는지 모릅니다! 아아, 그런 일들이 나를 여기까지 인도하리라고는 생각조차 하지 못했습니다. 마음을 가라앉히십시오! 부디 진정하십시오! 이미 탄환은 재어놓았습니다. 시계가 12시를 칩니다! 그럼 로테, 안녕! 잘 있어요!

그날 밤 이웃 사람 하나가 화약의 불빛을 보고 총소리를 들었습니다. 그러나 그뿐, 이내 조용해졌으므로 더 이상 신경 쓰지 않았습니다.

다음 날 새벽 6시에 하인이 등불을 들고 방에 들어섰을 때, 이미 주인은 피투성이가 되어 쓰러져 있었습니다. 그 옆에는 권총이 뒹굴고 있었습니다. 소스라치게 놀란 하인은 주인을 안아 일으키며 소리쳤으나, 대답은 없고 목구멍에서 골골거리는 소리만 들렸습니다. 하인은 의사를 부르러 나갔다가 곧이어 알베르트에게도 달려갔습니다. 로테는 초인종 소리에 온몸이 떨렸습니다. 그녀는 허둥지둥 남편을 깨우고 밖으로 나왔습니다. 하인은 울면서 사건 소식을 전했습니다. 로테는 그만 실신하여 알베르트 앞에 쓰러지고 말았습니다.

의사가 도착했을 때는 이미 손쓸 도리가 없는 상태였습니다. 맥박은 뛰고 있었지만 사지는 완전히 마비되어 있었습니다. 오른쪽 눈 위쪽 머리를 쏘았고, 뇌수가 밖으로 터져 나와 있었습니다. 소용없는 일인 줄 알면서도 팔의 정맥을 째고 방혈(防血)을 했습니다. 아직도 숨은 간신히 붙어 있었습니다.

의자의 팔걸이에도 피가 묻어 있는 것으로 보아, 베르테르는 책상 앞에 앉은 채 방아쇠를 당긴 것 같았습니다. 그리고 마룻바닥으로 굴러떨어져 의자 밑에서 몸부림을 쳤던 모양이었습니다. 처음 발견했을 때 그는 힘이 다하여 창문 쪽으로 머리를 두고 누워 있었습니다. 단정한 옷차림에 장화를 신고 있었으며, 푸른 연미복에 노란 조끼 차림이었습니다.

온 집안과 이웃, 그리고 온 시내가 떠들썩했습니다. 알베르트가 방으로 들어왔습니다. 베르테르는 침대에 뉘어 있었습니다. 머리에 붕대를 감고, 얼굴은 이미 죽은 사람이나 다름없었으며, 팔다리도 전혀 움직이지 않았습니다. 폐만 아직 거친 숨소리를 내며 임종을 기다리고 있었습니다.

그의 옆에 있던 포도주는 한 잔 정도밖에 마시지 않은 채로 병째 놓여 있었습니다. 책상 위에는《에밀리아 갈로티》(독일의 극작가 고트홀트 레싱의 비극. 주인공 에밀리아 갈로티는 자신의 순결을 지키기 위해 스스로 목숨을 끊는다.—옮긴이)가 펼쳐져 있었습니다. 여기서 알베르트의 경악과 로테의 슬픔에 대해서는 언급하지 않겠습니다.

늙은 법무관도 소식을 듣고 말을 타고 달려왔습니다. 그는 뜨거운 눈물을 흘리며 죽어가는 베르테르에게 입을 맞추었습니다. 얼마 후에 걸어서 도착한 그의 아들들도 참을 수 없는 슬픔에 잠겨 침대 주위에 꿇어앉아 베르테르의 손과 입에 키스를 했습니다. 특히 사랑을 가장 많이 받았던 큰아들은 베르테르가 숨을 거둔 뒤 사람들이 억지로 떼어낼 때까지 그에게서 떨어지지 않았습니다.

결국 낮 12시에 베르테르는 숨을 거두었습니다. 법무관이 그곳에 머물면서 여러 가지 조치를 취했으므로 소동은 이내 가라앉았습니다. 밤 11시경 베르테르는 법무관의 배려로 그가 희망한 장소에 묻혔습니다. 법무관과 그의 아이들이 유해 뒤를 따라갔습니다. 그러나 알베르트는 장지로 따라갈 수 없었습니다. 로테의 생명이 염려스러웠기 때문입니다. 일꾼들이 유해를 싣고 갔습니다. 성직자는 한 사람도 따르지 않았습니다.

요한 볼프강 폰 괴테

Johann Wolfgang von Goethe, 1749. 8. 28~1832. 3. 22

괴테는 1749년 8월 28일 독일 중부 프랑크푸르트에서 부유한 집안의 요한 카스파르 괴테와 프랑크푸르트 시장의 딸 카타리나 엘리자베트 사이에서 맏아들로 태어났다. 괴테가 성장했던 18세기 후반 유럽은 귀족사회가 쇠락하고 시민계층이 부상하는 과도적인 시기였다. 새롭게 떠오른 시민계층이 짧은 시기에 부를 축적하고 세력을 확대해가면서 사회 전반에 걸쳐 새로운 질서를 주장하기 시작했다. 유럽 내에서 후진국이었던 독일 또한 나름대로 봉건사회에서 시민사회로 옮겨가고 있었고, 유럽 선진국인 영국과 프랑스에서 전파된 경험주의와 계몽사상이 널리 퍼지고 있었다. 가난한 재봉사였던 괴테의 할아버지 역시 이러한 시기에 여관을 운영하며 부를 축적했다. 괴테의 아버지는 부유한 경제력을 바탕으로 법률을 공부하여 정치에 진출하려 했으나 당시 몇몇 명문가가 득세하던 프랑크푸르트에서 뜻을 이루지 못하고 그 대신 명문가의 여자를 아내로 맞이했다. 괴테는 이러한 시대 및 가정환경 속에서 풍요로운 삶을 누리면서도 불합리한 시대를 비판적으로 바라보며 성장했다.

1765년(16세) 괴테는 아버지의 뜻에 따라 '작은 파리'로 불리던 라이프치히로 건너가 대학에서 법학을 공부하면서 문학과 미술에도 많은 관심을 가졌다. 이 시기에 계몽주의 시와 희곡을 많이 창작하기는 했으나 썩 만족할 만한 생활은 아니었다. 가능성과 무력감, 좌절 등을 경험하면서 자기에게 적합한 것이 무엇인지를 찾지 못했기 때문이다. 1768년(19세) 폐결핵을 앓으면서 공부를 중단하고 고향으로 돌아왔다.

1770년(21세) 슈트라스부르크대학에 들어가 다시 법학을 공부하고 1771년(22세) 프랑크푸르트에서 변호사로 개업했다. 1770년 9월 요한 고트프리트 폰 헤르더가 파리 여행을 마치고 안질(眼疾) 수술을 받기 위해 슈트라스부르크에 체류하면서 괴테와 교유하기 시작했다. 괴테는 독창석이고 박학다식하며 자유로운 정신을 가진 헤르더에게 많은 영향을 받았다. 괴테로부터 시인의 천재성을 끌어낸 사람이 바로 헤르더라고 할 수 있다. 헤르더와의 교류, 슈트라스부르크의 아름다운 자연, 시골 목사의 딸 프리데리케와의 사랑을 바탕으로 괴테 시대를 여는 시와 희곡 작품이 많이 씌어졌다. 이때가 바로 슈투름운트드랑(Sturm und Drang, 질풍노도)이 일어났던 시기다. 슈투름운트드랑은 1770년에서 1780년에 걸쳐 헤르더를 중심으로 계몽주의에 반대하고, 사회 및 예술적 전통에 대한 반항, 자연에 대한 열정, 문학의 형식과 법칙을 벗어난 자유분방한 태도를 주장한 독일 젊은이들의 문학운동으로 대표적인 작가가 괴테, 실러, 바그너, 뮐러 등이다. 슈투름운트드랑이 독일 문단에서 결실을 맺을 수 있었던 것은 괴테와 헤르더의 운명적 만남 때문이다.

1772년(23세) 괴테는 아버지의 제안으로 베츨라의 제국 고등법원에서 법무 실습을 했다. 이때 약혼자가 있는 샬로테 부프를 사랑했다가 실연당했는데 이 경험을 소재로 1774년(25세)《젊은 베르테르의 슬픔(*Die Leiden des jungen Werthers*)》을 완성했다. 이 작품은 슈투름운트드랑의 대표작일 뿐 아니라 괴테의 명성을 독일 문단을 넘어서 전 세계에 알린 문제작이었다.

1775년(26세) 프랑크푸르트 은행가의 딸인 열여섯 살의 릴리 쇠네만을 만난 지 3개월 만에 약혼했으나 6개월 만에 파혼하고 바이마르로 건너가 다음 해 바이마르 공국 추밀원 고문관으로 정치에 참여했다. 괴테는 독일문학이 바이마르에서 황금기를 맞을 거라는 직감을 하고 그곳으로 건너갔으며 실제로 바이마르는 괴테를 중심으로 독일 역사상 유례없는 문화적 융성기를 맞이했고, 이를 바탕으로 후진국 독일이 모든 분야에서 두각을 나타내기 시작했다.

바이마르에서 만난 샬로테 폰 슈타인 부인은 괴테가 활동하는

데 큰 영향을 끼쳤다. 세 아들의 어머니였던 슈타인 부인은 괴테가 지나친 정열을 절제하면서 타고난 재능을 발휘하도록 이끌어주었다. 자유로운 표현뿐 아니라 예법과 규율의 중요성을 일깨워주면서 온건한 정신을 심어준 것이다. 괴테의 예술을 깊이 이해한 그녀의 모습은 희곡 《타소(Tasso)》와 《이피게니에》에 투영되었으며 괴테가 슈투름운트드랑에서 벗어나 고전주의로 발전하는 데 결정적인 역할을 했다. 1782년(33세) 《빌헬름 마이스터의 수업시대(Wilhelm Meisters Lehrjahre)》를 집필하기 시작했다.

그러나 괴테의 고전주의가 실질적으로 시작된 것은 1786년 이탈리아 여행부터였다. 바이마르에 있는 동안 괴테는 구상만 했을 뿐 작품 활동을 거의 하지 못했다.

1786년(37세) 슈타인 부인을 비롯한 지인들과 칼스바트에서 휴양하던 중 일행에게는 어떠한 언질도 없이 홀로 이탈리아 여행을 떠났는데, 이 여행에서 바로 독일 고전주의가 시작되었다고 할 수 있다. 오래전부터 동경해오던 이탈리아 여행에서 새로운 고전주의 문학 활동이 움트기 시작한 것이다. 괴테는 슈투름운트드랑의 무절제하고 목적 없는 향락을 자제함으로써 자신과 모든 사물들을 진지한 시선으로 바라보기 시작했다. 바이마르에서의 불안과 초조를 떨쳐버리고 정신적인 안정을 찾으면서 고전주의를 바탕으로 그의 문학 활동이 급속도로 향상되었다.

괴테 고전주의 대표작인 비극《이피게니에(*Iphigenie*)》(운문, 1787년)는 이탈리아 여행에서 완성된 것이다. 고대 그리스의 3대 비극 시인 중 하나인 에우리피데스의 원전을 바탕으로 만든 이 작품은 그리스의 고전적인 형식을 따르면서 기독교와 휴머니즘이 가미된 것으로 독일 고전주의 특색을 보여준다.

1788년(39세) 6월 괴테는 바이마르로 돌아와 평범한 집안의 크리스티아네 불피우스와 동거를 시작했고 이후 정식 아내로 맞아들였다. 괴테는 평생 9명의 여성과 사랑을 나눴지만 정식으로 결혼한 여자는 크리스티아네뿐이었다. 1789년 프랑스대혁명이 일어난 이후 혼란에 빠진 유럽에는 동란이 끊이지 않았고, 괴테는 1792년(43세) 프러시아 군 소속으로 베르텡 공방전에 참전했고, 다음 해에는 연합군 소속으로 마인츠 포위전에 참전하기도 했다. 대혁명을 배경으로 두 남녀의 사랑을 통해 혼란기에도 인간성을 잃지 않는 시민의 이상을 그린 고전주의 대표적인 서사시가《헤르만과 도로테아(*Hermann und Dorothea*)》(1797년, 48세)이다.

고전주의 문학세계는 괴테보다 열 살 아래인 실러(Johann Christoph Friedrich von Schiller)와 교류하면서 더욱 심화되었다. 1788년(39세) 괴테는 실러를 바이마르로 데려와 예나대학 역사학 교수 자리를 추천해주었다. 1794년(45세) 예나의 식물원이 새로 만들어지면서 관리를 맡게 되었고,《호렌(*Horen*)》지 제작을 도와주면서 실러와 더욱

가깝게 지냈다. 괴테는 실러를 예나학회에서 만나면서 두 사람을 통해 독일 고전주의가 빛을 발하게 되었다. 1773년(24세) 집필을 시작한 이후 오랫동안 중단되었던《파우스트(*Faust*)》도 실러의 격려로 다시 집필에 들어갔다.《빌헬름 마이스터의 수업시대》(1796년, 47세)를 완성한 것도 이 시기였다. 그러나 두 사람을 통해 빛을 발한 독일문학의 고전주의는 1805년(56세) 5월 실러의 죽음으로 막을 내렸다. 실의에 빠진 괴테는 그의 죽음에 대해 "내 존재의 절반을 잃은 것 같다."고 말했다.

1806년(57세) 크리스티아네와 정식으로 결혼식을 올렸고, 1807년(58세)《빌헬름 마이스터의 편력시대(*Wilhelm Meisters Wanderjahre*)》의 집필을 시작했다. 다음 해(1808년)《파우스트》(제1부)를 출간했고, 소설《친화력(*Wahlverwandtschaften*)》집필을 시작해 이듬해 완성했다.

1808년(59세) 괴테가 어머니를 잃고 지난 삶을 회고하며 쓴 것이《시와 진실(*Dichtung und Wahrheit*)》(1811~1813)이다. 이 자전적 기록은 단순한 삶의 기록을 넘어서서 문화사와 정신사를 아우른 대작이다.

1810년(61세) 칼스바트와 드레스덴을 여행하면서《색채론(*Zur Farbenlehre*)》을 집필했고, 1813년(64세)《이탈리아 기행(*Italienische Reise*)》을 집필하기 시작해 1829년(80세) 완성했다.

괴테 만년의 작품 가운데 가장 뛰어난 평가를 받는 것이 12권으로 나누어진《서동시집(*West-östlicher Divan*)》(1814~1819)이다. '서방 시인의 동양적인 시'라는 의미인데 괴테의 인생관과 이상이 가장 짙게 배인 시들로 가득하고 노시인의 정열과 동양의 예지가 녹아 있다.

1816년(67세) 아내가 죽고 몇 년 뒤 열아홉 살 소녀 마리엔바트 울리케를 만나 그녀에게 구혼할 정도로 노년에 젊은이 못지않은 진지하고 열렬한 사랑에 빠지기도 했다. 노년의 정열적인 사랑으로 탄생한 것이《마리엔바트의 애가(哀歌)》(1823년)이다.

노년을 조용히 보내며 창작 활동을 쉬지 않은 괴테는 만년의 대작《빌헬름 마이스터의 편력시대》(1829년, 80세)와《파우스트》(제2부)(1831년, 82세)를 완성했다. 두 작품 모두 청년기에 구상을 시작해 고령의 나이에 완성한 역작이다. 그런 만큼 괴테 인생의 모든 경험과 예지, 각 시기의 감정, 이념, 예술관, 철학 등이 망라된 작품들이다. 특히 60여 년에 걸쳐 완성한《파우스트》는 슈투름운트드랑 시대부터 고전주의를 거쳐 만년에 이르기까지 그의 일생이 담긴 결정판으로 인간 존재의 방황, 갈등, 구원 등을 고찰하기 위한 거대한 노력의 산물이라고 할 수 있다. 대작을 마무리한 후 1832년 3월 가벼운 감기 증상으로 병석에 누운 괴테는 여든세 살의 나이로 세상을 떠났다.

괴테는 83세의 긴 생애 동안 시, 소설, 희곡 등 문학 작품뿐 아니라 조형예술, 정치, 색채론, 더 나아가 식물변형론 등 자연과학 분야에도 큰 업적을 남긴 인물이다. 인생 자체를 예술로 승화시킨 신화적인 인물이며 그의 작품이 곧 그의 일생 자체라고 할 수 있다. 시인으로서, 정치가로서, 자연과학도로서 풍요로운 삶을 살다 간 괴테는 위대한 사상과 예술로 세계문학사상 최고의 작가로 꼽힌다.

괴테가 스물다섯 살에 발표한《젊은 베르테르의 슬픔》은 폭풍과 도 같은 젊은 시절의 사랑과 절망에 대한 고백이자 그를 세계적인 작가로 떠오르게 한 작품이다. 슈투름운트드랑의 대표적인 작품으 로 괴테의 천재성이 절정에 달했을 때 씌어진 작품이다.

젊은 변호사 베르테르는 상속 사건을 처리하러 어느 마을에 왔다 가 로테라는 여인을 만나 사랑에 빠지는데 그녀에게는 이미 약혼 자가 있다. 베르테르는 로테를 잊고자 공사(公使)의 비서가 되어 떠 나지만 그녀를 마음속에서 지워버리지도 못하고 공사의 관료주의 와 인습에 반항하다가 파면되어 다시 돌아온다. 이미 새로운 가정 을 꾸린 로테에 대한 베르테르의 열정과 사랑은 더욱 걷잡을 수 없 는 시경에 빠지고, 사랑뿐 아니라 삶의 많은 부분에서 실패를 맛보 고 실의에 빠져 하루하루를 보내던 베르테르는 고독과 외로움을 이 기지 못하고 결국 권총으로 자살한다.

이 작품은 두 가지 사건을 바탕으로 쓰여진 것이다. 하나는 괴테 자신의 경험이고 다른 하나는 예루잘렘이라는 청년의 자살 사건이 다. 법학 공부를 마친 괴테는 1772년(23세) 실습을 위해 베츨라에 머물면서 제국 고등법원을 다녔다. 이때 그곳 법관 부프의 집에 자주 드나들면서 그의 딸 샬로테를 사랑하게 되었다. 그러나 당시 열여섯 살이었던 로테는 이미 외교관 케스트너와 약혼한 사이였다. 괴테는 아름답고 발랄하며 자기와 마음이 통하는 로테에게 걷잡을 수 없이 빠져들어 적극적으로 사랑을 표현했으나 로테는 이성적으로 타이르며 친구 사이 이상으로 발전할 수 없다고 말했다. 실연을 당하고 상심한 괴테는 로테와 케스트너에게 편지를 남기고 도망치듯 고향으로 돌아갔다.

그로부터 6개월 뒤 라이프치히대학에서 괴테와 함께 공부했고 베츨라에서 공사관의 서기관으로 있던 예루잘렘이라는 청년이 친구의 아내를 사랑한 끝에 스스로 목숨을 끊은 사건이 발생했다. 자신과 같은 경험을 한 예루잘렘에게 공감한 괴테는 그에게 권총을 빌려준 것이 바로 케스트너라는 사실에 더욱 큰 충격을 받았다.

작품 전체가 친구 빌헬름에게 보내는 베르테르의 편지로 이루어진 서간체 소설 《젊은 베르테르의 슬픔》은 젊은 시절 쉽게 열정에 빠졌던 괴테 자신의 불안정한 감정과 주관적인 사고가 짙게 배인 작품이다. 정열적인 자신의 삶과 그것을 억제하는 객관적인 세계의 대립, 감정에 충실한 자기표현과 관습에 얽매인 주위 환경의 상충, 사랑에 도취되어 파멸해가는 베르테르의 모습은 괴테 자신의 모습이자 당시 젊은 지성인들의 모습이기도 했다. 베르테르의 고뇌와 죽음은 개인의 비극을 넘어서서 경건주의와 합리주의에 얽매인 시대의 비극으로 받아들여졌던 것이다. 따라서 이 작품이 발표되었을 때 젊은이들은 큰 충격을 받으면서 열광했다.

《젊은 베르테르의 슬픔》은 전 유럽에 번역 출간되었고 유럽의 젊은이들 사이에 베르테르의 푸른 연미복과 노란 조끼가 유행했다. 사회적으로도 큰 영향을 미쳐 이혼이 급증하는가 하면 그를 따라 자살한 사람이 2천 명이 넘는 것으로 추정된다. 사회적인 반향을 일으킨 자살 사건 이후 연달아 자살하는 사람이 늘어나는 현상을 '베르테르 효과'라고 한다. 사회적 현상이 과열되자 《젊은 베르테르의 슬픔》은 비도덕적인 작품이라는 이유로 한때 판매 금지되기도 했다. 나폴레옹도 이집트 원정을 떠날 때 이 책을 가지고 가서 몇 번이나 읽은 것으로 유명하다. 순수하고 정열적인 베르테르의 이야기는 그 당시뿐 아니라 오늘날까지 젊은이들의 열정적인 사랑의 전형으로 인식되고 있다.

《젊은 베르테르의 슬픔》은 베르테르의 사랑과 절망, 고뇌와 죽음을 그린 단순한 연애 문학의 수준을 넘어서는, 관습과 규범을 강제하는 사회의 무거운 장벽이 반영되어 있는 시대의 걸작이다. 바로 이러한 점이 오늘날에도 세계의 모든 사람들에게 읽히고 기억되는 이유이기도 하다.

젊은 베르테르의 슬픔

초판 1쇄 인쇄 2013년 2월 20일
초판 1쇄 발행 2013년 2월 25일

지은이 요한 볼프강 폰 괴테 | **옮긴이** 북트랜스 | **펴낸이** 신경렬 | **펴낸곳** (주)더난콘텐츠그룹

상무 강용구 | **기획편집부** 차재호 · 민기범 · 성효영 · 윤현주 · 서유미 | **디자인** 서은영 · 박현정
마케팅 김대두 · 견진수 · 홍영기 · 서영호 | **교육기획** 함승현 · 양인종 · 지승희 · 이선미 · 이소정
콘텐츠기획 임영묵 | **디지털콘텐츠** 최정원 · 박진혜 | **관리** 김태희 · 양은지 | **제작** 유수경 | **물류** 김양천 · 박진철
기획 추지영

출판등록 2011년 6월 2일 제25100-2011-158호 | **주소** 121-840 서울시 마포구 서교동 395-137
전화 (02)325-2525 | **팩스** (02)325-9007
이메일 book@ibookroad.com | **홈페이지** http://www.ibookroad.com
ISBN 978-89-91239-04-3 04850

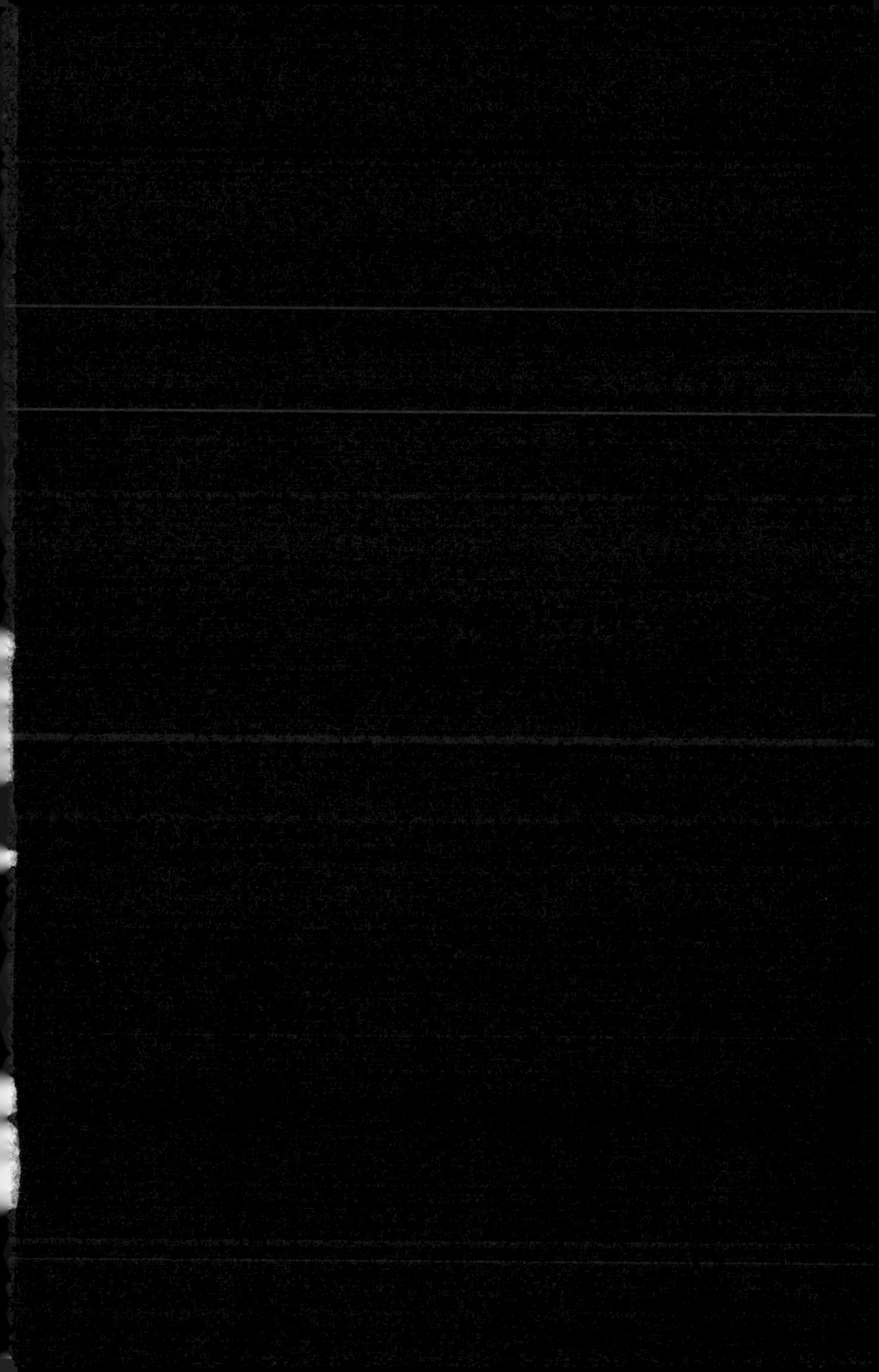